U0115282

文學研究叢書·兒童文學叢刊

另一種觀看兒童文學的方式 ——座談會與對談

林文寶　編著

自序
觀看兒童文學的方式：座談會與對談

　　本書是「座談會」與「對談」、「訪談」的記錄，這類記錄或許有人不重視，但就小眾的兒童文學而言，或許可視為觀看兒童文學的一種方式。以下略述座談與對談的原由。

　　〈海峽兩岸兒童文學交流之研究座談會〉，計有六次的記錄，這是行政院國家科學委員會個別型專題研究案，執行時間自1997年8月1日至1998年7月31日，計劃編號：N5C87-2411-H-143-0010座談會記錄收錄於成果報告《海峽兩岸兒童文學交流之研究》（頁182-277）。而洪志明的「訪談」亦是該報告的一節（頁49-101）。

　　當時，兒文所剛招第一屆碩士生，將於9月開學，而個人能通過此案，或許審查者與承辦單位對新課題的鼓勵，我也因此走上有關兒童文學的課題研究。而後中華民國兒童文學學會於1998年10月，由林煥彰策劃主編《兩岸兒童文學交流回顧與展望專輯（1987-1988年）》一書，收錄這十年兩岸兒童文學交流的相關史料。並列為學會兒童文學史料叢書〈五〉。

　　有關「臺灣區域兒童文學概述」座談會，是為了要迎接1999年8月第五屆亞洲兒童文學大會在臺北召開，林煥彰是當時學會理事長，因此有了區域文學書寫的構想，而我手中又有相關的研究案，於是攜手合作，有了座談會，《會訊》增闢「臺灣兒童文學現況」系列專欄，逐漸刊載，最後集結出版，列為兒文所兒童文學叢書（三）。座談記錄（見頁275-284）內容雖有失簡略，亦是可貴文獻，是以收錄。

另一場「兒童文學希望工程研討及座談會」，所謂兒童文學希望工程，即是指1899-1998近十年臺灣地區文學出版品做一編選，主其事者是幼獅出版公司的孫小英總編輯，當時的文宣如下：

兒童文學的希望工程

今年10月，欣逢本公司四十週年慶，為了感謝廣大讀者長久以來的愛護與支持，我們特別企劃了一套有助於提升國民文化素質與教育水平的指標性讀物，以達進一步服務社會的目的。

大體上一個國家兒童讀物出版量與類別的多寡，以及讀物品質的高低，正反映出該國的經濟發展情形，以及文化與技術的進步程度，同時，更是該國文化素質與國民教育的指標。

近十年的兒童文學作品，受到國外出版品的激勵及電腦資訊市場的衝擊，產生多元化的特色，這樣的市場走向，讓我們在既有的出版經驗上，又增添了許多的可能。

本公司秉持當代兒童文學的出版理念及編選的經驗，延請了兒童文學專家林文寶所長（臺東師院兒童文學研究所所長）針對近十年（1988-1998）臺灣地區兒童文學出版品做一編選。這套叢書共分七冊，其類別及編者分別是：論述──劉鳳芯、詩歌──洪志明、故事──馮季眉、童話──周惠玲、小說──張子樟、散文──馮輝岳、戲劇──曾西霸，預計自西元2000年（民國八十九年）起陸續出版。

我們期望藉由這套書的編選，一窺臺灣地區近十年關於兒童文學論述、詩歌、故事、童話、小說、散文、戲劇發展的精選，能成為老師們教授課程與父母了解兒童文學界研究兒童讀物等，以及親子、師生共讀時的最佳參考指引，也是策勵下一個十年對兒童文學作品精進的衷心期待。

在兒童文學作家辛苦的筆耕下，優秀作品源源不絕，為免遺珠之憾，懇請各位作家能不藏私，踴躍提供大作，若經選入，本公司將致贈轉載費。

投稿地址：臺北市重慶南路一段66-1號3樓幼獅公司編輯部圖書組。

截稿期限：民國八十八年三月三十一日止。

這套選集計七本，並於2000年5月27、28日兩天舉辦「兒童文學希望工程研討及座談會」的活動，由臺東師院兒文所與幼獅公司主辦，《民生報》及臺北市立圖書館協辦。其實，就是新書發表會。有報導如下：

政府將公元兩千年定為「兒童閱讀年」，並展開一系列的兒童閱讀運動。觀看近期無論是由政府或民間單位舉辦的各項活動中都落實了終身學習的政策理念，同時也看到了培養全民閱讀興趣的年齡層低了，往下延伸來慢慢奠根基。

在5月27、28日由臺東師範學院兒童文學研究所及幼獅公司主辦、〈民生報〉及臺北市立圖書館協辦的「兒童文學希望工程研討及座談會」中，教育部長曾志朗表示，閱讀和文學的陶冶是很重要的兒童文學希望工程，尤其是親子閱讀，重點不在孩子吸收多少，而是親子共讀時，親子間眼神親密的交流，這種心靈的支持會讓孩子覺得是有安全感的。如果學校的老師同時也能提供學生這種親密眼神的接觸，那在孩子成長的過程中將是不可磨滅的經驗，同時也會幫助孩子對於本身的情緒及周遭情境和認知能力的掌握更有自信。研討會中還有文建會主委陳郁秀及臺北市文化局局長龍應台一起分享自己小時候和父親的閱讀經驗及陪伴自己孩子閱讀的快樂。此會並期望家庭、學校和社

會大眾一起加入，為兒童打造一座文學玫瑰園的希望工程，藉閱讀來豐富兒童的心靈世界。（出自孫扶志〈站在世界的肩膀──走進親子共讀的世界〉孫扶志www.cyut.edu.tw/~fcsun/lecture/lecture9510_2.doc）

　　至於，活動的流程，已無資料可考，這四篇記錄稿是僅存的文獻，記錄稿既未發表，也無成果報告書，只是收存在我的資料夾中，如今始得出土面世。

　　至於〈兒童、遊戲，快樂臺灣──從兒童文學看臺灣的文學遠景〉一文，是我與黃秋芳的對談。它是國立臺灣文學館第六季週末文學對談的活動。是應鳳凰教授邀約，原計劃是與林良先生對談，而後增加一場，是否對前面幾季兒童文學的缺席而致歉。對談的全文收於《遠方的詩歌》。（國立臺灣文學館，2008年9月，頁222-253。）

　　又〈更自由的心靈──「好繪本如何創造王國？」座談會側記〉一文，是《文訊》2014年4月342期專題「看見繁花盛開：兒童／成人繪本析探」，其中的一場座談的記錄。（頁105-108）

　　這些座談或對談、訪談，如今能彙集成書，自當感謝記錄的學生與朋友。

目次

兒童文學希望工程研討及座談會（一）

研討會（I）兒童文學：詩歌、散文、論述──檢視1988-1998十年成
　　　果與未來的發展
時　間：2000年5月27日（星期六）上午九時四十分至十時五十分
地　點：臺北市立圖書館十樓國際會議廳（臺北市建國南路二段125
　　　號）
主持人：臺東師範學院兒童文學研究所林文寶所長
引言人：臺中四維國小洪志明老師（詩歌）
　　　　桃園龍潭國小馮輝岳主任（散文）
　　　　臺東師院兒文所劉鳳芯助理教授（論述）
記　錄：藍涵馨小姐

主持人：林文寶所長

　　我們在編這套的過程，跟前面有很大的不一樣。我們這一次編這一套的主編，完全是換人。當然我們換人的意思，不是說前面編的哪些都不好，我們認為經過十年，希望再讓不同的人來編。後面這七位編者，跟前面五位編者，沒有一個重複，重複的只有我這個策劃的人，所以這次我自己也沒有參與編的工作，我就只是負責協調策劃而已。我們只是讓一個事實存在，也就是讓它的文學真正的呈現出來，

那麼好壞由讀者大家去論斷。我們每個編者有十分鐘的時間,來說明一下他(她)為什麼編這本書,以及選這些文章的理由。據說今天大家都很熱烈的參加,所以我們希望每個人只能夠講十分鐘,十分鐘一到,鈴一按,不管講完、沒講完,三位在座的都要停止發言,把機會留給大家。好,我們現在就開始,謝謝。

引言人:臺中四維國小洪志明老師(詩歌)

　　所長、各位兒童文學圈的朋友們大家好,我是洪志明。今天這本《童詩萬花筒》是我負責編選的。我想在座的各位朋友,大家應該都有一個共同的記憶。民國六十幾年的時候,臺灣整個兒童文學的運動,童詩的發展幾乎到一種全民運動的情況,在整個小學裡面,到處都有老師,參與投入兒童詩的指導。我記得那個時候,我在海寶國小,跟杜榮琛老師,還有劉丁財老師,三個人像傻瓜一樣,騎著摩托車,跑到新竹市舊書攤,去找很多書回來給小朋友看,目的就是要培養他們的寫詩能力。不只是小學老師像瘋狂一樣,很多兒童文學的工作者,投入籌組詩刊,像林鍾隆先生、林煥彰先生。每個詩刊一籌組,就有兩三百個同仁參加,每一個人出錢出力,不只是這樣,還有很多現代詩的朋友,投入參與推動兒童文學、兒童詩的工作。那個時候,不管是童詩發表的園地,或是兒童詩刊,都不停的出現。各個縣市在教育局、教育廳的推動之下,也不停的舉辦各種兒童文學創作研習,來教導老師,幾乎有大部分研習的課程,都集中在於童詩身上。像股票一樣,它會有超漲,然後會超跌,我們發現最後它比較沉寂。自從編完上一冊以後,我們會發現這一冊的兒童詩,在這十一年來整個情況,比起其他的兒童文學類來講,已經比較沉寂了。這樣的沉寂,是一種非常好的情形。我個人把它論斷,六十幾年到七十年初的時候,兒童詩的發展,是整個臺灣兒童文學的啟蒙運動。在那種整個

參與的人狂熱的情況之下，蓄積了很多創作的能力，這樣的創作能力，轉化到其他各種兒童文學的文類，使得後來不管是兒歌、童話，或是圖畫書，都有很好的發展。那個時候從事兒童詩創作的人，也都一直存活在兒童文學圈裡，負擔了很重要的工作，繼續從事其他文類的創作。我在編這樣一個兒童詩歌選集的時候，我有幾個發現。第一個發現是，後來這十幾年來，兒童詩為兒歌注入了一個詩的生命。在早期的時候，兒歌幾乎不被認為是一種詩的形式，基本上兒歌是比較具有工具價值，它的工具價值比較高，它比較具有教育目的，在創作兒歌的時候，通常是配合教材的需要，它可能要教一些忠孝仁愛的東西，或者教一些花草樹木的東西，或是教一些生活禮儀的東西。這樣的東西，整個來講，它的工具價值就偏高，可是自從兒童詩發展以後，有一些編教材的人就發現，有一群兒童詩創作者，可以來從事教材的編寫工作。當這些人轉身投入到兒童詩、兒歌的創作的時候，他們已經不滿意兒歌的工具價值，他們希望在兒歌裡面，也能夠抒發情緒，也能夠表達美感，也能夠讓兒歌具有更高的藝術價值。於是當他們投入的時候，他們就發揮他們的創意，然後把新的東西帶到兒歌裡面，讓兒歌變成一種小小的詩。今天在我們這本《彩繪兒童又十年》書裡的第六十六頁，我們舉了一個這樣的例子，這是馮輝岳主任寫的一首兒歌。他寫：〈花開的聲音〉，我們看到這樣的兒歌，這樣的名字，它已經有詩的美感在裡面，我稍微把它唸一下。

〈花開的聲音〉
鳥兒唱歌真好聽，
樹葉說話細又輕，
蝴蝶姑娘請問您：
花開怎麼沒聲音？

> 蝴蝶姑娘微微笑，
> 她說道：
> 　花開的聲音小小小，
> 　只有我和蜜蜂聽得到。

這裡面已經有很多詩的技巧、詩的美感在裡面。像這樣在兒歌裡面，
注入詩的生命，讓整個兒歌忽然豐滿了起來，我想這十一年來，這是
兒童詩對兒歌的一個貢獻。反過來，兒歌對兒童詩也有很大的貢獻。
基本上，兒童詩的發展，早期在繼承現代詩的形式，明顯的拋棄了傳
統詩詞的押韻習慣，句式整齊的習慣。傳統詩詞明顯的不是五個字，
就是七個字。例如七言絕句，七個字四句。也明顯的拋棄傳統用典的
習慣，連押韻的技巧，跟排比對偶的關係，在整個兒童詩早期的發
展，就被排除，不受重視。最近自從國民小學教科書開放以後，許多
民間業者投入教科書的編寫，教科書裡有規定相當分量，要用兒童詩
歌的形式來呈現。在這種情況之下，參與的兒童文學工作者，當他在
編寫教材的時候，他就必須要考慮低年級小朋友的年齡，這樣的年
齡，是比較適合聲音閱讀的，因為他對文字的形式認識的比較少，因
此他們在寫的時候，就必須把傳統押韻的技巧，把傳統排比的關係、
傳統對偶的關係，拿回來放到兒童詩裡面，讓兒童詩增加一份聲音的
美感，我們這本書裡也舉了一個例子。在六十九頁有一首康軒國語課
本裡的童詩，叫作〈舊玩具搬新家〉。

> 〈舊玩具搬新家〉
> 舊玩具不玩真可惜，
> 你把它丟在床底下，
> 我把它放在抽屜裡。

　　我的玩具狗，

　　本來會跑會跳，

　　還會汪汪叫，

　　現在卻靜悄悄。

　　你的熊寶寶，

　　本來會撒嬌，

　　現在除了小老鼠，

　　沒有人知道它還笑不笑。

　　我把玩具狗送給你，

　　你把熊寶寶送給我。

　　你聽！我的玩具狗，在你家的客廳汪汪叫。

　　你看！你的熊寶寶，

　　在我的懷裡微微笑。

　　舊玩具不玩真可惜，

　　為玩具搬新家，

　　給它們找個新朋友，

　　它們高興，

　　我們大家都歡喜。

在這裡很明顯的，雖然句式不是非常的整齊，但是好像也整齊，好像也有押韻了。我覺得在這樣的發展以後，還有一個新的情形。在早期發展的時候，很多現代詩的作者投身進來，可是也有沒投身進來的現代詩作者。這幾年我們發現三民書局，又重新召集了很多現代詩作者，請他們用現代詩的想法、思考方式，然後進到兒童詩的形式來，

在這樣的情形下，它會豐盈我們整個兒童詩的創作，讓兒童詩找到一個新的生命力。現代詩人寫的兒童詩，跟兒童文學作家寫的兒童詩，基本上有很大的不同。他們在意象處理的拿捏上，都比兒童詩的創作者還要更繁複，使用的技巧更高深。我們也舉了一個例子，這樣的例子在七十六頁，等一下我們大家自己看，它是寫了一個水車。描寫水車水桶拉起來拉下去、拉起來拉下去，那種光影閃動的感覺，那是另外一種美的經驗，一般我們兒童詩裡面，很少出現這樣的東西。另外，我還有一個驚喜的發現，我發現我們常常都投入在兒童詩的世界裡面，兒童文學的世界裡面，偶爾有一兩個不是屬於兒童文學工作者，或是他並不是涉入這個文類較深，他涉入在別的領域比較深，可是當他涉入到這個領域來的時候，他寫出來的兒童詩，常讓人有全新的感覺。我要舉的一個例子是，臺東師院兒童文學研究所的一個老師，叫作楊茂秀老師，他寫了一本書叫作《我畫的豬跑掉了》，這裡面的詩完全沒有一般寫兒童詩的人所用的技巧，可是它又非常的精彩，讓人家耳目一新。以上報告，謝謝。

主持人：林文寶所長

非常謝謝洪老師。這本《彩繪兒童又十年》把我們這一次編的八篇序，再加上我前面在做「臺灣兒童文學一百」的候選書目，整理一下放在這邊，這是一本非常另類的書，訂價也特別低。我們接著請馮老師。

引言人：桃園龍潭國小馮輝岳主任（散文）

主持人、各位兒童文學界的朋友大家好。剛才開幕典禮的時候，陳郁秀主委提起兒歌，我覺得兒歌蠻有希望的。我自己原來是寫兒歌的，後來1992年左右，受到民生報兒童版主編桂文亞小姐的鼓勵，我

才開始寫一些散文。那今天聽文建會主委提到兒歌，我忽然想應該專心一點寫兒歌。接下來我想報告有關兒童散文。剛才洪志明老師說，1971年是兒童詩創作很蓬勃的年代，但是兒童散文在那個時候，好像還沒有這個名稱。就我所知，好像1978年、1979年的時候，教育部有舉辦兒童文學創作獎徵文，這裡面第一次把散文列入裡面徵選項目，當然也徵選一些作品，那是第一次被人提起，有「兒童散文」這個名稱。後來因為詩、童話比較受到大家的重視，所以也沒有很多人投入這個創作。1981年以前，兒童散文作品雖然有，所謂有實無名，到底是不是散文，也沒有人知道。當然有一些散文，可能也被歸入生活故事裡面，兒童散文在分類上，往往被大家忽略了。1981年以前的兒童散文，可以說是沒有「兒童散文」這個名稱的時代。我現在要報告的是，1981年以後，臺灣兒童散文的發展，選集裡面1988年到1998年這十年間，可以說是兒童散文的發展時期，也是成長時期。裡面有幾件事情，值得提出來報告，譬如說民生報兒童版主編桂文亞小姐，她本身因為是散文作家，所以她對兒童散文的創作與發展，也就有更多的關注跟期待。所以她才在民生報兒童版上，一直刊登兒童散文作品，也吸引很多作家在寫稿，並且出版了一系列的兒童散文書籍。再來就是兒童日報，當然現在已經停刊了，但是它還在出刊的時候，它的文藝版上也常有清新的兒童散文刊登。所以對兒童散文推展的努力，也值得記上一筆。再來就是1994年、1995年，中華民國教材研究發展協會，它為了鼓勵兒童文學創作，也提供獎金，辦了兩屆的兒童語文教材創作徵選。這裡面分低、中、高年級三組，分別徵選詩歌、散文跟故事，參加的作品很多，1994年一共選出五十六篇作品，1995年選出六十四篇作品，這些作品大概有一百多篇，雖然水準不是很整齊，但都是芬芳的兒童散文花朵，也使寂寞的散文創作，更加的活絡起來。1995年國語日報改版，確定兒童版以刊登散文創作為主，前後任的主

編是蘇國書先生和蘇秀絨小姐，這兩位編輯，為了使版面活潑，所以
不停的推出各種專欄，邀請作家寫稿，刊出不少的好作品，當然也鼓
舞了許多新手提筆寫作。1996年以後的「陳國政兒童文學獎」，徵文
做了一些改變，它只徵選散文跟圖畫書兩類，並且把首獎的獎金，提
高到十萬塊錢，可以說是一個非常高的獎金，所以就吸引了很多新手
老手紛紛前來，也帶動散文創作的風潮。此外，中華民國兒童文學學
會、海峽兩岸兒童文學研究會，還有各縣市的文化中心、教育局，也
不斷的舉辦兒童文學研習，邀請名家講授散文創作技巧，介紹優秀的
散文作品，帶動了散文的創作。所以1981年以後，一直到現在，可以
說是兒童散文的成長期，當然成長期的事務，一切都是新的，所以它
有各種的可能。目前我們國內兒童散文創作的園地，還有很大的空
間，期待作家們的發揮跟開拓。我們也看到許多年輕的作家，正在摩
拳擦掌準備要打造這塊散文的園地。剛才我忘記了，還有一個就是兒
童散文的理論書籍，在臺灣就我所知，好像非常的少。所以作家創作
的時候，如果要參考一些理論的書，只有一本桂文亞主編的《這一路
我們說散文》，另外的就是大陸作家金波編的《讀它、寫它》，還有小
魯出版，謝武彰先生主編的《給兒童看的好散文》，這幾本可以說是
有一點理論的書。那以上簡單的報告是1988年以後，臺灣兒童散文的
發展。作為引言，謝謝大家。

主持人：林文寶所長

我們謝謝馮老師。接著我們請劉老師。

引言人：臺東師院兒文所劉鳳芯助理教授（論述）

林教授、洪老師、馮老師，還有在座各位兒童文學的先進同好，
大家好。今天本人有幸出席這場研討會，首先我要感謝幼獅文化事業

股份有限公司，對於兒童文學的推廣，主編孫小英女士，以及責編潘玉芳小姐的協助，同時更要感謝臺東師院兒童文學研究所所長林文寶教授的推薦，才讓我有機會能夠參與這一套1988-1998年臺灣兒童文學選集論述類的編輯工作。今天藉著這個機會，本人想跟各位分享兩點。第一點這一本論述選集的編輯原則，第二點是針對這十年臺灣兒童文學論述的一個感想。當林教授還有幼獅的編輯告訴我說，要編選論述集的時候，因為礙於篇幅有限，又礙於是要突顯跟呈現臺灣兒童文學的發展，所以沒有辦法把任何在海外出版，或者是大陸作家所寫的作品，甚至是已經結集成冊的書，都納入我們這本選集，所以在這個選集本身，在文章的取捨上，是有所限制的。在這麼十年的發展當中，怎樣來選取跟論述類有關的文章？我當時心裡想到的一個圖像是電線桿。如果把這十年兒童文學的相關論述，叨叨絮絮的想成是一個電線的話，那麼我想選的是，在這些眾多的電線當中，能夠突顯、能夠支撐這些電線的電線桿。所以我希望能夠選的是，比較具有里程碑性，或者是有前瞻性，或者是它在高度，或者是在重量上，都能夠足以支撐，或者足以突顯這十年來，論述發展的一些文章。這是在論述上我編輯的一個原則。當這本書編完之後，責編潘玉芳小姐打電話告訴我，要替這本書選一個書名，這個工作其實比編輯還要困難。因為一方面要考慮到市場性，怎麼樣把這本論述，看起來硬梆梆的書，讓它躺在書店的平臺上的時候，能夠得到消費者的青睞，讓消費者願意被書名所困惑，而來看一下這本書的內容。如何又能夠從書名反映到過去十年來臺灣在兒童文學論述上的性質跟本質，這是一個艱巨的挑戰。想書名就想了一個多月，這之間也跟責編，還有其他很多的朋友、學生，有很多的討論。最後我選擇以「感性」和「理性」兩個形容詞，來概括兒童文學在這十年來，在論述上的一個口氣和氣質。並且我決定以「擺盪」這個動詞來捕捉研究者在這個「感性」與「理

性」這兩種角度之間的掙扎和猶豫。那麼兒童文學在論述上為什麼會出現「感性」跟「理性」的掙扎？我想是因為它的一個特質。兒童文學跟其他文學類型最大不同的地方，當然就在於它的讀者，它最重要服務的對象是兒童，那麼這個兒童又是一個正在發展中的孩子，所以在兒童文學的討論裡頭，所要包含的、所要關注的，不僅是作品本身的討論，其實更納入了很多跟兒童教養、兒童閱讀，甚至是跟兒童教育有關的議題，這些議題在呈現的時候，因為會納入孩子跟大人的對話，因為會納入孩子對於文學作品的回應，因為會包括老師對於孩子的觀察，因為會介入大人、父母對孩子的描述，所以兒童文學論述呈現的本身其實是感性，充滿感情的。但是兒童文學作為一個學門，如果想要對它的一個發展或性質，做一個有系統的介紹的話，那麼我們需要的是一個嚴肅的、理性的一個思考過程。所以它的本質，它的內容應該是要理性的、是要嚴肅的，那麼如何讓「感性」跟「理性」這兩種氣質，能夠同時存在於兒童文學的論述當中，如何讓這些關心兒童文學的同好，包括研究者、包括老師、包括父母、包括作家，都能夠從這些文章當中，汲取到他們對兒童文學的了解。那麼我想「感性」與「理性」的掙扎跟擺盪，是研究者必須要繼續掙扎跟猶豫的，這個就是我對臺灣的兒童文學論述在過去十年來所觀察，或是我所受到的一個在「理性」與「感性」旳掙扎與擺盪。謝謝各位。

主持人：林文寶所長

我們謝謝三位報告人，他們都很客氣。到目前，我們還有剩下二十分鐘，也就是說，這二十分鐘提供給在場的朋友。書出來就是需要接受檢驗，也需要接受對話跟交流，我們可以就他們編選的，或是你看到的作品來問問題。實際上，我們是真的很用心在編這一套，編出來就是讓大家看看有什麼需要改進，或是對整個未來還有怎樣的一個

想法。現在把這個時間開放給在場的各位。

臺大圖資系鄭雪玫教授：

我沒有什麼問題，因為孫小姐送了幾本這套書給我，我稍微翻了一下，我第一個感覺，就是書名都很美麗，從書名就吸引我要看這個書，然後我覺得那個版飾，實在是印得太漂亮了，我相信我們這個兒童文學理論的書，能夠這樣子呈現，一定可以吸引更多的讀者。我身為兒童讀物的老師，一定努力的推廣。在我教書的過程，以前舊的那一套，我用得很多，我常常跟學生講，這套書就是一個資料庫，當你們找不到資料的時候，可以用這一套書。因為它們有不同的主題、有不同的年代。現在再加上新的這一套，裡面還有一些導讀，我想這一套書一定會廣受歡迎，而且大大的為我們所利用。謝謝林教授，也謝謝幼獅出版這麼好的書給我們。

主持人：林文寶所長

我們非常謝謝鄭教授。書不但漂亮，名字也很漂亮，但是不只名字漂亮，裡面內容也很有代表性，所以我們希望能夠促銷出去。我們跟行銷的這些單位合作，希望能夠營造一個共贏的局面。好，我們繼續。

中國時報開卷版李金蓮主編：

我想請問劉鳳芯老師，妳剛剛提到整個臺灣兒童文學論述的過去，那妳要不要談一下妳對於未來在兒童文學論述上發展的方向？

引言人：臺東師院兒文所劉鳳芯助理教授（論述）

未來就是如何能讓兒童文學的論述充滿感性，可是不要流於軟

性。如何讓它的理性能夠突顯,多一些嚴肅的論述出來,多一些思考比較嚴謹,或是比較合乎邏輯性的一些文章,或是多一些議題的探討。但是在呈現的同時,又能夠不要太硬性,並且讓家長跟老師都能夠接受,畢竟兒童文學所關注的這些朋友,不只是學者,也包括老師跟教學工作者,還有父母等等,我想這大概是未來可以去朝向的一個方向。不知道這樣有沒有回答您的問題。

問:我目前還是一個學生,我想請問的是洪老師,兒童詩歌在創作上的技巧,要如何跟音樂搭配,在作曲上是不是有值得注意的地方?

引言人:臺中四維國小洪志明老師(詩歌)

妳問到我的痛處。從小到大,我唯一不能開口的就是唱歌,對於音樂性的掌握是非常的不足。其實我們泛稱兒歌的東西,常常是有文字,沒有歌譜的。怎樣把它們結合在一起,做這樣結合的工作,我覺得可能要請教作曲的比較清楚。在這方面,老實說我沒有經驗,我的經驗是怎樣把文字處理到,讓它看起來比較有節奏,然後比較有押韻,至於那個字要用怎樣的音、怎麼樣的情感去表達,我很抱歉妳問到我的痛處,對不起。

主持人:林文寶所長

這個我們可不可以請馮老師也稍微說明一下。因為你早期也是寫兒歌的。

引言人:桃園龍潭國小馮輝岳主任(散文)

關於兒歌,我早期對童謠、兒歌這些東西都搞得迷迷糊糊的。有

人說童謠，有人說兒歌，又有人說創作童謠、傳統童謠、創作兒歌、傳統兒歌，事實上應該是同一種東西，都是指兒歌。我想兒童文學界的朋友，有很多都是持同樣的看法。可能大家講的兒歌，在從前，是指音樂課兒童唱的歌，比較不注重歌詞。兒童文學創作的兒歌，應該是比較注重歌詞，把這兩個結合在一起，就是把兒童文學創作的兒歌拿去譜曲。當然兒歌本身就有很強的音樂性，譬如說它的節奏、它的押韻，所以譜曲跟音樂結合應該是很容易的事情，我覺得直接就可以拿去譜曲。當然有些字，有些韻，可能要調整一下。我自己也有很多首兒歌，被拿去譜曲，那些傳播公司或做唱片的，他常常要求我增加一兩個字，或者加個裝飾音，兒童文學作者這個時候，就要配合他，不能說加了以後就認為這個兒歌不好怎樣，應該是音樂作曲家的音樂比較重要。兒歌跟音樂結合，我覺得直接就可以拿去譜曲，應該沒有很大的問題。謝謝。

主持人：林文寶所長

這個我稍微補充一下。剛才我們可以了解，這個名詞大家都非常混淆。其實專家都用很多專有名詞去讓你不太了解。基本上我們會傾向「兒歌」跟「童謠」是同一個東西，當然在這裡沒有時間去仔細分析。我要告訴一個事實是，我們古典的詩詞曲，是先有譜，再有文字。包括詩，有些先有平仄律，才有詞出來。我們現在的音樂、現在的歌，是先有歌詞，再有音樂。所以有一些你寫出來的詩，或是兒歌，假設你的音樂性不夠，那你譜起來就很難譜。尤其牽涉到四聲，譬如說你在尾字的時候，用第四聲還是什麼，那人家譜起來就很辛苦。所以基本上，兒歌或是童謠，它最大的特質就是音樂性。因為你音樂性夠，人家去譜曲才有辦法。我簡單的解釋到這裡，請剛才這位繼續。

　　問：我想請教洪老師跟馮主任一個問題。在場的一定很多小學老師，我想請問一下，我們的孩子如果缺乏導引的話，他不會主動去拿這些優良讀物童書來看。以我身為一個導師，如何在班上很繁重的班務，還有教學進度上面，去導引小孩子，營造一個兒童文學的環境，讓他自己喜歡去讀這些書？還有在教學上，我們要怎麼去推廣？謝謝。

引言人：臺中四維國小洪志明老師（詩歌）

　　我覺得這個題目，是非常好玩的一個題目，有很多家長都提過這樣的問題。他說我那個孩子為什麼不喜歡讀書？然後我就問他，你給他讀什麼樣的書？他說我去買什麼樣的書給他讀，上面寫得很清楚，這是給大概六年級小朋友讀的書。我聽到那個書以後，就說難怪你的孩子不讀書！六年級的小朋友，讀六年級小朋友的書，為什麼他不讀呢？我說很簡單，他生下來，小時候你有講故事給他聽嗎？他說沒有。我說他進幼稚園你有買圖畫書給他看嗎？他說沒有。那他低年級、中年級你有買童話故事給他看嗎？他還是說沒有。我說你的孩子雖然現在六年級十二歲，可是他實際的閱讀年齡可能只有兩歲，兩歲的小朋友怎麼能夠讀十二歲的書呢？在我們班上，我做過這樣的事情。那個時候我接的是三年級的班級，家長給了一筆錢，那筆錢我拿去買一套世界名著，不要被「名著」嚇到了，它是很簡單的圖畫書。一套大概五十本，很便宜。然後就丟在教室後面，一般的人是編來給幼稚園小朋友看的。圖很吸引他們，因為他們沒有什麼閱讀年齡，所以他們都看得津津有味。把五十本通通翻過，翻了一遍還不夠，可能還翻第二遍、第三遍。下一次我就不買這樣的書，因為他們讀了五十本以後，平均閱讀年齡，大概要提高兩到三歲了。我就再買更進一步的書，最後我就買很深的書，我記得到四年級上學期的時候，我買了

東方出版社出的一套自然科學小本的書，有點類似口袋書那樣，有點難。四年級上學期的時候，每一個小朋友在教室裡就抱著那一套書不放。在班上我沒有特意營造他們閱讀的環境，然後他們就自己營造閱讀的環境，對我來講，這樣的班級經營我就非常的快樂，因為平時如果沒有哪些書的話，他們上課的時候，他們下課的時候，或是他們早自修的時候，你捏我一下，我捏你一下，等一下就天下大亂。現在一個班級裡面四十個小朋友，有二十幾個小朋友抱著書，剩下二十個小朋友他想要捏人，就沒人捏。最後不是拿張紙畫畫圖，就是也只好拿本書看看，看了以後，他就進去了，然後他就出不來了。像我現在帶五年級，當我帶到圖書室去的時候、我常常在圖書室放人。如果我們班不在圖書室的話，那是一個很難經營的一個班，進到圖書室以後，我就可以很安穩的做我自己的事情，完全不用理會他們。我不知道有沒有回答到這個問題，但是我覺得有時候「無為而治」，反而可以治，治好他們的樣子。以上是我的報告。

引言人：桃園龍潭國小馮輝岳主任（散文）

因為這幾年我都擔任行政，所以沒有帶班級。我覺得行政上面，校長、主任也應該支持購書。在一般小學，兒童讀書會這樣活動的推動，應該對鼓勵兒童閱讀是有幫助的，剛才提到忙著趕課或怎麼樣，現在老師的自主權應該比較強，一學期要上幾課，應該可以自己決定吧！或者同學一起來決定，這樣就不必為了趕課，而忽略兒童的閱讀。我不曉得各位的學校有沒有這種情況，像我擔任教務主任，我是跟他們各年級講，我說你們要上幾課，你們自己決定。這個年級有三班，你們三位老師講好就好。這樣就有多餘的時間，來鼓勵學生閱讀。另外，我是覺得老師們自己也要讀書，老師自己不喜歡讀書，怎樣鼓勵小孩子讀書。我自己也有經驗，我叫全校的老師，類似讀書會

那樣，要他們讀完一本書，本來我以為老師都很喜歡讀書，可是要他們讀一本書，他們覺得很困難。然後我要求他們寫三百字左右的讀後心得，那更難。所以我就深深感覺到，老師不是常常都在讀書。除非很喜歡看書的老師，否則一般的老師一年讀不到幾本書。老師自己喜歡讀書，再要求小朋友讀書。另外在座的王淑芬老師，不是對讀書會很有研究嗎？是不是請她報告一下。

王淑芬老師：

其實關於在班上推動班級讀書會，是一個很龐大的題目，很費時間，通常我們去演講，一次要講三個小時才講得完。不過我覺得剛才洪老師講到一個重點就是，營造一個書香環境真的很重要。像我自己觀察到我們自己學校推動班級讀書會的老師，他們一開始就是很生活化，教室裡一定有一個很漂亮的書架，一個美化的空間。所謂很漂亮的書架，並不是一定很華麗、很昂貴的。它也許是很簡易，可是他把它精心的佈置起來，他會經常的跟小朋友聊天。比如小朋友手上正好有一本書，他會去跟小朋友聊你最近看什麼書，這個書我小時候也看過。或者在班上有意無意間，口頭上會帶上幾句話，譬如說我最近發現二十八號的書插經常都擺在書架上，那就表示二十八號這個小朋友經常在看書。你經常在言談間，讓小朋友感受到老師是一個很在意小朋友看書的人的話，這是一個很好的起步。當然接下來還有很多的遊戲、活動，可以應用在你怎麼樣去帶一個班級讀書會，關於這個我自己有寫一本書叫作《如何推展班級讀書會》，是天衛文化出版。我倒不是說一定要去買，你可以到書店翻一翻、看一看，因為這是我搜集很多老師推動很實務的經驗。經由很實務、很遊戲化的活動方式，你去做做看，也許說不定真的改變，影響孩子的一生。謝謝。

主持人：林文寶所長

　　這裡我稍微補充一下，時間也差不多了。綜合以上，第一個以身作則很重要，一個不看書的老師，你每天對孩子講讀書都沒有用。第二個，我們希望營造一個環境，這是很重要。第三個，老師不要太強勢、太主觀，這個也是很重要。因為我喜歡什麼書，就要學生看我跟我喜歡的，這一點是非常的危險。目前在推廣閱讀，我一直擔心一件事情：假設閱讀變成運動，那就完了。我們希望閱讀變成一種本能、一種行為，這才是重要的。我們很怕在大家的推動之下，都要寫報告都要寫什麼。這個年頭，其實你願意去做，都會有成果，最重要的是提供環境。這一場我們到這邊結束，每一場我們希望準時上下課，謝謝。

兒童文學希望工程研討及座談會（二）

研討會（二）兒童文學：童話、故事、小說、戲劇 —— 檢視1988-
　　　1998十年成果與未來發展
主持人：臺東師範學院兒童文學研究所林文寶所長
引言人：
　　　遠流出版公司周惠玲副總編輯（童話）
　　　國語日報馮季眉副總編輯（故事）
　　　花蓮師院語文系張子樟教授（小說）
　　　世新大學廣播電視電影系曾西霸教授（戲劇）
會議記錄：江福佑先生

林文寶所長：

　　今天的研討會其實沒有那麼嚴肅，所以基本上我們是在促銷也是在推廣，既然是好書你就可以仔細去閱讀，甚至有機會也可以稍微給它評一下，你可以好好的給他們提供一些意見，所以我再重新講一次就是說我們絕對不是很嚴肅的一個研討，只是讓大家來報告一下他們編這一套書，編這一本書有的苦水與辛酸，還有編這一套書有什麼期許、角度，接著介紹今天的引言人，遠流出版公司周惠玲副總編輯、國語日報馮季眉副總編輯、世新大學廣播電視電影系曾西霸教授，在世新教電視也教授戲劇，以及花蓮師院語文系張子樟教授。

馮季眉副總編輯：

　　我所負責編選的是1988-1998的兒童文學故事選集，首先我想引用一位評論家彭瑞金先生的一段話：「評鑑文學作品優先被考慮的就是它的藝術性，在將藝術的特性轉換成抽象理論敘述的時候，在品鑑的時候，會得到不同程度的感受性，正如同一個石晶體有很多的面，每個面所反射的光芒，是不可能取得客觀上的一致的。」引用這一段話也在說明，閱讀文學作品的差異性是必定存在的，所以擔任編輯1988-1998兒童文學故事選集的這個工作，在選文、分類、在說明編者觀點等各方面，我想必定會有來自各方的意見和指教，因為從選文到閱讀作品，進入這個作品的途徑以及所提出的詮釋，所得到的感受，都是相當單獨而主觀的，未必能與其他的閱讀者取得對一個作品同樣的一個共鳴或共振，我想比較重要的是，編者的看法與說法，其實它的意義在於說，開啟了無數個討論空間和可能，反而是文本的本身原本就具有被無限延伸的可能，至於入選的作者對於這樣的一本選集，我相信當然他們也會有自己的感受與看法，不過站在閱讀者與編者的立場，我想我並不是在尋求與作者擁有同樣一隻眼睛來看，因為所有的詮釋說明、所有的議論，基本上都只是試探性質的，不可能與作家的心靈是完全契合的，因為創作其實是一種相當非常複雜的心靈活動，每一個作品好像是有兩端，一端是作者、一端是讀者，讀者是站在一個作品的反方向，我們要從這個反方向去解構分析這個作品，絕對是會各有不同的觀察和不同進入的路徑，我想這本書的編選可以這麼說，是對兒童文學故事類作品的一次探索，也是一種為兒童文學努力的一個行為。當然也會有人認為這樣的一個編選集的工作，會不會是對作家、作品做一個定位，在兒童文學史上的定位或是價值上的定位。不過其實編者並無意於進行這樣嚴肅與高難度的定位的工作，

只是提供閱讀者、提供關心兒童文學發展和研究的人，提供仍然在繼續創作中的作者一個觀景窗罷了。這是我個人的一些看法。

接著我想要說明的是在閱讀這一年間的故事創作的作品，並且進行選文和分類的工作，當然是有一些基本的原則，然而也有一些特例，所以我要加以說明一下，首先是這些作品是從什麼地方選出來的，來源包括1988-1998年所出版的故事書，以及在這十年間在報紙、週刊、月刊等刊物上面所發表的故事，另外還有一個來源就是公開徵求作者所提供作品作為參考，因為任何一個編者都不可能遍覽所有散見於各報章雜誌、刊物上面的所有作品，以上就是故事選材的一個來源。第二點要說明的就是選文的標準是什麼？原則是什麼？我簡單的說，第一個是將作品放在同一個時期作家中做一個橫切面的比較，也放在時間的縱軸上去做衡量，並且放在相同的文類裡面去看它，第二個是作品的時代性、作家的陣容以及作品的質量與數量，希望能做到三者兼顧。第三個就是作品應該具備文學高度的要求，包括寫作的技巧、語言的掌握、情節的舖排、藝術的經營以及各方面的創新。第四個則是我們所選的作品全是本土創作的，不含大陸的作品。第五個是原文的呈現我們不加以刪改。第六個是因為作者可能會同時創作生活故事，他也寫寓言故事，也寫歷史故事等等其他的跨領域的創作，所以每位作者並不只選入一篇，但最多不超過三篇，以上是一些大原則的簡述。

第三點我要說明的是有關分類的問題，兒童文學研究者對於故事的定義和分類其實是各有看法的，廣義的故事的定義認為故事是童話、神話、寓言、小說等的總稱，林文寶教授在他的著作《兒童文學故事體寫作論》裡就有充分的說明，狹義的故事的解釋則是指寫實故事，至於在分類上面，林文寶教授提出來，吳鼎先生將故事分為十二類，包括了生活故事、神仙故事、科學故事、文學故事、藝術故事等

等，林守為先生的分類有四類，林文寶教授也折衷了各家的意見，另外提出了一個也是分為四類的定義。可見關於故事的定義或寬或狹關於故事的分類也各有所見，並不見得有一個定論，那麼這一本書——故事選集的分類則是分成六類，包括生活故事、民間故事、歷史故事、寓言故事、古典故事以及傳記，一般來講，傳記在分類上來講有時是獨立的，有時歸入小說，有時歸入故事，這本書裡顯然把它視為故事，至於古典故事其實是從歷史故事裡面作分支，因為林文寶教授在他的歷史故事的分類說明中，他說歷史故事包括記人的、記事的以及記物的，這本故事選集中的歷史故事是以記歷史事件為主體的，至於記歷史人物等等，以及從非史書的古典經籍裡面所記載的事情來改寫的故事，我們就把它編到古典故事裡面。

第四點要說明的就是在分類上以及選材上，雖然有以上的這些原則，但是也有一些意外的發生，在這裡做一些補充說明，第一，在上一個十年，也就是前一本選到1988年的這本故事選集裡面，圖畫故事書是被列入編選範圍的，但是我們這次的十年中並沒有包括圖書故事書，因為這十年來童書出版最蓬勃發展的可以說圖畫書就是其中之一，它的質與量已經足以獨自自成一家了，再加上圖畫書的文圖相輔相成的這種特性，選集是沒有辦法把它文圖並容呈現的，所以圖畫書並不在我們的編選範圍之內，但是唯一的例外是民間故事裡面收了一篇〈九十九個娘〉，作者是王宣一，遠流出版公司所出版，這篇故事的文字和圖畫具有可分割性，我們認為脫離圖畫之後它仍然是一篇很好的作品，所以列入。另外，要補充說明的就是，有關於童話、小說與故事之間有著模糊的地帶，我們這本書所選的像孫晴峰的作品「甜雨」，一般是將它分類為童話，還有張友漁的《我的爸爸是流氓》，一般分類是兒童小說或是少年小說，但是我們也聽聽評論者的說法，張嘉驊在《臺灣兒童文學100》這本書的第四十五頁介紹孫晴峰的童話

的時候說：「『甜雨』等篇，說是童話，其實更接近生活故事，虛實鋪排之間，倒也看得出作者如何善用文類的『模糊性』。作者是在寫『反童話』。她所『反』的，正是一般人對童話的慣性認識。」張子樟教授在《臺灣兒童文學100論文集》第九十一頁提到，對《我的爸爸是流氓》這一本書的看法，當然他說了他的優點，另外他也說到了：「全書不理想的是情節的安排比較鬆散，情節的串聯不夠密合，使得每節似乎都是獨立的橋劇。」張教授的這段文句似乎也某種程度的說明了，為什麼這本書的各篇拆開來看，單篇是可以獨立成為一篇生活故事的。當然，所有的原則與說明，都只是在說明編者個人的想法與看法，我認為還有相當大的討論空間。最後我要談到在編選過程裡面所得到的一些觀察，就教於各位，1983年到1987年本人主編國語日報的週三、週六增刊的故事版，到了1988年以後是每天都有一個故事版，當時我的編輯方式是一個禮拜如果是七天的故事版，裡面可能一天是民間故事，一天是神話故事，一天是童話故事，就是說各類型的故事都有它發表的空間，當然後來作法也隨之而改變，因為當時的編輯經驗，就是來稿之中，民間故事和神話故事的來稿還是相當的多的，但是在這次編選過程之中卻發現，生活故事的創作大量增加，而民間故事和神話故事這種根據我們原有的素材來改寫或是重新創作的作品，反而是相當相當的少了，還有就是歷史故事方面，有系統長期投入的也只有寫《吳姐姐講歷史故事》的吳涵碧小姐一個人了，所以我的感覺是新一代的作者似乎是寧願致力於自我的開發，全新的創作，而較少會選擇傳統素材的改寫，這種種的寫作趨勢與現象，是不是正顯示這是一個追求表現自我的時代，也是一個重視全新創意的時代，這使我們感覺到新的生命力，但是我也覺得民間故事、神話故事這些領域的整理、改寫、再創新是重要的，希望有心的寫手不要忽略了這塊園地。

曾西霸教授：

選集的誕生對我而言是一個非常興奮的經驗，因為我必須要聲明在前，我的專長本來是戲劇系畢業、藝術研究所的戲劇組畢業，但是因為我二十年當中做了電影的工作好像整體的量還超過戲劇，所以很多人已經忽略了我的戲劇背景，尤其我當時是以第一名的第一志願去文化唸了戲劇系，那個成績可以去成大、中興，這當時來講普通措詞叫「怪胎」，這種選擇是很不尋常的，那麼這樣的一個不尋常的選擇的一個愛好戲劇的人，到了若干年後能夠去編一本這樣戲劇的選集，我想這樣的意義對我真的是非常重大。所以我第一個要感謝幼獅和林所長他們對這樣的一個選集開始加入了戲劇的部分。第二個是這一年多以來楊瑛瑛小姐一直不斷的跟我反覆的溝通，希望把這一本書盡量做到接近完美的地步。當然剛才馮小姐講了，沒有一本選集是十全十美的，這我們都心知肚明，但我的意思是說，站在這樣的一個立場，我最高興的是，這本書不同於其他的選集，它的非凡的地方是在於它總結了書面上「1988-1998」，這個字眼對於戲劇的選集來講是騙人的，因為從它的內容來觀察的話，其實從1970年我們就開始選到了王慰誠，王老師就是當時的藝專影劇科的科主任，他在臺北縣的板橋小學教師研習會帶了一批老師，開始告訴大家怎麼樣寫兒童戲劇。所以王老師的示範起了非常大的一個示範性的展示，讓大家知道將來整個兒童戲劇基本上最多人所抱的態度跟作法是什麼，都奠定了一個基礎了。等到我研究所畢業之後，我願意引用一個多月以前在這裡舉辦的一個「兒童文學100」的研討會，我提了一個關於兒童劇改編的，因為我做這個工作真的是收穫太多了，一來可以好好消化一下長久以來沒有仔細讀過的遺漏的劇本，二來在這樣編選的過程中，我的副產品──我對兒童劇的改編的問題寫了篇小論文在這邊發表過，那當時

我就談到說，等到我研究所畢業的時候，板橋教師研習會第二次想要
弄這樣一個關於兒童戲劇的研習營，希望找我去幫忙，但是聽說承辦
人有一個非常不好的理由就回絕掉了，他說臺灣根本就沒有兒童戲
劇，不值得談。一個月前在那個研討會我就引用這個概念，我就說這
真的就是我們說的非洲那個鞋子的故事。有兩個廠商到非洲去看，他
們觀察到非洲人根本不穿鞋子，一個就沮喪的說這裡根本就沒有市
場，根本就不可能開發，他們不穿鞋的。可是另一個樂觀的人看到就
說，正因為這裡的人都不穿鞋，所以我們還大有可為，應該好好開發
這塊處女地。當時我的感覺真是覺得沮喪，這樣的兒童戲劇可以再度
出發的機會居然就這樣錯過了。但是好在幼獅的這個第二套兒童文學
選集，我們又開始看到很完整有一個機會來回顧臺灣地區長久以來兒
童戲劇發展的軌跡到底是什麼，所以我覺得，如果說用我的專長去做
一個服務的工作的話，我只是在很細心的去歸結和整理而已。那問題
是，在這個歸結當中大家一定會想到，既然號稱1947年開始到現在，
這個國民政府來臺之後，國共分家以後，就編了一個兒童戲劇選集，
為什麼最早的作品會到1970年代才出現，因為大家也都知道，國共分
家以後，由於大陸的左翼的戲劇和電影把國民黨打得落花流水，變成
吃敗仗的重大原因之一，所以我們有一段時間完全在反共抗俄劇裡頭
存活過來，我想大家也都很清楚這樣一段歷史。所以從編選的角度來
看，這個總結，從最早的剛剛講的，大家手上有林所長所編的「彩繪
兒童又十年」，今天洪志明老師也請大家對照收看一下，我也請大家
對照收看一下，我們看五十四頁，簡單講我的任務跨越這麼長時間，
要去總結這長久以來兒童劇的發展，為什麼最後選出這十三部，除了
時間的因素，我們要看到在不同的實例找到之外，在底下我有一個對
作品特色的說明，我想這個說明對編選的基本的立場可能更足以突顯
出來，像剛才講的王慰誠王老師的〈金龍太子〉，在當年的臺北市兒

童劇展做了一個示範性的展出,所以我給它的作品特性稱之為「正統原型」,就是大家一般都認為兒童劇就是這個樣子才是對的,第二個是吳青萍吳老師的電視劇,因為現在兒童的電視劇已經少了,那當時在兒童劇場受歡迎的時候,也曾經用這樣的形式出現,也有一些不錯的表現力,我們也看一下電視劇的情景。接著就是〈日月潭的故事〉,是完全取材於本土的鄉土背景的一個東西,〈龍宮傳奇〉是童話劇,把童話的整個特色在戲劇裡面表達出來,接著是〈會笑的星星〉,是一個完全是浪漫幻想再加上寓言,在這本書裡頭整體評價來講,我個人的看法裡,我覺得這是最好的一個作品,我甚至在教室裡跟同學說過,因為王友輝是我自己戲劇系的學生,他在二十六歲寫了這個作品,我對他的評價覺得已經完美到可以跟《綠野仙蹤》、《青鳥》相提並論的地步,創作是一個非常奇妙的事情,因為王友輝在二十六歲寫了這個劇本,今年我正好是他的兩倍,我今年是五十二歲,可是讓我放手去寫,我還是寫不出〈會笑的星星〉這樣的作品,所以大家礙於時間的關係,你優先要看一部最精彩的兒童劇是什麼樣子,我建議你看〈會笑的星星〉。接著是一個非常短的魔奇時代的謝瑞蘭的短劇,這個時候我們看到劇團的作品開始出現,接著是以節慶習俗為主要表達對象的鞋子劇團的〈年獸來了〉,接著還是民間傳說的〈獵人‧東郭‧狼〉,這是九歌劇團的保留劇目,這是他們最受歡迎且重複不斷在臺灣和世界各地演出的劇碼。接著是黃基博黃老師的歌舞劇〈詩寶寶誕生了〉,因為黃老師本身作為一個詩人,他長期在屏東的鄉下這樣子的開發兒童劇的可能性,自己就這樣像上午很多人談到怎樣變成歌、怎樣變成舞,每次黃老師自己連歌譜都附上了,所以他是個最標準的做歌舞劇最優選的人選,我們也選了他一個作品。接著才是黃春明先生所改編〈桃花源〉的〈小李子不是大騙子〉。後面有文史工作者在臺南唸藝術學院的一個學生對他的橋頭糖廠的文史,

用戲劇表現出來。接著我們就看到紙風車劇團，我們去年開亞洲兒童文學大會的時候，李永豐來幫我們帶開幕式，這個開幕式讓大家一新耳目，因為我命好，有這樣一個優秀的學生可以來幫忙做開幕式，做得非常的生動，他們的〈武松打虎〉作為這一個高度劇場化，完全跟孩子打成一片的這樣高效率，我想保留，因為等一下還會談。這種高效率、這種顛覆會不會相反的有一些什麼後遺症，當然這是另外一個問題，當然作為一個最受小觀眾歡迎的劇目來講，這應該是必定要選的一齣。最後才是現在一個非常有創作力的全面的兒童文學作家張友漁，我們也選到他的〈哇！龍耶！〉以上是我們把這些特性簡單的讓大家知道，接下來是一些編選的原則，第一個是要看到整個歷史的演變，什麼時候電視劇起來了，慢慢的電視劇也能演兒童劇了，什麼時候變成有職業劇團的出現，慢慢的有很多人考慮怎麼去講究更好的劇場效果，可能不是文學性，可能不是我們原來最擺在第一位那樣的條件，慢慢的他認為劇場的商業效用可能變成他優先考量的順位的一些新的兒童戲劇的作品出現了，第二個考慮就是歷史進程。再來我們看到個別作家和劇團的可能，因為很多劇團很多戲是大家共同所謂的共同創作，就像賴聲川賴老師當時的〈我們一家都是人〉的那種模式，慢慢當場即興、集體創作出來的東西，我們也要考慮，所以這裡頭有個別的、有老派的、有新式的、有傳統的、也有不同媒介的表現，剛剛更重要的是個別的作家跟一個劇團所做的，那這樣下來馬上就看到一個新的問題就來了，慢慢的新條件出來以後，大家知道兒童戲劇的定義其實不單單指被收到選集的這些最正規、有起承轉合、有一幕又一幕的這種完整劇情的東西，所以我在編選裡已經很快說明了基本立場，它的難處是，因為當它是一個文學選集的時候，我們就不可避免的回到了所謂文學性的本身，那至少你要有一個已經被整理出來的，可以作為劇本倒頭來是藍圖，這個藍圖是可以讓大家在你的學校裡，

在各自不同的時間空間裡，都可以反覆去排演的一個藍圖，這個藍圖
稱為劇本，所以說穿了其實這是兒童劇本的選集。那譬如上午屏東的
杜老師提到的帶說故事團體，那媽媽說故事劇場有誰會好過小袋鼠
呢？可是小袋鼠那種的說故事在這選集就沒辦法出現，譬如說一元偶
劇團的偶非常好，可是偶劇它靠偶的表現力，它成功的比例一大部分
建立在偶的操作上，那個在文學性上來講它又被減損了，它又不能跟
純粹為文學創作的劇本來相提並論，所以我很快的就談到這個局限，
千萬不要誤以為兒童戲劇就是在這個選集裡看到的這個樣子，甚至大
家知道在現在很多社區裡、學校裡、班級裡可以做的那種 Creative
Dramatics 所謂的創作性戲劇處理，很可能就是即興的東西，可能是
一個肢體語言是一個角色扮演，是一個故事接龍等等，這些東西都不
在這本選集之內，但是我們沒有任何人可以否定那也叫作兒童戲劇，
所以上午我來的時候，趁著空閒，我們兒童文學學會要再重編「認識
兒童戲劇」可能會把整個導向開始比較偏重像現在，為了方便大家真
的在學校裡能夠執行，可能會偏向創作性兒童戲劇這樣的東西這樣一
個新的形式裡去做一個更多討論，當然為了避免偏頗，我們也不要說
把傳統的、正規的兒童戲劇擺在不管的地步，但是我覺得更值得鼓勵
的應該是現在不在選集裡出現的，反而大家在更多的、不需要太多條
件配合就可以發展出來的創作性兒童戲劇恐怕是更需要的。

　　最後我必須要聲明，經濟條件的改變可能也是讓戲劇發表的重要
依據，所以我們看到剛剛前面談到的像九歌、紙風車能夠出來背後全
都有財團在支援，所以我們看到在經濟條件對戲劇的影響力可能遠遠
超過其他的文類，因為它需要很大的搭配才能夠做一個完整的呈現，
那這個呈現本身經濟條件愈來愈好，所以慢慢的在書裡頭沒想到談到
的也只不過是半年之間的事情，我們看到藝術學院有一批老師也成立
了兒童劇團，這是最專業的了，最專業戲劇系裡的老師也成立兒童劇

團，然後在演水果奶奶的趙自強也願意跳脫他的電視劇裡的那個模式，要出來組一個兒童劇團，慢慢我們看到劇團的愈來愈普及化，這是個好事。兩岸關係一直是這長久以來的熱門話題，我不是為了要談這個熱門話題，而是為了要談我在這樣一個現實條件裡對對岸的某些羨慕之處，因為當我把書寄給他們之後，他們就非常羨慕我們有這樣的兒童劇，可是他們不知道我們臺灣沒有專業的兒童劇團，拿到書非常高興的人是什麼呢？是宋慶齡在當時中華人民共和國建立以後馬上就成立了中華兒童福利會，然後就成立了一個兒童劇院，在全國各地都有職業性的專業的編導演人員，授薪於國家在搞兒童戲劇，所以我們可以想像到這樣的兒童戲劇的發展條件，在一個比較政治化的地方，可是它反而用這樣政治的力量去培養了專業的職業的劇團，下個月的十幾號他們在長沙就有一個所謂的全國大會表演，有十五個全國各地的戲劇在那邊演出，我們就看到我們一個自由開放的社會靠經濟來培養兒童戲劇，而對岸呢，是靠著還隱隱然存在的不可抗命的那種政治力量，也去培養兒童戲劇，所以我想至少對兒童戲劇的角力來講，這個兩岸的後續發展應該是比其他一般的政治活動，對於我們今天出席的人來講應該是更值得關切的，希望這本小小的總結，對大家知道這個歷史的進程會有一點小小的幫助，如果還有其他的問題，等一下還有時間我們再慢慢的溝通。

周惠玲副總編輯：

我一直在想今天我應該用什麼樣的方式來說明這個編選集，如剛才林文寶所長說，今天是一個賣書推廣的活動，那我想我是不是應該要以這個立場說這樣一本童話選集值得大家看一下，我就在想有著一個什麼樣的特色，因為如果要 Promotion 的話，我在想既然是童話的話，我是不是應該是一個童話小公主，不過這有一點困難，因為年紀

已經有點大，我今天已經很努力的穿得美一點。至於這個書我自己覺得，如果要做一個廣告 Slogan，我想我大概會這樣說，我希望在這一本書中所呈現的是一個好看、好玩，同時呢它是一個多元而另類的一個選集，在說明之前我想先說我自目的懺悔，因為我原先在編選這個集子之前，我有非常大的企圖心，我希望能照顧到非常多的層面，到最後我發現我沒有辦法，所以這是我必須要先跟每個作者和每個關心兒童文學的朋友們說，我特別要說明的是這不是一個成績單，不是一個作家的成績單，因為我覺得大家很容易把一個文學的選集（特別是十年的選集）當作是一個成績單，而事實上我覺得我從頭到尾其實非常清楚知道它不是，在我的心裡面其實放得比較多的是讀者，我期望看到的是說，一個臺灣的讀者，他想要看到臺灣的童話創作，他能看到些什麼，這是我不斷在這個集子裡想要探索的，所以我舉一個例子，林格倫的例子，這是我感觸很深的，林格倫可以說是現在兒童書界的女王，她最受大家喜愛歡迎的是《長襪的皮皮》這個作品，我曾經 Review 過了很多對她的一個評論，世界的評論家對她的一些看法，大家公認她最好的作品是《強盜的女兒》，這本書還曾經拍過電影，在我很小的時候我看過，還得了柏林影展的銀獅獎，在前幾年我們曾經出版我曾編輯過這本書，正好譯者張定綺小姐採訪過她，張定綺小姐回來之後跟我說，林格倫女士覺得她自己最滿意的作品都不是這些，她自己最滿意的作品是一本《獅心兄弟》，我想這其實說明了剛剛包括馮季眉馮小姐想要表達的一些東西，就是說當我選擇一個角度的時候它就顧不到另一個角度。

我想接下去我想要說的是我整個編選的過程和標準。如果說時間夠的話，我就小談一下這十年中我觀察到的臺灣兒童文學整個童話創作的一些現象，首先我講我選材的標準，第一是我選的範圍，包括有作者提供，主要是已經成書的童話，再來是報紙，關於報紙我要特別

說明，就是報紙和成書我都沒有限於兒童的領域，甚至於我相當程度的去看了一些成人童話、成人創造的童話，同時也有報紙跟雜誌，還有一個比較不一樣的作法，其實我也引介了現在的電腦，就是電腦網路上的創作的作品，這裡最後也被我選進來。從時間上來說，就是從1988年到1998年。從篇幅來說，我基本上希望是一個中短篇的童話，所以我的理想是三千到六千字，最後有一些篇幅是超過了，它大概是八千多字左右。另外以作者來說，我們在一開始的共識是以臺灣的作家為限。第五個是讀者年齡，我在這個選集裡面，其實選了可能有些人會認為它是成人童話，特別是最後一篇鄭栗兒小姐的〈成人童話雙聲帶〉，她那樣的作品就是少年童話和成人童話互相的變奏，這是我在選的時候的一個想法。在選的過程當中，我有一點要懺悔的是，我不敢保證看過每一篇童話，盡可能看了之後，初步選出了三百多篇童話，就是我覺得看起來好看的，之後我開始針對這三百多篇開始去思考整個成書之後的風貌，在過程當中，本來我有一些設定的原則不斷的在自我推翻當中，譬如說，我到底是不是應該一個作家只選一篇，或者是我應該是怎樣的一個方式，最後我並沒有一個作家一篇，我基本上是一個作家一篇，少數作家有二篇，我特別要請讀者們，可能不可以把出現兩篇的作家，認為他是在童話創作領域中表現得比那些創作一篇的作家創作的質量更好，我想這不是，而是因為到最後，我選用的一個標準是，我希望呈現出不同的面貌，以至於當我選用這個標準的時候，它就沒有辦法去照顧到說他是應該要呈現出這個作家可能在這個領域耕耘非常得非常多，他有很多很多的作品，所以在這個地方是失衡的，所以我必須在今天這個地方懺悔。

我最後是按照了四個角度來選，整個書分成四章，第一個部分是「特色童話」，這個特色童話基本上是希望能表達對童話裡創作的一些滿重要的一些特色一些型態，我選了十篇，這裡面包括我認為童話

裡面很重要的是它的幻想性、遊戲性、空間藝術的處理、故事性，要好看，我認為這對於讀者是很重要的，角色的刻畫這個部分是很多童話會忽略掉的，特別是在這十年後半期的童話其實相當程度特別著重在語言的一個探討，但相對來說，故事性上可能稍微會弱了一點，其實我認為童話的故事性角色的刻劃是不是能讓你印象很深刻，你是不是對於那樣一個人有很強的共鳴感，我想這是我想要突顯的。語言的風格當然很重要，還有就是童話的現代感，還有就是他的文化的傳承，地域性以及國際觀。我分別是用了十個童話去表達這十個我認為童話裡滿重要的主題。

第二個部分是「主題童話」，選了十四篇，我盡可能涵蓋各種我可見的童話主題，那當然沒有辦法，我想相當程度呈現出來可能目前的童話創作，會比較集中在某幾類型的童話創作裡面，這個是個現象，不過基本上大概有探討了一些，譬如說「希望跟夢想」、「人跟自我」、「人跟自然的關係」、「人跟人、人跟社會的互動」，我想大家可以看一下。

第三個部分是「類型童話」，類型童話是我希望在這個童話裡面是不是有不同的一個書寫的文類的呈現、文體的方式，所以在這個地方我其實非常希望能夠刻意的去挑選很多不一樣的類型童話，包括有非常小品的不到兩百字的童話，或者是現在所說的架空歷史文學這樣的科幻童話的出現，或是哲理童話這些等等。

第四個部分是「另類童話」，當阿寶老師找我編這個選集的時候，我想他很另類，所以我想我也不能辜負他，所以我就選了一些我自認為很有未來性的，也許在未來臺灣童話創作可以是一個思考的路線，我特別說一下我選了六篇童話，包括陳木城的《遺失城》，他具有後設書寫的特質，這個是1988年寫的，到現在好像並沒有看到有人用相同的方式同樣的企圖去寫，不過他告訴我說這個是他一本童話的

一開始的另一篇，他現在正在寫後面的，令我們很期待。王淑芬的〈羅蜜海鷗與小豬麗葉〉，我認為她採取的是一種非線性敘述，事實上這是現代的電腦多媒體裡面，我們所謂的 Hyper test Hyper link 這樣子的一個型式的一種探討，我看到這樣的一個現象。呂紹澄也是多重時空情節的敘述，〈雪蝦〉是一個非常散文化、無情節的異類童話。還有一個是雜貘這個作家，事實上是一個非常類詩歌、具有非常強音樂性跟意向的童話，以及剛剛我提到鄭栗兒的〈小壁虎與變色龍的約會〉，這個是採用少年童話和成人童話對話的一個型式。

我同時要特別說明的是以上這樣的分類，只是我希望輔助讀者在跟童話對話的時候，一個也許是好玩、或者是可以探索的東西。但是我並不希望對它做一個限定，因為我認為每一篇童話，它其實都有跨類的一個性質，譬如說特色童話跟類型童話當中，他都有他各自不同的主題，譬如說陳啟淦的〈鴿子小灰〉，我是把它放在「特色童話」當中去突顯童話創作的本土色彩。但是它以主題來說，它又有探討的友誼互助、生命有所不苟取這樣的一個主題。譬如說方素珍的「葉子上的小洞洞」，我雖然把它放在「主題童話」裡面來探討友誼，但是它也是非常典型的幼年童話。還有林世仁，我雖然沒有把他的作品放在哲理童話這一部分，可能很多的朋友會比較認為他其實可能是現代臺灣童話裡面哲理童話的代表性作家。這是我要特別說明的。

最後我要說明的，我剛才說我一直不斷的在放棄我原先的想法、改變原先的想法，原先我是希望能對每一篇作品做賞析，我最後發現事實上我這樣的想法是做不到的，那是基於兩個考慮，一個是也私下跟一些朋友討論到底要不要這樣子做，我擔心我個人的一個賞析可能會對這個作品造成一肢解，那當然不是說別人不能做，而是說受限於我的能力。第二個是我認為好的童話通常是多種面性的多種面向的，它能被多重的解讀，所以當我不可能對它去做一個長篇大論的賞析時

候，其實我相當程度的已經可能對它採取一個很偏見的一個看法，可能會是一個誤導。我認為說童話應該能夠因為讀者互動的對象而不同，它產生很多的變化，同樣一篇童話，每一個人的看法、每一個讀者在當中去遊戲的東西所產生的面貌都是不同的，我最後就放棄了這樣的事情，我也擔心它會嚴重干擾讀者閱讀的過程，那這個部分可能是我非常個人的經驗，因為讓我做最後這樣的一個決定的時候，其實是回歸到我做一個讀者的時候，其實我相當程度的討厭這樣的東西，但是為了彌補這樣對賞析有可能的一些需求，你可能希望再多看多探索一下這個作家，所以我們要求每個作家寫一個他對童話的一個童話觀，我想它會比我的賞析更有可看性，我想這也是這個書的特色，其他的我想在書中都交代得很清楚，真的很希望大家能夠去看一下這個書，因為很多童話是你在別的地方看不到的。

張子樟教授：

我想我最後一個報告，應該要簡短一點，因為每個人都超時。關於少年小說的編選，我大概有幾個原則要考慮到，在當初接到這件工作的時候，那時候想到一個問題，究竟臺灣的短篇少年小說有多少，要去哪裡找，我們可以發現少年小說和成年小說截然不同，所謂截然不同在哪裡，我們可以在報章雜誌上看到許許多多短篇的成人小說，卻看不到短篇的少年小說，大部分的少年小說都以中篇的型式由出版社直接出版，要選的時候困難度是滿高的，唯一能找到資料的就是幼獅少年，再加上臺灣省政府教育廳所舉辦的兒童文學創作獎裡面，到目前為止少年小說的部分一共有六次，然後再加上一些在報章雜誌出現，但是我認為它所談的問題還是跟少年有關，然後我根據自己這些標準，找到相關的資料以後，我做了實驗，我那時候在臺東師院兒童文學研究所教本土的少年小說，我每一篇加以影印，然後請上課的同

學討論，討論的結果發現，很多很多的問題會呈現出來，我根據他們討論的結果，然後再根據我的想法，再把這些作品選出來，當然我後來發現一個很嚴重的缺失，就是完全沒有說明出來編排的順序，我原先的編排順序是從淺的，最淺的是〈沖天砲大師〉，最不好懂的是郭箏的〈彈子王〉，我是按照這個順序編排，我盡量就是說能不能利用這些作品把臺灣這十年裡面所謂的少年問題的一些現象呈現出來，在把這一書編完以後我再做第二次實驗的階段，我目前還是在臺東師院上臺灣本土小說，現在已經選出來了，選出來之後再請他們看一遍，然後我在花蓮師院也開這個課，開這個課是大學生選的，我現在好奇的就是說，應該講起來這二個階段的學生至少相差四歲以上，這四歲的讀者對這些作品的看法是從什麼地方切入，當然我也看到許建崑教授談到的一個問題，我在每一篇作品後面都寫了約一千字的導讀，按照許建崑老師的講法，這個導讀究竟是助讀還是誤讀，我想這是見仁見智，因為要設定閱讀這些書的是青少年，我想如果是青少年，應該對他們有一些幫助才對，應該不至於是誤讀，因為在書印出來以後，上課的時候請學生看了以後提出意見，我第一個堅持的就是你不要按照我的說法，我要聽的是另類說法，你看這篇文章是什麼角度，當然我選文章的角度其實還是離不開小說的兩個基本原則，第一個原則就是表現手法，另外一個原則就是社會意識或者說是它的內容，一個是形式問題，一個是內容，當然我也要跟各位誠實的招供，其實我在選每篇小說的時候，一定是設想這一篇是不是要討論心理刻劃的問題，因為我要討論這個問題，然後我再想一個問題，這個問題是不是環保問題，應不應該要把它納進去，今天早上講那個原住民走掉了，我裡面選了一篇，但是現在牽涉到一個問題，他如果在場的話，他一定有意見，我選的那一篇，沒有錯，是探討原住民的問題，他的問題一定是那是漢人書寫的，不是原住民書寫，這都是有很多問題，究竟談原

住民的問題應該是由漢人書寫比較適合，還是原住民自己來書寫，這些問題我盡量把這些作品呈現出來，但是我也是滿後悔、非常後悔，為什麼非常後悔，這本書還是太薄，跟其他一起比的話，因為才四百多頁，有人編到七百多頁，是滿可惜啊！可是我實在是編不下去，為什麼講編不下去？一想到我選一篇就要寫一千字，那一千字真難寫，一直要想怎麼寫比較恰當，而且想到許建崑老師所講到的誤讀，我早就想到誤讀的問題，任何所謂的導論或者是評論，我認為都是一種偏見，假如我這種偏見能夠得到一些共鳴的話就不成為偏見，但是問題是要多久才能產生共鳴這很難講，然後我在把這些作品呈現給學生看的時候，還包括另外一本《俄羅斯的鼠尾草》，這本也包括在裡面，全部是二十八篇，現在設計了一種叫作「一種刻度」，然後有十個標準，我現在就交給學生寫，然後說這個你一定要交，你去考量，就是你認為這篇作品好到什麼地步、可以到第幾個刻度，等他們交上來我又可以寫一篇論文，因為這就是一個很典型的讀者反映，而且修這個課的話，他必須要把這些作品讀完，大部分要細讀，細讀才能發現裡面的問題，擔任這個工作使我自己感覺到自己的導讀工作幫助很大，我是一直在做導讀的工作，我也想到很多問題，我自己在劉鳳芯老師編的那本書裡也談到這個問題，就是導讀與評論的問題，當然今天早上也有人提到，兒童文學界是不是太欠缺評論性的東西，我認為兒童文學還是在起步的階段，似乎是不是應該鼓勵多於批評，這是一個問題。

另外一個問題我感覺比較遺憾的是幻想性的東西太少，也有人推薦所謂的科幻小說給我，可是讓學生批評得一文不值，學生說這根本是抄倪匡的，講得非常白，實際上是如此，我記得前一陣子在靜宜開會的時候也提一個問題，很多少年小說都是仿作，本來就有，然後模仿人家怎麼寫，我很贊成李金蓮小姐今天早上講的話，很多作家可能

要經過模仿的階段，可是我也想到下面的另一句話，假如模仿以後不能超越的話，這樣的模仿有沒有意義，我想這都值得我們思考，或者是說你模仿之後變成另一類創作那才有意義。

林文寶所長：

我們謝謝張老師，以及以上的四位對於他們的編選過程做一個解釋，當時在編選這套書的時候，我的原則是採取一個多元的方向，也就是由七位主編放手由他們自己去做，在我們談論的過程中可能大家會一直認為說文學是很嚴肅或是怎麼樣，這樣都太嚴肅了，我們希望下面談得好玩一點，因為文學本來就是遊戲的另一種方式，沒有那麼嚴肅，套一句總統說的話：「有那麼嚴重嗎？」沒有，也沒有人說讀一本書就影響你一輩子，雖然有人這麼說，但其實真的是沒有，對我來講是沒有。假設閱讀變得這麼嚴肅的話，那麼這些小孩就會不再讀書，我常常在講今天教育搞成這樣都是因為老師太認真了啦，我希望不要認真到那個程度，也就是說不要把自己喜歡的都加在別人身上，這樣可能會比較輕鬆一點，當然這也是我自己的意見不見得對。接下來我們聽聽各位對於這四位老師有什麼意見。

屏東杜紫楓：

我曾經在國語日報語文天地版刊登過以相聲、數來寶、短劇介紹語文修辭技巧的東西，就是以戲劇的方式、生動活潑的方式來介紹修辭方面的技巧，可是像我寫了一些兒童舞臺劇的劇本，也曾經在地方上的藝術館演出過，反映也不錯，可惜的是沒有一個園地來發表舞臺劇的劇本，給小朋友作為另一種文學的欣賞，或者是老師們要做舞臺劇演出，他們要拿這類劇本的資源也很少，就是說我們這個劇本非常缺乏園地，所以就推展不開來，人家說臺灣沒有兒童戲劇，會被誤認

成這樣，我是希望我們國內這些大報、國語日報這麼有聲望的來推動一下，在版面上給我們一個園地，能夠發表兒童劇本方面的作品。

鄭雪玫：

在二十年前我在美國做兒童圖書館員的時候，我發現學校的小朋友非常喜歡演話劇，他們常常到圖書館來就是要某一類的劇本，那時有一個雜誌叫 *Play magazine*，不知道你們熟不熟悉，那裡面的 play 都講明有幾個角色、有多長，那個 magazine 是一直連續的在出版，非常非常的 popular，小孩子要演劇就來找這個，連主題都提供了，我們國內不知道有沒有？

曾西霸教授：

我優先同時把兩個問題來溝通一下，簡單講因為剛才已經聲明過，因為在劇場裡需要燈光佈景全部配置完的正規的東西，在臺北市兒童劇展曾經被我們連去講課的人都反對過，因為到最後會走火入魔，老師如果沒有這個專長，乾脆找戲劇系的學生來幫忙，全部都是學生和那些劇團的人在做，小朋友不過是當演員而已，那就沒有意義了，所以應該是回到剛才杜老師所期待的，還有鄭老師所期待的這樣，簡單講如果是對報社有所期待，我的選集比較特別，就是所謂的長達六、七百頁的那本，十三個劇就要六、七百頁，每一個劇都是那麼漫長無度，只不過是十三個劇就要六、七百頁了，所以說相對的要指望能夠讓報社願意接受，又回到剛才鄭老師提到的美國經驗，報社一定很清楚訂好我們能夠提供最大的篇幅就是希望是五分鐘的短劇或是十分鐘的短劇，這已經是最大的容量了，這個容量下好像杜老師的寓言就可以出來了，我跟馬老師中午吃飯的時候還在談，小學課本裡有很多課文，如果有故事性的話，我們可以把它改編成短短的廣播劇

的型式，又達到語言訓練的目的，那個東西其實是可以做的，剛才鄭老師提到國內有沒有，「書林」有一些英文的，專門給小朋友做一些小型的演出，就是只要演十分鐘的短劇，它就編好一些劇本等在哪裡，你只是要試著看看演戲是一個什麼樣的趣味，是怎麼樣的一個活動，有一個粗略的了解，在書林有一本書就專門寫十分鐘到二十分鐘不等的短劇，當然那是英文的，可是英文要翻譯成中文的很普及很方便，我覺得這個就是講到那個長度的要求，相對的彼此怎麼樣配合的問題，這樣才能達到一個比較理想的狀況。

林文寶所長：

我這邊稍微補充一下，剛才杜紫楓老師提的基本上是比較屬於從教育的角度來講創造性的戲劇這一類，在這裡我也可以透露一個消息，今年暑假班報考的學生有一大票是劇場的人員來考，也就是目前都是劇團的那一些，差不多有十幾個，就是目前南北的，都是從事劇場，有的是團長，有的是什麼的這一類的，所以搞不好到時候我們就可以組一個劇團在暑假公演都不一定。

張嘉驊先生：

從早上一直聆聽到現在，有一些話一直梗在喉嚨，我想不如吐出來為快好了。缺乏評論人員一方面也是因為刊佈評論的媒體過少，一直有個想法就是希望有一個基金會來從事這種理論的推展，如果基金會沒有辦法做到這樣的事情，或是根本缺乏這樣的單位，以目前的狀況來講，兒童文學學會是滿適合的，最理想的一個狀況就是一個年度能辦理一個兒童文學的論文獎，希望用這個方式來推動整個兒童文學理論的推展，這是一個最通俗的方法，也希望能夠每一年，看能夠有什麼樣的單位，最好是國家圖書館來，做一個年鑑這樣的一個雜誌，

其實兒童文學缺乏人家注目，不是十年辦一次選集就了結，事實上比較正規又適合的方法就是每年都辦年度選，童詩有童詩的年度選、童話有童話的年度選，但是又要問市場在哪裡，所以這幾年我一直在希望建立一個全民的兒童文學觀，原因就是在希望說大家能夠重視這個東西。國家圖書館可以做一個引導者，辦一個年鑑，年鑑有什麼樣的作用呢？第一個就是搜集該年度作品的一個編目，就像林文寶林老師一直在做這樣的東西，遇到有所謂的佳作就全文刊出酌給稿費，這樣兒童文學就不會怕沒有一個刊佈和推動的力量。

林峻楓：

我是林峻楓，這次有幸入選少年小說，我在這邊有個問題，就是張教授說的，我們的少年小說為什麼那麼難選，我自己是一個創作者，我一開始創作並沒有用模擬的方式，我會有一個感覺就是說臺灣的少年小說就像是張教授所講的，兒童小說跟少年小說其實是有一個模糊的界帶，我們所謂的少年小說往往是比較偏重兒童小說，所以就這一點，我自己創作的部分，我覺得我比較偏重少年小說跟青少年小說，所以我有個問題要就教於張教授，也是我去年在一個文學會議提出來的，不曉得以後我們在兒童文學和青少年文學這個部分我們要特定把它釐出來，也就是說青少年文學是屬於少年文學跟青少年文學的重疊，兒童文學可能是少年跟兒童部分的重疊，請張教授能發表您的意見。

張子樟教授：

我是聽我以前的老師楊孝濚教授說過，他是說新的社會法規定所謂現在的兒童是包括到十九歲，所以現在一個問題就出來了，就是兒童包括零到十九歲都是兒童，我個人自己是比較偏向青少年小說，兒

童小說可能是十歲以下比較適合，可能要給他一些對未來比較有希望，可能也比較深具有道德價值的問題，假如妳真的要談到會令人比較感動的青少年文學作品，應該是最好能夠把社會的問題提出來討論。比方說家庭的衝突、父母的角色的扮演、同儕之間的競爭，甚至包括飆車、嗑藥問題應該都要赤裸裸的拿出來談，但是我們好像現在還是盡量的避免，我想印刷媒介的力量不會比電媒介來得偉大，電子媒介上面的東西現在已經夠糟糕了，尤其是綜藝節目，如果說要把小孩教壞的話，印刷媒介真的沒有這樣大的力量。

林文寶所長：

這邊我再補充幾個的想法，首先我稍微跟各位報告，在我們所裡有一份兒童文學學刊，是每一年一本，但是從今年度開始改成半年刊，而且我們也嘗試在市場上發行，透過跟出版社合作把它推出去，這是目前我們能夠看到比較正式的論文的評論方式，我們也希望在不久的將來也能夠出版一本刊物是專門作品的，這個都是可以預期的而且可以做得到的，只要到一個程度。第二點要報告的是兒童文學年鑑，目前由文建會委託「文訊」辦的臺灣兒童文學年鑑裡面，我連續三年幫他寫兒童文學的部分，包括今年也幫新聞局的中華民國出版年鑑也有兒童文學的部分，搞不好可能國家圖書館也會在近一、二年它看我們這麼推動，也可能做一個兒童文學年鑑也不無可能，年度的選集我也正在找基金會在設法幫忙。至於小說部分，這是我們研究兒童文學裡面一個普遍的現象，文類的含混不只是只有小說，在童話、幼兒文學、童年文學還有少年文學、青少年文學怎麼去界定，小說到底要界定在哪裡，也有一批人認為它是兒童小說，我是不太同意兒童小說，我會比較同意叫少年小說，那麼少年小說再上去是青少年，我是從皮亞傑認知發展來講，一個人到十五歲以後，他的抽象能力應該完

成了，所以我們只要介紹到少年、青少年就好了，要不然再上去還有老年文學、中年文學，那就會漫無一個標準，我們現在很多人在討論小說的時候，常常以西方的青少年小說來看臺灣的小說，青少年小說基本上是用成人小說的方式在處理，所以文學性會比較強，我想這牽扯到一個文類怎麼去界定它，我們不只是小說，還有很多都混淆不清，臺灣的一個兒童文學的學術研究其實剛在起步，有很多都還沒有一個比較正式的、嚴肅的界定，假如大家有印象的話，信誼有一套小說也叫小小說，也叫幼年童話，一下子出版名字都變得不一樣，它重新再版的時候又把它變成幼年童話，一下子又小小說。這個要等到一個作品累積到某一個程度，大家也比較從理論上去觀察它的時候，可能會比較清楚一點，所以我現在比較主張先讓它存在，去觀察它，去看，因為到底我們累積的量還是不夠多。

博艾格：

我還沒有看完你的《彩繪兒童又十年》這本書，也許是我以外國人的觀點來看，你們對於文學的觀點還是蠻窄的，我看到你們裡面所提到的書名，漏網的文學類型其實是滿多的，其中之一是漫畫書都沒有被包括了，真的要講青少年在看什麼，最大的類型其實是漫畫書。另外一個，因為你們是以中文書寫為主，你們選取的範圍是1945開始的，日據時代的兒童文學你們有沒有考慮到包括在內，就是把日文的兒童文學書包括在內。另外一個漏網的是卡通片，也許因為不是讀物不想包括，對我來講兒童文學應該包括小孩子跟少年所有看到的書。

我的問題就是你們為什麼沒有包括日據時代的書，還有就是剛才提到的哪些文類。

林文寶所長：

　　我想我們站在研究的角度我們是會去處理，因為我們做這個工作有一個現象事實的存在，以及一個階段性，目前在著手努力的是漫畫的部分，你一定要有一個階段，另外日據時代的臺灣兒童文學，這裡我所收的是以中文書寫，我暑假的課程我就從日本請了游佩芸回來講日據時代的臺灣兒童文學，這是她上課的主軸，我自己有在注意，但是不是注意就一下子可以處理到，所以我們這個暑假請游佩芸從日本回來在我們那邊密集上課，要講日據時代的臺灣兒童文學，這也是我目前正在關注的一個方向。因為我們是一個研究所，它的量其實有限，卡通影片跟兒童電影我們也都在收集，而且我也跟曾老師一起在講怎樣來處理，因為這個都是要到一個階段。兒童文學包括的範圍是很廣這沒錯，我們所能夠做的事非常有限，這一本所呈現的只是一個中文而且是文字書寫的部分，不能說比較重要，事實上是就我個人能力所及，所以我很願意大家共襄盛舉，如果你有認識基金會，各方面願意贊助我們來做，目前還好我們研究生其實比較可以做這些事情。學術本來就是一個社會的公器，是要群策大家的力量，我只是比較願意去拿那一塊磚把它堆砌上去，我希望大家能夠一起來堆砌這一塊磚，這是我的一個期盼，讓我們能夠給我們的孩子有一個比較好的未來，我想是比較重要的。

座談會（I）兒童讀物的催生與評介

主持人：臺大圖資系鄭雪玫教授
引言人：民生報少年兒童組桂文亞主任
　　　　小魯文化事業公司沙永玲總編輯
　　　　幼獅文化事業股份有限公司孫小英總編輯
　　　　中國時報開卷版李金蓮主編
　　　　聯合報讀書人版王開平先生
會議記錄：黃如伶小姐

鄭雪玫：

　　各位引言人、各位愛好兒童文學的好朋友您們好！很高興有機會主持這一場座談會，它的主題就是「兒童讀物的催生與評介」。這場是座談會，不是研討會，雖然沒有上一場學術，可是我們有更多交流、更多溫馨。主辦單位請了五位引言人，其中三位都是資深的編輯人，而且對兒童文學的投入很深，我個人則非常佩服她們三位，她們不愧為兒童文學的催生者。另兩位也是臺灣最有名兩份報紙──中國時報、聯合報書情版的執筆人。

　　我想兒童文學作品，無論出版有多好，假若沒人來批評和推薦的話，我們的讀者就讀不到好的書。所以，今天我是主持人，我最重要

的工作就是掌握時間,掌握全會場的氣氛,我還希望大家多多幫忙。
我們人比較多,有五位,那我希望每位引言人就用十分鐘跟大家分享
編輯的或者是評介的一些理念。待會兒有人在八分鐘會按鈴一下,你
們不要給嚇著了,還有兩分鐘,所以我希望你們把十分鐘都用完。我
不講什麼話,我把時間分給你們。

　　好!那我現在來介紹一下,從右邊開始是桂文亞──民生報少年
兒童組主任,也算是我的老朋友、好朋友、小朋友,我們一起工作好
多年,她出版的書我都喜歡,我的學生也喜歡閱讀,最重要的原因是
她送很多書給我們學校,所以,我就大力推廣。另一位沙永玲──小
魯文化事業公司的編輯,是我們臺大圖資系高材生,可惜我從來沒有
教過她,她的出書也很好,可是沙小姐很少送書給我的圖書館,所以
呢?以後多送一些給我推廣一點。那麼左邊是孫小英,是幼獅文化的
總編輯,孫小姐雖然跟我的交情不是很親密,但我們一直有來往,我
因為她的熟悉,還有她的努力,很感動,因為她辦讀書會的時候,和
我們的系有合作,她現在出了一套那麼好的書,不只好看,又有內
容,為我們的兒童文學打下一點基礎。下面兩位是貴賓,對我們來
講,兒童讀物假如沒人評介的話,我想書不會到很多人的手裡,開卷
版和讀書人也是我教書利用的參考資料,更是每個禮拜我要學生看的
資料。李金蓮女士是開卷版的主編,王開平先生是讀書人的執筆者。
我想把時間先交給這五位,我想現在請桂小姐,再請沙小姐、孫小
姐、李小姐和王先生,王先生是最後一個,要把時間用完。然後,以
後把時間交給座位上的各位,請你們要發言,請你們知道一下,按鈴
一下,八分鐘,還有兩分鐘,一共十分鐘,希望在十二點十分,最遲
在十二點二十分大家一起吃中飯。謝謝各位!來我們享受他們的發
言。

桂文亞：

孫小姐、鄭老師、各位先生、各位女士大家早安！我想首先要做一個簡單的關於我們所做這個「兒童文學希望工程」的一個全面的提綱，在第一個階段裡，因為也許各位都知道，我們民生報出版了一些兒童的圖書。事實上，我們做的是新聞媒體的兒童文學推廣工作，就這個部分我簡單介紹一下，那就是民生報是供應所有的聯合報系兒童文學報紙刊載的文章的一個中心，這個中心是我們提供的稿源，同時，也在聯合報系、美國的世界日報、歐洲的歐洲日報、泰國的世界日報兒童版，以及我們為僑委會編印的一份僑報，四開型小報，這個報紙等於是兩個版，兩張小報閱讀對象是針對海外的青少年，是全部注音。此外，我們除了媒體的和一般出版社有一點差別的，是因為我們是編報紙的，所以，在編務上面採用一體成型的方式，也就是經過我們刊載的文章作品，很有可能成為我們的出版品，所以，我們在這個工作上可能占了一些對兒童文學的作者有一點推廣的優勢，就是他們的作品在還沒有出版的時候，就可以透過這麼多重的報系已經和讀者認識了，然後，我們呢？在這些發表中的作品裡面，我們就開始從事這個少年兒童讀物的編選工作。在過去二十一年來，我所編選的兒童讀物大概有三百多種，但是大概在七年前吧！因為民生報整個獨立出版，所以呢？我們開始重新建構我們的少年兒童讀物的體系，而這一部分由於我們出版量的年產品並不是很大，所以，我們就鎖定了全面式創作的作品，也就是說我們民生報的少年兒童書系比再作、翻譯、改寫或者親子方面的讀物多，因為這些出版品裡面，有相當多一部分的臺灣出版兒童讀物的出版社都做得比我們好，那麼我們民生報的少年兒童叢書，也就是在五年前考慮到目前的青少年並沒有他們的可以閱讀的作品，因為界線的模糊，所以我們也想為青少年、兒童確

認閱讀的體系,這就是我們出版這個「中學生書房」,每本書都是為青少年所設計的。這一部分就是談到我們一個供稿的狀態,以及我們的出版的狀態。今天在座的各位都有一份我們的書目,也就是我們近六年來所編輯的少年兒童叢書一部分的分類。

再談到剛才我們說,就是這個兒童讀物的推廣是一個文學理念的推廣,它是一個全面工程的建構,所以,在這部分來說我們同時也有各種活動推展。其中,是可能大家比較熟悉的,現在我們1990年開始做的「好書大家讀──少年兒童讀物優良讀物評鑑」,這一部分呢?我們已經做了進入第十年,今年是由臺北市立圖書館來作為承辦單位。此外,我們自己本身也在去年開始成立了一個推廣的活動,其中包括有「校園書香」的巡迴活動,還有民生報的「童書俱樂部」。那麼我們的童書俱樂部的讀書會在去年成立,已經在國小成立了分會,包括白雲國小、昌隆國小、明湖國小,以及新店一個分會。我們不在民生報的本址來辦童書俱樂部的讀書會,因為事實上在學校裡面有很多的讀書會,這個資源可以就地來共同合作,共享讀書的一種樂趣。那在這一部分,我們所做的特色可能和我不知道外面的讀書會怎麼做,但是我們做了一個是採取一個正式研討會的流程,是非常比較嚴謹一點,就是希望媽媽們不是隨心所欲來讀書,而我們通通是事前都有一些企劃,所以,我們有固定的書單和再配合專家講評,這些都是集合來自各個國小的故事媽媽,目前我們正在做的大概已超過了一百多個人。在中南部,我們也有會員,這是將來我們要推廣的工作重點。

此外,今天不曉得你們有沒有看到《民生報》其中一篇文章,是浙江師範大學方衛平教授所寫的一篇文章,是〈臺灣兒童讀物出版狀況的初步觀察〉,將會刊於今明兩天。這也就說到,將我們談到兒童讀物,或者是說兒童文學的推廣,不能夠只有臺灣本土在做,應該推廣到海外,更應該推廣到大陸,因為那才是真正華文的市場,無論是

從各個角度來看，所以我們是去年開始這個案子呢！我們談了兩年，經過確認後，我們去年正式在聯合報文教基金會的這個支持下，以及「好書大家讀」的所有主協辦單位所共同贊助下，我們已經寄出了一千多冊的臺灣兒童讀物，在浙江成立臺灣兒童讀物資料的研究中心，我們都知道，這個概念是來自1989年開始兩岸交流以來，許多人都看到了很多的優秀的大陸的兒童文學作家的作品進入臺灣，同時，事實上也陸陸續續有一部分的作品到大陸去，但是這樣一種散漫的交流是不夠的，而且是很鬆散的，所以，我們在想是不是說在大陸我們就借用這一些學術單位。在大陸有幾個學術單位是我們可以談合作的，是因為主持人本身的學養和他們對兒童文學的了解和關心，以及支持，還有以我們比較好的認知，所以在方衛平教授的全程安排之下，我們現在已經進入了一個狀態，就是他們用他們的研究生，來研究我們臺灣兒童各個出版社出版的讀物。我認為這樣一個作法才能夠達到兩岸兒童文學交流一個平衡，所以，今天也許我們的主題談的是兒童讀物的推廣，但是，它的涵義是比較廣義的，而不應該是狹義的，所以我想在這一個階段裡面，暫時我介紹到這裡，所以，等一下有興趣的話，可以從各個主題中討論。就民生報來講，二十多年來所做的，更是覺得文化一定要生根，它是一個新舊傳承的問題，這當然是一個少年、兒童如果沒有兒童閱讀的話，我會覺得我們的未來是沒有希望的，所以，也就是我們在這兒的那麼多人為什麼一直努力不懈的從事這個兒童文學的工作，無論是編、寫、譯，或是出版，或是媒體推廣的一個很重要的原因。謝謝各位！

沙永玲：

各位親愛的朋友大家早安！很高興能有這個機會和大家做一個溝通。當初我拿到這個題目的時候，想到是「催生」、「評介」，我就很

認真的想想看「我有資格做一個催生者嗎？」也是這幾天對我十多年來在小魯和天衛出版的書整個拿出來想一下。當我想說我們公司在我手下出了各式各樣的、蠻多題材的書，蠻豐富的，我就想說「我催生的動力到底是什麼？」所以，我想今天的討論會等於是我蠻個人的感覺。後來，問我自己是什麼樣的感覺要我把這些動力推出來，我想在兒童文學工作了十幾年，其實，我也是個喜歡抱怨的人，常常抱怨，可是後來也常想說，我自己抱怨那麼多，可是好像一路走下來，我也沒有改行，我也沒有離開這個領域。我想主要有幾個信念，我想跟大家分享我的信念。任何偉大奇妙的東西，好像先有想像才會實現，我覺得這個兒童文學的工作徹底體現了這種信念，覺得很多書的出版，尤其是我自己手上催生的一些書，譬如像小魯兒童小說，在十年前的時候，那時候覺得好像不太敢想像臺灣會有一個小讀者喜歡這樣的作品，但因為我自己是臺大圖書館系畢業的。在這個系裡，我獲得了很大的好處，就是很能夠從書評或介紹來了解外國閱讀的領域，但是我在看國外的一些書評或介紹的時候，就覺得為什麼外國的小學生到中學生的時候，有那麼豐富的小說的東西，能夠在他們成長的階段裡，給他心靈上一些很重要的感受，或都是一些認識自己一些文學作品，為什麼我們這邊總是只有一些世界名著啦！或說一些傳統的生活故事、寓言。我覺得這給我一個蠻大的挑戰，為什麼，憑什麼我們這邊不能有比較長結構的東西。然後，難道是我們的作者比較寫不出為環境的東西，我想這是一個想像，我覺得有想像，就可以嘗試著慢慢的開始去做。我覺得十多年走下來，很願意跟大家分享的是，若你願意去想像的話，很高興這個花園真的就有很多的園丁，大家一起來耕耘。我覺得作為一個編輯最美好的，就是你把你的想像和好朋友分享，大家盡量說、盡量談，覺得有那麼多人來參與，然後，書就出來了。事實上，書出來的時候，會不會覺得有人買，說真的，確實是不

知道。下午有行銷方面的座談，說實在很想問一下連鎖店的系統這一類的問題。事實上，兒童文學在整個行銷管道上，根本是不通的，所以，當我看到這一個題目，我想到「催生」，如果說想像是一個催生，其實對一個出版人、編輯人來講的話，書的誕生那一天，才是真正是你奮鬥的開始，你要想辦法用怎樣的方式把書銷售出去、怎樣讓老師知道這一個書、讓家長知道這個書、小朋友知道這個書。其實，往往工作是在那一個書進到你的倉庫的那一天才開始，前面的編輯作業真的只是一個你的理想、一個情形，可是，我覺得也是因為敢想像，所以，我們很多的東西就出來了，我們發現我們臺灣那麼多好作家一直出來。事實上我們這一年來，在各地做一些巡迴的兒童班級研討會的活動中發現，臺灣小朋友真的非常喜歡臺灣作家的作品，那也是沒有辦法的，因為整個生活、語言跟情感的交流，那一個部分可是相對的。

　　站在一個編輯的角度來說，臺灣作家寫到一個領域的時候，我們要怎樣開拓臺灣作家寫作的題材，我當然覺得兩岸的交流，甚至外國作品的引介非常重要，所以，原來只是一個想像慢慢實現，也有一些方法像剛才上場討論到的。評論的部分，事實上我自己兩年，我們公司對於評論的，還有關於論述的作品，覺得非常的重要，然後，我們公司也率先出了一些認識幼兒讀物、認識童話這樣的作品。一方面是希望老師對兒童文學的各種形式能有基本的認知，更重要的是說，可不可以讓研究者能夠多去就著各種題材提出討論，然後，讓作家能夠有一些新的方向。當然現在以我來講，要對青少年的各種新的寫作題材，一種譯界覺得很重視，譬如說是我們讀大獎小說，最近我們出了一本《嗑藥》（*Junk*），當然張子璋老師也寫這樣的作品，真正去了解青少年的內心世界。外國的兒童文學作家他們是怎麼樣體現這些問題，他們這個作品怎樣跟青少年互動，而我們家長、輔導人又是怎麼

樣經由文學作品來了解青少年的心靈和感受,所以,其實兒童文學並
不是孤立,是一個文學的作品,否則,只是一群文人關在一起,自己
開討論會,自己玩得很高興。對於剛才李金蓮女士提出來對藝術論述
的未來有什麼看法,那時候我很想立刻馬上回應。一個論述者也好,
一個作家也好,他應是跟社會整個去結合,關懷社會。作家的作品要
去體現社會的各種問題,跟現代小朋友他最需要的是什麼,我覺得真
的需要想一些問題。論述者也就是該就這一個重點,能夠多寫些文
章,多讓大家來互相討論。覺得任何的討論、交流,像今天這樣的場
合,都是非常重要的。大家有一些激盪、有一些共同的看法的時候,
回去做的力量真的是非常的大。

　　另外我覺得還有很多很多要談的,第二點,我的信念是什麼,我
常常在編輯部跟我的同事溝通的時候,覺得「存在就是價值」,這是
說任何一種怪怪的文體,或是一些創新的文學創作,真的只要有人願
意創作,應該是我們小魯、天衛願意先出版,即使是它非常的小眾。
而我覺得就是說,其實是書,各種傳播媒體它最了不起、最有價值的
地方,我覺得那就是網路沒有辦法取代的部分,還是在於它能存留下
來。有人讀過以後,在腦海中存留下印象,以後真的不知道哪一天真
的帶給小孩子一個什麼樣的感受、跟什麼樣一種激勵,尤其是印成文
學作品紙本的書,這種的價值,應該是不會被淘汰的,所以,其實既
然存在是一種價值的時候,我覺得編輯部要出任何的形式的東西,我
們都很樂意去嘗試。當然有時候說去嘗試出來以後,在市場上的歷
練,有時候是成功的,有時候是失敗,可是那是誕生以後一個行銷的
考驗。

　　我想下午的時候,我對下午的座談會,其實非常充滿了興趣。我
對臺灣兒童文學的推廣,有的時候在行銷部分,應該是所有工作者所
碰到最大的難題。第三個也是我希望跟大家共勉的一點,就是我們常

常跟公司的同事也這樣講，就是說我們要覺得雖然是沒有希望的事，我們還是要好像是有希望的去做，好像往往我們公司口號一提出來的時候，往往都可以鹹魚翻身，譬如說出論述的作品，像劉鳳芯老師譯的《閱讀兒童文學的樂趣》，我們原來寫那印務單的時候，我們原來只想要五百本的，可是，事實上那個東西從那個談版權啦，到每一個細部的談版權、注解到翻譯，劉鳳芯老師花了一年多的時間譯下來，這工程實際上非常大，可是，我們對市場的需求只有五百本，後來，很勇敢的寫了兩千本。我覺得這時候兩千本就是說，如果賣不掉就送掉，但事實上，我剛剛跟劉老師所講的這書，其實是蠻受歡迎的。它主要有一些新的論述，所以，其實我印這個我剛才講的「存在就是一個價值」，那你只是經由什麼方法讓人知道它的存在。

第二，就是有時候沒希望的時候還是要去做，就是去做沒什麼關係。我想我這三點等於是我從事那麼多年工作的心情，如果等一下有機會的話，實際上有什麼各種問題的話，我們用交流的方式，和各位溝通。謝謝各位！

孫小英：

兒童文學界的朋友，大家好！我非常感謝大家來到這裡共聚一堂，內心感到十分的溫暖，因為有這麼多人的愛和有童心的朋友一起來為兒童和青少年而努力，覺得受到極大的鼓勵。那麼下面我要介紹一下幼獅這個名字，我們用英文來講 "YOUTH"，也就是 "Y-O-U-T-H"，當然可以從 Youth 這個英文名字看出來，Youth 主要是以青少年為主要對象，一般我們的出版品是比較偏向綜合性的。我記得詩人瘂弦先生曾說，他說就像一盤綜合水果一樣，希望孩子在讀的時候，不要增加他課業的負擔，但是又能夠提供他成長所需要的營養，所以，我們採用的方式是一種潛移默化的方式。那麼再以幼獅的出版品來

講，包含有兩個刊物，一個就是《幼獅文藝》，高中以上愛好文藝青年和在學的社會青年，另外，就是《幼獅少年》，就是以國中生為主要對象。另外圖畫方面，有一般的圖書，我們有出版適合國小、國中的跟高中的，還有出版高中、大專的教科書，還有國中的教科書。另外，我們有個子公司叫青新，青就是青青草原的青，新是新舊的新，這套書是以延伸到三十五歲左右的上班族，是以旅遊和休閒為主，但是幼獅的整體主要的對象還是以兒童和青少年為一個軸心，畫出一個圓來，或擴及於適合兒童、青少年的父母跟老師，我們希望我們出版的書都能夠讓親子跟師生可以共讀的，因為我們最主要出版這些圖畫也好，刊物也好，最主要的任務跟功能是在培養本土的作家，就是我剛所說的綜合性涵蓋，有文藝、生活、科學和趣味，我們希望培養各方面的作家，包括有文字的、插畫的、攝影的跟漫畫家，我想我們在這當中，編輯跟無論是文字或美編也學到很多。

我想各位今天所看到的兒童論文選輯，無論是在封面或者是在版型的設計上一定有很大的差別，事實上，我覺得有共同的努力，除了我們美編之外，我覺得我們在兒童文學界的美術的設計方面，還有插圖跟漫畫方面，真的是有很大的進步。第二個就是我們希望透過這些定期的刊物能夠多培養作者之外，還有提供一個發表的園地，因為事實上像報紙當然現在還有一些兒童版，但是長期的、固定的字數，報紙篇幅比較少，那麼以期刊來講，我們可以字數多一點，所以，不管是在散文，或是小說，或是論述方面，我們都希望透過這刊物長期的培養也長期的提供一個很好的園地，另外，我是想說我們所提供的一個書刊，主要的目的在提供孩子傳遞資訊、提供知識、增進智慧，還有陶冶心性，能夠享受到閱讀的樂趣。最重要的我們很希望能夠陪伴著孩子的成長，希望成為他們成長的過程當中的好朋友，所以，從我們出版的一系列的書系名稱當中可以看出來，譬如像是《智慧文

庫》、《多寶盒法律常識》、《生活閱讀》，甚至於給老師看的《教師充電井》，還有青新所出的《青新生活》跟《橫行臺灣》等等。從整體上來講，幼獅和青新所出版的書都算是比較正面的、積極的，而且比較健康，我想父母和老師都是可以放心的，我們希望透過書能夠跟孩子、跟大家產生心靈上的共鳴，讓作者還有讀者跟編者能夠互動跟激勵。

　　我們也知道編輯長期以來，有一種經驗的累積，也透過這些書刊得到一種智慧的交流和成長的喜悅，所以我們是在快樂的編書。同時，也希望大家能夠快樂地來讀書。最後談到行銷方面，因為在兒童跟青少年閱讀來說，其實行銷和推廣很重要，我想前面兩位也都提到，因為一直好像都處在一個弱勢，當然我們政府也一直呼籲書香社會，甚至我們說2000年時，提出「兒童閱讀年」，可能就是因為覺得不夠，所以，特別還要在2000年時，提出「兒童閱讀年」的口號。在部長一上臺之後，他也說兒童閱讀的活動是他第一個願景，我想這也是推動教育改革上必要的條件之一，因為一般來說，學校跟家庭都是以課業為重，課外閱讀比較不受到重視，也不受到鼓勵。我曾經參與過的毛毛蟲的一個故事媽媽的培訓活動，也和一些國中有合作過班級圖書館，也謝謝鄭老師的圖資系的同學們，能夠到班級上去跟他們推動這個班級圖書館的活動，就發覺每個書店都有很多問題，在和他們互動中，知道有很多的書店對於有關青少年所關的專櫃或專區不是很多，還有各國中的圖書館的藏書有限，那一點令人洩氣。不過，這個兒童和青少年閱讀是事關新世紀的國民素質和素養，英國最近曾經做過一個調查，發現最受歡迎的作家，不是莎士比亞，也不是狄更士，而是一位兒童文學作家，就是 Rose Duck，也很榮幸因我們幼獅也出了他的兩本書，一本《男孩——我的童年往事》，是講他童年的生活的趣事。另外一本是叫《單飛——人在天涯》，因為他也是在第二次世

界大戰後，還曾跟德軍在空中大戰過，看的時候我覺得非常有趣。然後，我看過這些調查以後，又令我的精神為之一振，我想兒童跟青少年的閱讀，除了作者要寫好書，出版公司出版好書，其實主要靠民間業者的努力，還有政府的一個推動，所謂的「上有所好，下必生焉」。所以，我們都很寄望下午這一個研討所談的行銷和推廣的時候，不只說是一個強心針，或者說是興奮劑，我們希望在推廣上面是一個長期的，而且持續的，像是一種健康的食品一樣，那麼這樣子兒童和青少年才能夠像我們幼獅也出了一本書，叫作《頭好壯壯，Body壯》一樣才有可能，所以，我簡單先介紹到這裡。謝謝！

李金蓮：

各位好！我想我今天該介紹開卷過去的工作，以及我個人在角色上的一個反省，就是我個人一點小小的建議，首先我先報告一下我開卷過去一個工作。《中國時報開卷週報》是在1989年創刊。隔了一年多，在90年底，我們第一次做最佳童書的評選，也就是針對那一年所出版的兒童書裡面挑出最好的十本書，我們稱為最佳童書。我記得那是我們第一次的工作，像林文寶林老師、楊茂秀楊老師當時都是我們請他們來做評選，同時，我個人也跟他們學習到非常多如何去看待兒童書的方式，我自己非常的感謝。再隔了兩年，也就是1992年，我們開闢了童書公園，這個專門介紹兒童讀物的版面。在1994年1月，我們又開闢了一個專欄叫作大師系列，來介紹國外的、重要的兒童文學的作家。一直到今年的12月，我們再做了一次改版，我想也許在座的各位感到失望的是，我們把童書公園版給取消了。取消了，當然也有我個人的一些因素，我最大的因素是我遇到了一些編輯上的困境，還有我角色上的一些思考。我會覺得我是一個新聞的工作者，我並不是一個兒童文學的工作者。在我的版面裡，我要照顧到所有出版品，在

這個時候呢？我會體察到長久以來，童書公園版所承載的，其實大部分是一個教育者的角色，我覺得教育者的角色其實是在於在座的各位，我其實是在一個協助各位教育的角色的職位上。簡而言之，我其實是一個新聞工作者，所以，我遇到了經營上的困境，譬如說我不知道如何將評論的視野拉大，我也沒有辦法再找到更多寫手來進入童書公園版的寫作，這些都是我沒有辦法去突破的一些困難。以上大致的簡單的發展，這裡面綜合起來，像開卷做了幾項工作，一個是兒童文學出版的現象的報導，這當然是典型的我們作為一個新聞工作者的一個職分，在這裡面我想我們在報導上，譬如說在臺東師院兒文所成立的時候，我們非常深知這個研究所對未來的兒童文學的工作，是有非常深遠的影響，因此，我們就做了一個非常大篇幅的報導。譬如說在過去出版界非常盛行的兒童套書的出版，開卷也不管是用座談會、研討會，還是用報導的方式，一直提出把套書的問題能夠作一個比較合理的解決，能夠尊重到選書人消費的權益。譬如說我們注意到臺灣的科學性的兒童讀物，它的插畫是有待提升的，因此我們也做了一些相關的，不管是鼓勵性、建議性的報導。我們目前也看到譬如說紅蕃茄出版公司，他們在這一方面的努力，已經愈來愈有成績了，而這些都是我們過去所做的一些工作。

　　另外，當然就是談到我覺得過去我在開卷童書公園版也承擔的──扮演教育者的一個角色。也就是在兒童文學出版品的閱讀上一個打基礎的工作，譬如說像大師系列，我想我們從一個作者的觀點去認識這個作者的所有的作品。譬如說我們談了很多如何帶引孩子來閱讀繪本這樣的題目，我自己個人在最近的兩年裡，我考慮到臺灣的各種故事媽媽的團體，以及中產階級的母親陪著孩子讀繪本，這些風氣已經慢慢有了一個基礎在了。因此，我體認到那麼以繪本來說，它會永遠只是一個中產階級家庭的閱讀行為嗎？如果不是，只有把出版的

資源帶到學校裡，你才能照顧到不同階層的孩子，讓他們都能夠平均、公平的享受到出版的資源。因此最近的二年，我把重心慢慢的移轉到學校類似的活動的報導，像天衛在做很多班級讀書會的活動，我們開卷版也都做了一些報導。吳興國小游綺霞老師的實驗班以閱讀為主的實驗計劃，我們也做了一個報導等等，把很多的重心移轉到這裡，來改變學校一些閱讀的環境，能夠提出一些實際的經驗給其他老師們的參考。同時，譬如說去年跟劉鳳芯老師，我也深深體認到像臺東師院兒文所優秀的研究生們，我用一年的時間提供他們寫作的機會，我也很期望能有新的兒童文學的研究者，也能夠有發表他們評論的機會，其中有幾位像馬祥來同學，還有一位是徐錦成同學，另外，還有郭幼慈老師。像當時寫作者洪志明洪老師，我記得他寫死亡的課題寫得非常好。

大體上說來，我想我們是一個評介者的角色，但是以目前來講，我個人認為我們的介紹過了評，所以，在對我個人角色的反省上，我當然期望有更多評論的好手提出不同觀點的評論出來，這個當然是一個很長期的工作，必須要長期的去培養。目前我們雖然把童書公園版給暫停了，但是我想我們對書籍的推薦數量和過去是沒有什麼改變，這裡要特別提出來跟各位做一個保證。兒童文學界、兒童出版界任何重要的活動，我想我們站在專業的立場，我想我們不會偏廢它，但是我要提出來的是閱讀的本質，我個人認為我們人是很渺小的，閱讀其實是讓我們超越我們的身體的局限，超越時間、空間，也許我們飛到十八世紀，也許我們飛到一個陌生的國度，也許我們飛到一個我們不熟悉人的心靈裡面，讓我們小小身軀的世界變大，讓我們感受力更豐富，因此，我想過去開卷也受到一些指教，譬如說為什麼你會重視國外的作品，而比較不重視本土的作品，那我想這其實是對自己角色的期待，我們期待的是閱讀其實不會分國外或者國內的，而是你怎樣開

拓你個人的領悟力，開拓你的領受能力，因此我們雖然在許多的評選裡面，列入一個保障的名額，如四比六、三比七，但是我們不會過度的提出一個保護的政策，那我個人也不會認為我們承擔著鼓勵創作的責任，我想我願意承擔創作的責任，然而我想我更應當承擔鼓勵閱讀的責任。

其次談的是，我們作為一個書評版面的編輯人，我們是該鼓勵還是該挑剔，我想既然是評論一本書，到了讀者的手上，交到了評論家手上，我不得不說必須要扮演一個挑剔的角色，我想這個純粹是我在角色上面的思考。除此而外，我想個人經過長期的閱讀，自己也成為一個母親的我，陪伴我自己的孩子閱讀，我到我的孩子的學校去講故事給他班上的同學聽。在整個過程裡，我有一些建議，第一點我想是臺灣的談本土創作的鼓勵，我想一定要確立一個文學的本位與孩子的本位，千萬要走出來可教育的本土。我想我個人的體會是，任何一個文學如果是為了教育服務、為政治服務、為意識型態服務，都不可能成為一個上乘的文學。好為教育服務，頂是道德性的搶點，這是我提到的第一點，第二點是我跟很多兒童文學界朋友交談，跟他們請教，我感受到一種非常愉悅的、非常和樂的氣氛，我自己非常享受這種氣氛，但是，當我扮演除了編輯的角色的時候，我不得不說我在兒童文學界感受不到不同的陣營，感受不到不同的聲音，也感受不到不同文學觀念、文學的理念，所以，甚至於同儕與同儕之間沒有任何對作品的批評，這是我不能理解的。在這裡我也非常的希望提出這樣一個建議，其實大家真的不必害怕批評，因為透過批評其實才有各種激盪。我可不可以再多用一分鐘。

另外，還要提出來的是，我們的作家與編輯在技藝上、技術與藝術上的操練，我剛剛看到張子樟教授也提到，就是說他也是期許我們作者要提升寫實的看法，但是約略不同的是，寫實能力跟寫實主義的

寫作是不同的。寫實主義只是所有寫作主張當中的一種,我們還不能夠只是停留在寫實主義的一種主張上,它應該是繁花盛景的各種技巧的磨練。其次,我看了很多本土的作品,即使是在寫實的能力上,恐怕還有待於琢磨。我在去年看到劉鳳芯老師推薦的《在我墳上起舞》的這一本書,它在技巧上真是繁花盛景,讓人大開眼界。我想好的作品真的都應該要提出來,即使我們模仿它的影子。舉一個例子,一個成功的作家張大春,他很清楚他寫作成績裡面,看得出來他某一時段模仿馬奎斯的,某一時段模仿西寇那一個痕跡,非常的明顯,他也不斷去宣揚這些作家的文學觀。我想所以對國外好的作品,我們的作家真的要有更大的企圖心,即使透過模仿,只要能夠讓自己操練出來,還有我們的編輯只要能夠累積操練自己的能力,我相信兒童文學會有更大的進步。耽誤各位的時間,很抱歉。謝謝!

王開平:

在場的兒童文學愛好者,大家好!首先,我代我們讀書人的主編蘇偉貞小姐向大家致意,因為她今天另外有公事沒辦法出席,所以由我來報告讀書人的經營童書評介的過程。我們讀書人是在1992年4月23日創刊,當時我想我們這個版面的定位,是希望能夠扮演一個新書資訊的提供者,還有好書推薦這二重的角色。因為在這個童書裡是這種出版當中的重要一項,所以我們一直都有一個專題性的報導。尤其是我前任的編輯詹美娟小姐,個人就是一個童書的愛好者,所以,她非常長期關注這個主題,像是在1991年7月30日,配合暑假她就做過一個兒童讀物閱讀指南,然後,我們每一期都會有每週新書金榜好書推薦,我們也在中間穿插了童書的推薦,第一本出現在每週新書金榜的,就是在座的桂文亞小姐的《思想貓遊英國》。其陸續有,譬如說1993年4月1日,配合兒童節我們做過童書出版無國界,這個是由南伊

利諾幼教博士的李坤珊小姐為我們做的報導，就長期以來，李坤珊小姐跟另一位柯倩華小姐一直都為我們引進大量的外國兒童讀物的資訊。讀書人在1992年底舉辦了年度最佳書獎的選拔活動，當時只有文學和非文學類。到了1994年的時候，因為我們發現童書也是占有很重要的影響的分量，所以，我們增加了年度最佳童書，我們第一屆邀請了四位評選，有一位現在就在臺上，一為是沙永玲小姐，另一位是孫小英小姐。1995年的4月27日。我們讀書人原本是童書，只是不定期的出現，我們特別為了童書開闢了童書專評週，在每一個月的月底我們推出一整版的童書的介紹，第一期就是由柯建華小姐為我們做的兒童文學重建性別意識，也就是從女性的角度來看兒童文學。我大致上把我們過去的歷程，由我到任的這四年當中，我們也做了很多有關於童書的報導。就我印象所及，譬如有一位洪巧女老師，她把學生的自然觀察的作業自行出版，我們覺得這是一個很有趣的童書，未來出版可以考慮這個類型，所以，我們就作了一個這樣子的報導。另外，譬如說少年小說逐漸的發展，不管是翻譯的，或者是本土創作似乎都有愈來愈有蓬勃的景象，所以，我們也做了一個追蹤的報導。在這些追蹤報導的同時，我們也希望可以提供這些新書的現象或者資訊的。同時，我們也希望能夠扮演一些好書的推薦角色，我們大概每一期都會推薦三到四本的新書，邀請專家或者是作者或者是兒童文學的研究者，為我們撰寫書評討論。

剛才各位有提到說本土保障的名額，這也讓我想到說我們的讀書人年度最佳好書的選拔，我們一開始是採取創作繪本類、讀物類，按照它的本質分類，可是，後來又有人提出，這個外國作品勢必引進比較優秀優異的作品，勢必對本土正在開發中的創作者是一個比較不公平的競爭，所以，我們在中途，也採取過創作類和翻譯類兩種類型的畫分，可是，在那一年我們也發現事實上本土的童書愈來愈蓬勃發

展,似乎好像不需有太多的保障,所以呢?我們也回復到繪本類和服務類兩種類型,一直延續到現在。然後,我想這個在我們做兒童讀物好書推薦的時候,我想我們這個讀書版的編輯會面臨到一個非常大的挑戰,就是兒童讀物有各種的類型,比如說它有圖畫書、有少年小說,甚至比如說,它牽涉到的領域也很廣,它有文學的、有歌譜、有自然觀察的、有自然藝術類、有知識性格的、有想像性格的,所以,我們在選書的時候,就格外的謹慎,而我想我們在挑選的時候,大概都會注意到希望它會是具有開創性的、啟發性的,但是這往往出現另外一個問題,這也是在座有提到,就是往往我們看重開創性的特質,可是,我們邀請評論家在撰寫書評的時候,有些書評者反而會發現它某些缺點會壓倒了它開創性的特質,這往往會造成,有時候也許讀者會發現我們的每週新書出版,也許批評者的負面的評語會超過正面的評語,也引起了我們一些困擾,但是呢?我們還是仍然覺得說那個兒童文學是一個,或者是童書是一個非常值得探討的領域。如果以我這四年來的工作經驗,我發現臺灣這個童書的市場,以四年前與四年之後來比較,就是有更多的童書出現在市場裡面。我記得我剛去的時候,我們的童書專評週也許當月出版的新書太少了,也許我們要加入一些親子讀物,比如說類似心理類的,或者是比如說父母親怎麼樣教育兒女的書籍,可是,最近一、二年來,我們發現事實上某些是忍痛割愛的,沒有納入我們的書評選擇,這也是我覺得蠻高興的一點。然後,比如說剛才李金蓮小姐提到童書解套的問題,我們讀書人也做過報導,事實上好像隨著閱讀愈來愈多的討論、推薦,好像童書受到了更多的注意,但是,在這個同時呢,我在這邊反映我們的一個童書書評者、愛好者,他也是一個童書研究者,他的一個想法尤其他在國外的經驗。國外有他們專門專業的討論兒童讀物的出版品,比如說美國有 *Horn Book Magazine*(《號角雜誌》),它們就是專門討論童書,可

以討論它的類型，討論它的主題，然後，因為我們這個讀書人版面，或是一般書評報導的版面，都非常的有限，一個書評大概只有一千五百字的空間，所以說它也許只是一個導讀或者是一個推薦，而沒有辦法扮演評論的角色。

如果說我們在臺灣之前也有過兒童閱讀，比如說「精湛」有過兒童閱讀的刊物，即使《精湛兒童之友》每一期附錄了一本是寫給家長的導讀手冊，裡面也有推薦一些兒童文學的類型，或者是推薦一些兒童文學的作家，但是，我仍然覺得這是不夠，尤其好像聽說《精湛兒童之友》最近要改變期刊形式，回復到正常的套書發行，或許我們會說我們是不是需要有一個專業的兒童評論的雜誌，可以讓這些作者暢所欲言，而且有一個比較大的空間可以容許衝撞，因為往往這個作者在那麼短的篇幅之內，他也許花了百分之九十的篇幅推薦了這本書的好處，但是他一直扮演著一個評論者的角色，他也是要提出百分之十的負面意見，可是，很有趣的就是也許我們這些兒童文學的出刊是他們唯一曝光的機會，以及他們推銷的指標，尤其比如說剛才幾位出版業者講到他們在店頭事業上遇到很大的行銷上的阻力，所以比如說在我們的讀書版面刊出來的書刊，隔夜就會成為一個家長選書的指標，所以說在這個方面，他們就會很在乎書評當中負面的評語。然後，我們有書評者開玩笑，他們是拿有百分之多少是負面的批評，來認定你這篇書評是有利或是有害，但是，對我們來講，在這有更廣大的空間，可以讓這些書評的人在充分讚美之後，提出一些想法，可以讓這些業者或者作家有更大的改進，不能說是改進，也就是在自我挑戰、自我開發的空間。

剛才各位也都講過，到底作者都是寫好書，出版社也是希望出版好書。也許這並不是一個很成熟的建議，我不曉得是否有單位願意提出，或是有這樣一個環境可以支撐這樣一個兒童文學的研究刊物定期

或不定期的發行，讓更多兒童文學者投入。我們在選擇書評人時遇到很大的困難，就是往往這些書評人是同一批人，比如說，我們有時間上的限制，我們有文筆上的要求，他們往往不能夠盡情發揮，就是我們希望開發新作者，新作者也不能很快適應我們要求的寫作格式，所以說也許有更多的園地給他們有磨練的空間，讓他們可以提出他們想法的可能，也許我們有更多的童書研究，或者是童書討論的空間的誕生。我今天的報告到這裡，謝謝！

鄭雪玫：

我們還有一點時間，謝謝五位引言人，讓我們分享他們的理念。因為五位引言人從不同的角度，來談到兒童文學的催生或者評介。剛剛沙小姐講了很多，事實上三位編輯人其實也兼做了行銷推銷的人。我發現三位都投入很多時間，做一些動態或者靜態的工作。另一方面，很謝謝兩位評介人，事實上講過來，很慚愧事實上我是圖書館學系的老師，但是我們國內一直也有專業兒童書刊的雜誌，像今天在你們資料袋裡有一本是國家圖書館出的是每一個月出一次新書介紹的期刊。待會兒請國家圖書館那位先生待會請他來宣導，因為我想他講了最近批了一個兒童的書評。我一再提醒他不要忘記兒童的書，說不定他那本雜誌厚厚的，也需要很多稿，需要我們很多研究生年輕的朋友想寫書評的話，送給他們發表，我想他們也樂意接受。時間不多，我希望下面各位提出一些問題，向引言人發問，我們還有一點時間，好吧！

馬景賢：

我想講一下意見。我想今天我對這一個題目「兒童讀物的催生與評介」跟我個人在圖書館做了很久有關聯，我過去一向和芝加哥的倫

團拜、紐約時報 Talker New York，甚至歐洲的報紙，只要有兒童的書
評，我差不多都收集。我最近是沒有這個機會了，我談談看在每年美
國 Publics Weekly 一定有一個專號兒童圖書報，我一定找來看一看。
現在來講國內一個是開卷版，一個是聯合報的讀書人，我禮拜一一定
要買一份聯合報，禮拜四要買一份開卷，都把它們存在那裡。我覺得
開卷和讀書人不管是對兒童、對讀者是一種很好的服務。我認為今天
這個題目，剛剛沙永玲小姐在說這個怎麼講，我也在想「催生又評
介」，這是怎麼回事，其實，我原來一直在想這個問題，我覺得「催
生與評介」是一個互動的問題。過去在農復會的時候，要大家節育的
時候，就是不要生小孩太多，也就是一個口號「兩個寶寶恰恰好，一
個寶寶不嫌少」，其實，我覺得以「催生」來講，這個我們所說的寶
寶就是一個出版者，其實，出版者的催生，包括你怎樣出一個好書，
同時，也包括你怎樣培養好的作家，我覺得出版者像一個產婆一樣，
但我覺得兩個寶寶不嫌多，一個寶寶不嫌少，其實，我覺得我們現在
兒童讀物，從過去30、40、50年代到現在，也就是從沒有到多，現已
經到了一個精的地步，我不僅這樣一個寶寶，包括作家，包括我們的
出版品，不僅僅寶寶要好，而且要長得很健康、很健全，所以，我覺
得這個寶寶健全不健全，書多少是另一回事，應是在於書的品質。就
像剛剛李金蓮小姐講的，我們挑一個書好壞，從這一個角度要有深
度、廣度。我們現在張子樟老師一直講我們的少年小說，老師廣度不
夠、深度不夠。我覺得將來這個「產婆」出版者的東西不一定要多，
主要是主題取材要多樣化。不要說這家出了小小百科，我也出小小百
科；你出兒童百科，我也出兒童百科，這個沒有用，而是去找一個新
的點子，活活潑潑的，就是要你的活潑，我的比你更活潑，就是要多
樣化，而不要一窩蜂地追。譬如說我們出岱爾的書很好，另外一家也
出，好比說智茂也出，什麼也出。我覺得這不必要，不要去追人家

的，應當自己去找思路，怎樣讓我的小孩生下來健健康康的，不要像現在有複製牛、複製羊。好了！你們現在複製書也是一樣，每一家出版品生下來的小孩都一樣，那有可能將來作者都沒有了。這個從產婆啊！我覺得催生者是一個產婆，就是出版者出版出來的小孩，而且要培養好出版者，有負擔著一個培養兒童作家的一個責任，另外，最主要這個評論的人，我覺得評論的人像一個醫生一樣，兒研所像一個醫院，兒研所是我們將來希望培養更多的人，不僅是教書的老師，而且是出來很多很好的醫生，他能夠給小孩治病，看著小孩有什麼病給他治了，出來之後，愈來愈健健康康的。因為有好的書評家，才能刺激我們的出版品不斷地誕生，像張子樟老師的什麼《嗑藥》（*Junk*）也好，什麼《少年噶瑪蘭》，就要有像美國圖書館專家，現已去世的兒童圖書部的 More 女士，她就是專門的評論家，她那種評論的態度就像李金蓮女士所講，我們要挑剔，挑剔的程度到什麼程度，對一本書像是這本封面為什麼到這樣子、為什麼顏色深一點而不淺一點、你為什麼多一頁，所以，就說我們要有健康的寶寶，就是產婆好，有好的醫生，我想這就是互動的問題，我們兒童讀物的出版才會好。謝謝！

鄭雪玫：

謝謝馬先生！在座還有沒有要發言的。對！我點名的你，介紹一下你自己，再把這刊物介紹一下。

曾淑賢：

謝謝主席！給我抬愛，謝謝各位的參與！我們這一份是《全國新書資訊月刊》，在每一份資料中，有那《全國新書資訊月刊》，就是國家圖書館有一個 ISBN 中心，也就是各位業者、各位老師或各位作者出版書的話，在出版之前，來申請國際編碼叫 ISBN 編碼，也就是說

您這書出版以後，將來這個號碼是代表全世界統一的號碼，也就是擁有自己的身分證一樣。如果各位關心這個刊物的話，你們看看我們的封面底，如果你看了封底，就知道說國內出版量相當大的，封面底的統計，像我們2000年4月份，我們的兒童文學在二千九百多筆裡面將近有四十筆的作品，包括沒有申請 CIP 的作業，就這些申請 ISBN 或者 CIP 裡的資料，呈現在我們的目錄上，也就是各位獲得所有好的圖書或是所有出版資訊的重要來源，但是這些資訊可能各位要注意，不一定是當月出版的，可能是未來兩個月內出版的，有可能有一部分是還沒出版的，很抱歉，這只是一個預告性質。當然，我們也順便把這些好的書做一個評論或是做一個介紹，如果各位很關心這個刊物，我們刊物前面的大概第五十七、五十八頁之前，就是一個新書介紹，每一個月份有將近一百到一百五十則的新書介紹，當然，新書是來自各個出版業界或是作者自動寄到我們的圖書館來。我們來做一個簡單的介紹，在青少年讀物、兒童讀物在第五十八頁，我們在一百多則裡面，固定有一個欄位是兒童青少年的，每個月都有六則到十則左右的讀物。當然，我們每個月裡面，還有很多專題的介紹，這專題介紹，譬如說這一個月我們一直推動兒童閱讀運動，當然，在第一個 section 有討論說如何經營一個讀書會，像王淑芬老師如何經營一個讀書會。剛剛提出如何經營一個讀書會，在我們的刊物第十九頁至第二十六頁已經為各位準備一個書單，如何經營讀書會或是選書參考，推薦書目亦可以參考的。

　　最後，我們前面那頁有「讀書人語」與「書評」的資訊，我們很希望大家或是作者或所有關心兒童閱讀的人，在最近半年內或一年內看到好的書，希望繼續賜給我們，相信這個刊物，我們一直覺得開卷版或是聯合報的讀書人，是我們追尋的根子，也是我們學習的對象。希望我們大家一起把書評評論的風氣帶出來，讓我們的閱讀運動、我

們的書更提高、更高的品質。謝謝！

鄭雪玫：

謝謝！我自己補充兩句話，有機會跟莊館長反映一下。你說既然今年是國際閱讀年，最好將來你們國家圖書館可以撥一點款，如什麼專案，辦一個專業的兒童書評，就像美國 *Horn Book* 或是 *Kerkers* 那一類的，或 *Library Journal* 類的。的確，我們圖書館的專業書評跟我們文學的書評是不同的，我們是抓重點的，但是我們報導很多的書。我在國外做圖書館員時，沒有這麼多書，所以可能可以改變一種方式，不要每個人的書評都一樣，就是精簡一點，一針見血好不好，或者你可以訂下一個原則，不好的書就不推薦，那麼多請一點專業人員，如圖書館界的同仁或者是對兒童文學有研究的，好不好？你跟莊館長傳遞這個意思，這是我們會議的共同建議。好！那邊有兩位謝謝，請報一下姓名。

達賴：

謝謝主席！大家好！我是泰雅族，我的名字叫達賴，在日本話是大臉盆的意思，因為我頭也大嘛！我剛剛翻到洪志明這一本書《童詩萬花筒》，因為這一場主題是「催生與評介」。我看到評介的時候，想到前幾天，有一家出版社出了有關於原住民的一些書，我看了就覺得好笑，真是井底之蛙，然後，錯字一大堆，報導的錯誤也一大堆，但是，我沒有去跟他評論。但是，我又看到《童詩萬花筒》這本書的時候，我覺得書名不錯，可是封面就沒有筒啊！再翻開第三八三頁的時候，它有一篇〈壞廣告〉，說「廣告是宣傳自己的優點，打開知名度。廣告是為了大家好，提高生活品質。有人在樹板刻著「ＸＸ到此一遊」，我讀到這篇文章的時候，我就想起在我家的部落，它是個有

名的觀光區，以前有很多遊客或登山客的時候，都會在樹上刻一下，我一直在思考如何讓他不刻。然後，我想到一句話，意思是說我們泰雅族有一個「嘎喀」的這個禁忌，於是我就寫了幾句，我說「如果你刻的話，它會哭，它會受傷，樹就像人一樣，它也有生命，也會呼吸。」因為我們這邊也有愛樹的老師，我的意思是說，這篇文章相當好，如果說總編輯再附上一棵樹的圖，就是圖文並茂的意思，你較符合吸引視覺的經濟效益。另一個包括在他書裡面「上香」，如果你畫一個拿香拜拜的圖，我也覺得蠻不錯的。尤其是最後一篇，我覺得讀起來很感動啊！它說「如果有一天，小草感到自卑，走到泥土裡，再也看不到綠綠的一片……」，這麼美的詩，如果把它唱起來，真的很感動，「如果有一天，小草感到自卑」（用唱的），就這樣一直唱，就感覺不錯。從這篇文章，我想到林文寶教授的第六頁說內容要多元化，但是我看了七本大作，好像少了我們原住民的一些的資料，我覺得這是美中不足的地方，謝謝！

最後我要感謝沙總編，是請沙永玲總編輯，對你剛提到「存在是一種價值」，我說我是泰雅族，我還存在。

沙永玲：

我希望你存在，而且存在非常快樂……。

達賴：

因為要跨越二十一世紀，這個企業很強調教育要創新，如果沒有多元，就沒有創新的教育，因為你剛提到存在是一種價值，既然我也存在，也是一種價值，我也很期待各位也能夠用多元思考的角度，來充實一下你們豐富的生活，要不然這犯罪率太高了，想犯罪就聽聽我說故事，我想可以降低犯罪率，謝謝！

鄭雪玫：

還有，是達賴先生，你剛有說幾本書寫不好，其實，你也可以寫書評，我相信你寫了寄給開卷版跟讀書人版，他們一定樂意接受，好不好？

達賴：

我很希望，因為他們以前不認識我，我都躲在山上餵山豬。

鄭雪玫：

還有另一位林先生。

林訓民：

因為這個主題是談童書的評介，所以剛剛我們聽了兩位媒體的負責人講到書評，然後，也聽到我想基本上是這樣，然看那麼多，需要一個機構或一個機制來評介，但是剛剛王先生也講到，就是說其實書的評介當然有好有壞，當然我相信沒有人敢說任何一本書百分之百絕對完美，這種應該不存在的。既然這樣表示說所有書一定有它不足的地方，或是應該加強改進的地方，所以我覺得書評本來就該要有負面的。現在的問題以我的感覺，我們看那麼多，或是從各種角度，以李金蓮小姐所說的，好像書評，大家客氣都不講不好的話，有一點鄉愿，或是大家互相都是同一個兒童文學界的人，大家好像很不好意思把不好的東西給說出來，但是，我另外的感覺是說，事實上，我們看到是說「書評」，當然我們欠缺書評的環境，包括發表著作，如剛剛王開平先生也講我們沒有像《Horn Book》這樣的刊物，但是，整個的感覺是說，可能我們書評的人對受評的人還要更用心、更用功一

點。我的感覺是說，有時候我們上面有很大的問題，就是書很多，那你少數的人來評它，時間有限，他們沒有辦法很深刻去對書、對這個產品作深入的了解，或是因為它出的對象，譬如說你是給低幼兒小朋友看，跟給高年級小朋友看的時候，最好設定，也就是說「如果你評介童書，就蹲下來；如果你評少年，你就要跟著他跑」，所以，那個標準不一樣，評介它的標準也應該不同，你應該心中有一把尺，但是那個尺要隨著角度而開放。我感覺是有時候我們的書評並沒有這樣做。另外一個就是說，我也希望它應該是更專業一點，我講到專業就是說，有時候你會發現，我想說剛也有提到童書解套這個問題，這是一個很嚴重的問題，那也應該是面臨過的，但我常常覺得，我們發現書評講了許多，很多兒童文學意見，然後，他的書評最後的結論，是說這是一個童書解套的問題，他對這部分發表了很多的看法，不是說他不能發表意見，而是說當你在評書的時候，事實上，童書解套是一個行銷的問題，也應該是在行銷的專題中，來專業地討論它、來解決它、或是來評論它，然後，甚至來要求它改進，而不是你在評論書的內容時，來講童書解套。那是兩個問題，一個是行銷的問題，一個是內容的問題，可是，我發現很多文學的專家，他天天講的都是兒童套書解套的問題，跟行銷和內容還是不一樣的。我不是否定他或說他不能講，而是說他講的時候，事實上，他談論內容的時候，我覺得就應該談論內容，但他談論行銷的時候，可把這問題提出來，這樣才不會混淆，那才是評論評介的一個專業領域的重點。

鄭雪玫：

　　林先生你可以留在下午作主持人的時候，再繼續發言，好不好？現大家肚子餓了，那我們請李小姐回應一下。

李金蓮：

　　林先生剛剛提到就是「解套是行銷的問題，不會放在書評裡面來討論」，我想我可以舉一個例子，像是在所有開卷版所做的評書的工作，不管是每週所推薦的書，或者是年底的年度性最佳童書，我們都把套書放進來一起考量，比如說有一整套書裡面，有十本不同的繪本的時候，我們也許其中有一本真的非常好，我們選為最佳童書，我也一樣不會因為它是套書，就把它刪去，事實上，這樣的評選方式是把每一本書以它書的價值來評選，但是，把它公布的時候，事實上，它造成一些困擾。當很多的讀者看到我們這本書為年度好書，因此，就想要買這本書的時候，他必須買十本書。長期對我們來說，我們不斷在跟讀者做一些解釋，雖然還是有困難，但是，我們沒有放棄，我們把每一本書的價值來考量，而不是以它的行銷方式來考慮這麼一個原則。

鄭雪玫：

　　孫小姐。

孫小英：

　　謝謝達賴先生給我們的意見，你剛剛有提到一個少了原住民的內容，在我們的另一本書《臺灣嘰咕嘰咕》，裡面的內容就有本省、客家、原住民的神話跟傳奇。另外，還有就是有關封面，為什麼沒有筒子，我想是從萬花筒看出去以後，所看到的那個很多花的形狀，謝謝！

鄭雪玫：

　　現已經十二點二十分，你們要吃飯還是講話。好！吃飯。我想我們暫時結束。謝謝各位！

座談會（II）兒童讀物的推廣與行銷

日　　期：2000年5月27日（星期六）

地　　點：臺北市立圖書館十樓國際會議廳

場　　次：座談會（II）兒童讀物的推廣與行銷

時　　間：下午三時十分至四時二十分

主持人：青林國際出版股份有限公司林訓民總經理

引言人：臺北市立圖書館民生分館胡菊韻主任

　　　　金石文化廣場陳斌副總經理

　　　　新學友事業機構廖蘇西姿發行人

　　　　誠品書店商品處葉青華副理

　　　　幼獅文化事業股份有限公司林芝副總編輯

會議記錄：劉慧玲小姐

林訓民：

　　經過一天的辛苦終於等到最後一場。早先林所長說希望我們別那麼嚴肅，所以最後一場我們希望用一個比較輕鬆的方式來進行這場座談會。先來介紹今天五位美麗的引言人（如上所列）。今天是談兒童讀物的推廣與行銷，青林的英文就是 children，我本身有二十多年兒童書出版及行銷的經驗，在這方面有許多的感想。今天的幾位引言人

都是要來簽支票的，等一下他們自己會向各位兌現。請注意聽他們的
支票如何開，之後又如何兌現。（馬英九市長於此時蒞臨現場）……
我們推廣兒童讀物的最佳代言人馬英九市長來到現場，我們請馬英九
市長為我們講幾句話。

馬英九：

　　不敢當不敢當，各位先生女士先輩就當現在是休息時間吧（哄堂
大笑）。早上我們龍局長已經來過了，而且我一看這個主題想起去年9
月我們在臺北市的十三個小學要求他們每一天閱讀二十分鐘，從早上
七點四十分到八點。最近我去民生國小看他們的成果。很有意思發現
他們什麼都看，小的看比較兒童的讀物，但五年級有一半在看《傲慢
與偏見》，還有一個小男生在看《埃及豔后》。我特別問他們讀書的感
覺，他們覺得很好，有一些學校還舉辦讀書家庭，就是全家一起來讀
書。所以對這個活動我們是樂觀其成，而且目前我們已經進行快一學
年了。現在教育部準備要把它推廣到全臺北市一四八所國小，讓國小
的孩子們固定早上七點四十分到八點看書。小朋友雖然說早上只看廿
分鐘，但是回家還是會繼續看，看完再挑一本。所以這是培養孩子讀
書興趣及習慣的一種手段，有興趣固然很好，但做一點強制性的手段
可以把興趣帶出來，我有一句自己覺得還不錯的名言「勉強成習慣，
習慣成自然。」就像跑步，不管多冷的天也要勉強自己從熱被窩裡爬
起來，剛開始會不習慣，久了就會成自然，自然以後就會變成生活的
一部分。變成了習慣以後，保證後半輩子不會受高血壓、心臟病……
的困擾。其實讀書也是這樣，每天固定時間讓他養成閱讀的習慣，臺
北市政府在這方面是很願意在小學裡推動這樣的運動，希望能真正變
成一個書香的社會。我們全力支持這樣的推廣，你們提出來的意見會
在臺北市完全落實。祝福大家大會成功謝謝各位（鼓掌）。

司儀：

我們熱烈的掌聲歡送馬市長。

林訓民：

我剛剛講到《電子情書》那個電影，大家都只注意到他用 EMAIL，現代科技的電影故事，實際上背景是一個小型的兒童書店，因為競爭而消失了，但劇情後面是他們又合作讓童書蓬勃發展，但影評很少注意到它是一個童書的電影故事。這告訴我們童書常常被隱藏在背後，今天我們做童書的推廣也好或是行銷，很多人都很努力但是我們做的到底夠不夠，可能還是個很大的問題。我們談童書不是要快樂活潑一點，今天看到會場布置這麼多漂亮的氣球，可是都綁在一起，為什麼不把它們放掉，我建議主辦單位等一下就把氣球放掉，讓它在我們的身邊飛來飛去。（笑聲）接下來我們先請童書界的大姊大廖蘇發行人，來跟大家報告一下，新學友在推廣童書方面怎麼樣來經營。

廖蘇西姿：

非常感激各位關心兒童文學及推廣閱讀的朋友，幼獅今天這樣用心的活動等於喚醒大家的關懷，事實上推廣閱讀是要全民大家一起來的。我自己出版兒童書已經四十週年了，從零歲到十五歲都是我的對象。現在的電視節目太多了，如果沒有我們這樣的推廣可能兒童的閱讀很快就會式微了，小朋友又要學鋼琴、學英文、玩 TV GAME 要他們有多少時間可以閱讀。我在今年辦國際書展的時候，就考慮怎麼樣喚起大家一起來省思如何推廣兒童的運動，馬市長剛剛提的每天閱讀二十分鐘是我來發起的，這是從日本那邊得來的訊息，這樣的推廣在日本已經成功。馬市長聽了以後非常支持，之後教育局長跟我們開

會，決定先試辦十三個學校，今年2月我跟馬市長到各個學校發現成
果非常好，有一個重要的觀念，就是你不能規定孩子一定要念什麼
書，純閱讀的樂趣必須先培養。小朋友每天二十分鐘的閱讀讓上課變
得很有注意力，同時許多頑皮的小朋友也會被影響開始看書，這證明
了閱讀的習慣要從小培養，有很多人看書才會來買書。閱讀的社會必
須要從家庭開始，書香家庭才有書香社會，買書的人是家長，所以要
透過媒體活動來喚起家長對閱讀的重視，這時候書店很重要，如果可
以營造一個讓家長喜歡帶孩子來的環境，像我自己的想法在敦化南路
店二樓，就有一個空間很大的兒童館，希望讓家長喜歡帶孩子來這邊
看書。另外，我也成立讀書會，許多不同的讀書會如果有需要用到我
的地方都可以。同時我們要怎樣來督促政府，例如每年教師節的圖書
禮券，就可以使讀者、出版社和創作者形成良性的互動。謝謝大家。
（掌聲）

林訓民：

　　當然我們希望推廣的不只是出版業和童書書店，剛剛廖蘇發行人
有提到希望政府能站在宣導鼓勵的立場甚至提撥經費，除了這個以
外，我們知道美國的圖書館本身扮演了很重要的推廣閱讀的角色，我
們知道臺北市圖民生分館在兒童讀書閱覽方面做了很多許多活動，所
以我們今天請胡主任來談他們怎麼推廣兒童讀書的運動。

胡菊韻：

　　各位貴賓大家午安，我在這裡簡要報告一下民生圖書館的活動，
圖書館服務的對象是零歲到無限，所以我們服務的對象蠻複雜的，但
是兒童是未來的主人翁。而這兩年因為曾館長他非常重視兒童，民生
圖書館它的特色就是兒童，所以我們一整層樓都是在服務兒童，我們

有親子共讀區、學齡前活動區、視聽室等等。我們舉辦的活動包括像是林老師說故事，都非常受到歡迎，林老師都是受過培訓學有專長，他們在固定的時間講故事給小朋友聽或帶一些活動，我常聽到家長講說孩子就算發燒生病也非要來不可，這也是對林老師的一種肯定。另外像是兒童讀書會，我們和毛毛蟲的講師還有誠品書的老師，一起合作帶來讀書會，兒童讀書會的反映非常熱烈，供不應求，我們也希望鐘點費和業務費夠的話可以多辦點梯次。另外我們也有布告欄定期的張貼好書的資訊，也是受到很多讀者的注意，另外書展的活動也是配合優良讀物定期舉辦。暑期會有主題活動靜態的就辦一些書展，動態的就辦一些營隊跟相關機構合作請老師來帶領。今年的話我們的主題就是地球科學，我們經常用預約式的跟附近的小學老師，安排一些單元介紹圖書館的禮貌方面或如何查資料，在一兩個小時之內做簡介。這邊還想告訴各位老師，希望暑假作業的書單可以多元一點，因為圖書館的資源有限，書量不足，小朋友常常會借不到，解決的辦法就是先跟圖書館聯繫多買一些複本或十本書目裡選一本，這樣可能可以分散一些我們提供書籍的壓力。我就暫時報告到這裡謝謝各位。

林訓民：

今天的引言人好像都沒有發言到他按鈴的時間。接下來請全省連鎖店數最多的金石堂，年輕的崔經理來跟我們說金石堂在兒童讀物的推廣或行銷，會幫我們作哪些事情？

崔經理：

剛剛在一個這麼資深的推廣人面前，我們不敢說自己是童書方面在書籍的分類和選書上具專業知識水準的推廣。各位在書店中會發現童書常常不是被放在重要的墮落，但是這幾年來在很多書店或圖書館

或一些基金會，大力在推動書籍的推薦和引導，所以慢慢的在書店裡會有大人帶著小孩來問，我要買這本書你們有沒有，或者小朋友放學後會在角落裡看書。在我們書店裡頭，親子的書是放在一起的，讓我們也有做一些嘗試性，在社區裡頭主動去找幼稚園或小學的老師安排學生來作參觀，如果有做課外教學也希望能夠有課外讀物的引導。我們也期許老師可以帶著學生來參觀，其實我們現在已經有在做了。現在我們除了連鎖店還有加盟店，他們在當地的人際和地緣關係非常好，可以做到直營店沒有辦法做到的部分，他們會很在意整個社區的規劃，也會要求我們幫他們規劃推廣的活動。可能我們希望在社區裡頭慢慢有書香共識的出現，為小朋友說故事不是困難的事，重要的是師資怎麼培訓，老師怎麼選書。另外在書店空間規劃上，例如新學友在敦化路上那個店的規劃非常好，是值得我們學習的地方，所以我們在一些童書區會有小椅子給小朋友坐。暑假時我們希望跟學校合作，找些書做課外讀物，我想這些事是書店可以做的，但也需要很多其他單位媒體或者老師的配合。剛剛我們在跟誠品的葉副理討論關於書的選擇和擺設是一門很大的學問。雖然時間還沒有到但我先發言到這邊。（掌聲）

林訓民：

我們很謝謝金石堂開始歡迎兒童，因為金石堂以前的兒童書很少，所以我們很高興現在金石堂開始歡迎兒童。接下來我們請幼獅的林副總編輯談談幼獅本身怎麼來做推廣和行銷。

林芝：

謝謝主持人。在座各位引言人及來賓大家好。在我正式報告之前先插播兩件事，第一件事，剛才主持人說要把氣球放給大家，據我了

解主辦單位因為場地有限制萬一放了上去收不回來……所以我們工作人員可以配合，待會在一樓或門口把氣球發給大家。第二件事，剛剛大家提到《電子情書》我想說一下，裡面的女主角梅格萊恩她所讀的那本書，是我們總編輯精心策劃的《男孩：我的童年往事》，在臺灣有出版。希望大家有機會可以去讀讀。接下來我想要強調推動兒童閱讀的長期發展，一定要有配套措施。去年我在總編輯給我的一些支持和指導下，讓我在幼獅少年雜誌上開闢一個親子共讀專欄，然後我去調查親子共讀到底該怎麼做，如何選書、如何陪同孩子讀書。在親子閱讀這件事上，父母的角色非常重要。就是小孩要讀，大人要能夠導引。我提供幾個心得的分享，第一千萬不要急，不要想馬上就看到成果。根據師大一位教授的研究報告，孩子一年最少可以讀五十二本新書。我們幫孩子來找他一年可以讀的書的量，當然不要太重太厚，老師跟家長最了解你的學生和孩子，寄望老師跟父母一起來做。在座每一位都是推動兒童閱讀重要的一份子。第二我們對閱讀的活動不要有太多的設限，不要指定他一定要讀什麼書一定要寫報告，孩子會有他自己的方式。我覺得很多閱讀只要他願意把書拿起來看，不管在什麼場合用什麼方式，大人要提供的只是好的光線、好的環境、好的書本。最後，我要講的是一定要讓孩子走進書店親近閱讀，我記得作家亮軒先生提過他帶孩子到書店或書展，都是放牛吃草隨便他要買多少書，爸媽只負責付錢。所以我在採訪尚程中，得到很多寶貴的意見，也從中了解推廣閱讀運動需要配套措施。所以我想最後幼獅公司，一定讓作者寫好書，我們出版社來提供好書，家長和老師一起來選好書，這是我給大家開的支票。謝謝。（掌聲）

林訓民：

我們希望兒童讀物的推廣或行銷能夠積極來做，那事實上在兩個

禮拜前我們特別為了這個座談會，去拜訪龍應台局長。我們親自說服他，他開一個支票說要提撥三百萬，拍攝一個宣導閱讀的的廣告。所以我們期待很快就可以看到臺北市文化局拍的宣導閱讀的廣告。誠品一開始就對童書非常用心，所以我們請到的引言人葉青華小姐，她對童書相當專業而且積極推動，我記得早年她還常常親自跑國外大型兒童書展或到海外挑書選書，當然國內本土童書的推廣，他們也是做得相當有績效，我想大家都有目共睹，那今天我們來看看他要開的支票是長得怎麼樣？

葉青華：

謝謝林先生善意的陷害。我想原則上這個支票我們先持留白的態度，我們希望跟大家一起來開。誠品投入童書約十年的歷史，其實很短。跟兒童文學百年史來比真是短太多了。一個很有趣的現象，剛剛大家一直在提家長與兒童這兩個名詞，似乎兒童文學跟這兩個名詞是最密切相關的，可是事實上，從誠品一開始要成立兒童繪本區的時候，我們是沒有太大的目標，因為我們不知道臺灣到底容不容得下外文書的銷售市場，所以我們先去預設到底誰在看童書、買童書，我覺得這有趣的現象就是看今天很多的與會者，都不在我們剛剛討論的那兩者之內，就是兒童跟家長，他們是誰呢？或許也不是研究者，也不是出版者，他們是童書的純粹喜好者。這是非常有趣的，他們純粹因著喜好進入兒童文學界或兒童文學研究所，所以今天是誠品在跟出版社互動時，不斷提到不要預設童書就是兒戲，童書閱讀的對象就是兒童跟家長其實不然，最大的環塊不是這兩者。我曾經在八年前看到一篇報導，就是談美國史丹佛大學學校的書店成立時，你們猜它銷售排行榜第一名的書是哪一本？覺得非常有趣，它是 *Where the Wild Things Are* 就是《野獸國》。而《失落的一角》是長年在紐約時報排行榜上

的，這些就代表不是只有家長跟小孩才在看童書。

　　不管在圖書館或書店包括誠品都不得不承認，在童書的採購跟行銷上，與會的人有許多是出版業者都不得不承認這是一個很另類的很專業的一個類別，所以相對於我們今天所做的採購、分類、推薦跟推廣，所面對的對象都是很特別的。剛剛我到樓下去逛了一圈，老實說這樣的分類，孩子是很難找到書的。我們今天到書店包括誠品在某個程度上，他還是難找書的，在書的陳列和分類上，都面臨到很大的挑戰，何況是採購。今天應該是站在書店的角色，來談談書店應該做哪些事情，我們又想做哪些事情。

　　誠品作了十年，我們發現誠品能夠有的貢獻實在是太有限了，其實我們談到知識上的一個貧富懸殊，其實書不一定要用買的才能看。以書店的角色談到這樣的問題其實是很弔詭的，我們當然希望有很多人熱烈的來買書，但實際上真正最大的影響應該不是在書店，我們是希望能夠藉由之前誠品的一些活動經驗能做更多的投入。誠品這幾年的行銷推廣其實是分幾個階段的，第一個階段是前三年前童書觀念的入門及認識，我們辦了許多基礎的講座包括認識獎項、兒童文學史。例如我們辦過懷念 Dr. Suess，從他對美國兒童文學的影響來談對語言及文學方面的問題。在第二個階段的推行，我們很幸運的得到許多單位的協助，跟毛毛蟲、貓頭鷹甚至臺北縣書香協會，共同做了很多基礎的推廣活動，從那時候開始我們才發現童書閱讀的觀念大開並不是在書店，而是散落在各地的公共資財，包括像社區的媽媽讀書會或者是公立圖書館，才是讓整個閱讀風氣能夠向上展開的最大力量。所以在第三階段，我們嘗試從書店走出來，延續第二階段的經驗，希望能夠跟圖書館方面有更大的互動跟合作。鄭老師有個學生針對書店和圖書館之間能夠有怎樣的互動關係作了一份報告，我覺得這是很令人開心也很重要的一件事，其實書店的確應該把它在書籍的分類、採購、

人員培訓各方面的經驗跟圖書館能夠有所分享，這樣才是對整個大眾
資源影響最大。不可否認有些人會覺得當大家書都借得很頻繁，是不
是就不買書了，其實我們不擔心這一點，因為當然在看書的時候如果
你很愛它自然就會想擁有，這就是書店機會的來臨，所以對整個公共
資源的人員培訓或 Book List。（鈴響。）而對圖書館最重要的檢核制
度應該是 Book List 的產生，我們應該是逐年累加這個書單，只有這
樣後來的人才有一個標的，遊戲也才有規則可循，所以今天紐約時報
出的這個給父母選書的導引手冊，就像歐美或日本都會給圖書館員或
老師一個 Books Guide，他們是用分齡的方式，這在國內很少見到。
我想提一下，三歲跟七歲孩子所看的書完全不同，但是沒有人告訴他
們這樣的訊息，他們到書店買書或到圖書館都會遇到這樣的問題，這
對採購人員推薦人員都是很大的挑戰，我們在缺乏這樣背景的情況
下，我們需要更多的努力。所以今天我的支票留白，因為這很需要大
家的投入，誠品很願意把之前有的經驗跟資源跟大家分享，也很願意
做更多社會參與的投入，所以我想這是現階段我們可以參與的。謝
謝。（掌聲）

林訓民：

我們現在還有十五分鐘，我們請大家發言。

林秀兒（臺北縣書香協會）：

非常感激誠品的副理今天第一次把社區推廣力量呈現出來。我是
臺北縣書香協會總幹事林秀兒。從上一次兒童文學一百到今天快要結
束了，我很心急很難過，心急的是……我們在推廣兒童文學在社區已
經從事了很多年，經由文建會書香滿寶島的政策，以及推動兒童書香
運動已經整整有四年多，在這樣的推廣下，經由文建會培訓各地的故

事媽媽，到校園為孩子說故事，陪伴孩子經由故事裡面激發讀書的樂趣和習慣，四年多以來今天終於聽到有人這樣的認同，與肯定我們所做的，我非常的高興。在這個過程裡面，我非常感謝國語日報及誠品書店，很希望我們可以彼此做一些資源的流通和整合，剛才有提到幾個問題，在好書的選擇部分，有人做了很多，對我們在推廣有很大的幫助，但我更期望大家能夠注意到，要有更多人力投入讓孩子體驗閱讀的樂趣，養成他自發性閱讀習慣，這個過程很漫長，需要很多人力和時間。這裡我想分析一下一個數據，根據文建會政策的支持在板橋、新莊、中和、三重、新店等等，都有培訓故事媽媽種子，但不止於臺北縣，毛毛蟲兒童哲學基金會已經跨出臺北縣，培訓了臺中、臺南、高雄、屏東、臺東、花蓮、宜蘭各地都有推廣閱讀的種子媽媽，透過這群人熱心的支持，讓社會更多人認識兒童文學，讓更多孩子沐浴在兒童文學的氛圍裡面，再來臺北縣書香文化推廣協會提供書源，為了補足社區圖書館的不足，在全臺灣已經成立了一百三十個左右的童書俱樂部，這一份的關照甚至在九二一地震以後，在南投災區成立了十七個童書俱樂部。這樣一個龐大的力量希望在這裡可以有更大的資源整合。我想這對整個兒童閱讀的推廣會有很大的助益。謝謝。（掌聲）

邱小姐：

大家好。我是一個家長的立場，跟這些書店有關人員建議一下，我發現很多書店都不開放廁所給買書的小朋友使用，生理的需求跟閱讀是相關的，如果這一個書店沒有廁所給小孩子使用，我就會告訴他們這家書店不重視人道，你只可以進去看書不可買書。我旅行過五十多個國家看到很多書店，對小孩非常的善意，閱讀習慣如果要培養，一定要先有親切善意的環境。請各位書店的朋友再加強一下。謝謝。

（掌聲）

林訓民：

　　我想廁所是應該的，這是基本需求對小讀者的服務。廖蘇發行人要做回應。

廖蘇西姿：

　　我反映這件事情，比如說我敦化南路的新學友不僅廁所裡有給BABY 坐的，另外還有泡牛奶間、育兒室。希望有足夠的空間給媽媽們用。希望大家有空可以去看一看。

林訓民：

　　所以換小孩子尿布就到新學友去。我們因為時間開始有限，所以希望大家限時三十秒。

張嘉驊：

　　作者希望讀者唸書，出版社希望書能夠賣出去，家長也希望孩子能夠看好書。各種活動及行銷在我看來，都是比較外部的作為，其實根本上考量，體制上的運作。我有一個老話重提就是希望廢除教科書，把兒童文學帶進學校的體制。曾部長所提的閱讀運動，我看到兒童文學界似乎沒有相對應的運動，跟他附和，看大家也來集思廣益如何來對應一下。

夏婉雲：

　　我是兒童文學作者，同時也在國小服務了很多年，剛剛張嘉驊所提廢除教科書，我只能說目前不宜階段性的完成，在這麼多出版社，

還有市長、部長這麼重視閱讀的狀況之下，我對出版社有四點建議，多出繪本、多出大本的書，適合老師教學用、多出閱讀引導的書、多一些閱讀引導活動的設計。

林訓民：

事實上，當我們談兒童閱讀的推廣或行銷，我曾經把它歸納十個弔詭與迷思的問題，其中一個就是大家認為推廣兒童閱讀一定要打折一定要便宜，我把它稱為一個迷思。總結來講，如果我們要把童書這個領域經營得更好，應該是每個家庭、社區、學術界、圖書館大家共同來經營。接下來我們交給林所長來做一個結尾。

林文寶：

我只是宣布結束而已。順便再講幾點，第一我也是毛毛蟲兒童哲學基金會的董事，剛剛楊茂秀已經趕回來了，他剛剛從臺東趕回來。第二我們一直在談論好書，這一點我是很有意見的，我們要選合適的書給孩子看，沒有一個出版社願意出壞書，他們都是出好書，偏偏每個孩子都不一樣，如何選適合這個孩子看的書是很重要的，定位在好書基本上就有一個意識型態在那邊，所以我建議我們要選合適的書給小孩子看。第三我要說一個廣告就是下一個月17號要在這裡辦一個研討會，希望6月17日以毛毛蟲和師院合辦的研討會，大家能來參加。最後我代表研究所跟幼獅在這裡宣布今天到這邊結束。（掌聲）

兒童遊戲，快樂臺灣
──從兒童文學看臺灣的文學遠景

時　　間：2006年6月24日
地　　點：國立臺灣文學館演講廳
主講人：林文寶（學者）、黃秋芳（作家）
記錄整理：張志樺

黃秋芳：

　　在中壢和新竹設有「黃秋芳創作坊」。寫作風格繞逐在成人與兒童、兒童與文學、文學與教育邊界的優游、試探與拓展，從「閱讀邊界」中尋找獨特的創見、精密的證據，和存活著在「此時此地」產生的意義與終結。曾獲得教育部文藝獎小說首獎、吳濁流文學獎小說佳作、中興文藝獎章小說獎、法律文學小說獎特別獎；臺灣兒童文學協會童話獎首獎、九歌少年小說創作獎、臺東大學童話創作獎、九歌文化基金會年度童話獎等。

林文寶：

　　筆名江辛，現任教於臺東大學兒童文學研究所，並擔任人文學院院長。出生於臺灣雲林縣，寫作至今已達三十餘年。曾獲得2000年五四文字教育獎以及中國文藝協會文藝獎章、「信誼幼兒文學獎」特殊貢獻獎。

一　兒童文學與民族精神

（一）從「兒童文學」看文學格局

黃秋芳（以下簡稱「黃」）：

　　各位與我們一起在這午後分享週末文學的朋友們，大家好。今天對我來說是一個非常重要的日子，因為離開學校這麼久，終於又有機會跟自己的指導教授同時坐在這裡，重新再聽老師說話。這麼多年來，他一個人在臺東，像母雞孵著一顆蛋，很辛苦的孵著，這當中幾乎沒有人看見他在做什麼。然後有一天，我們發現1997年華文世界有一個兒童文學所誕生了。任何不同背景、不同專業的人參與這個領域，學校的護士、畫漫畫的……跨進兒童文學，老師就非常開心，他讓這個世界沒有邊欄。我跟大家一樣，都很期待聽老師如何從兒童文學這隻小小的、毛茸茸的小動物裡頭，看見一個無邊拓展的文學格局。

林文寶（以下簡稱「林」）：

　　謝謝各位，有機會到臺南來真的是非常榮幸。首先談一下我們以前的觀念，我從差不多1973年開始教兒童文學，讓我印象深刻的有這麼一個例子：有一天有位學生跟我講：老師，我同學寫信給我，因為我跟他說我在臺東上兒童文學非常快樂。結果他同學跟他說：「反正你還那麼小，讀點兒童文學也不錯。」也就是說那時候大家認為讀兒童文學是小兒科，不登大雅之堂。哪知道風水輪流轉——最近比較不一樣，兒童文學好像慢慢流行了。

　　我們對兒童文學應該先有兩點基本的認識：第一點，兒童文學基本上是源於教育兒童的需要，用現在的話來講，供給兒童精神食糧，只是時代觀念的不一樣，供給也會不同。基本上它就是源於兒童的需

要，「需要」會因為整個教育觀念、觀點的改變，變成教育方式的不一樣。

第二點，兒童文學成為一門「學科」是中產階級出現以後的事——中產階級出現於西方工業革命以後——之前也有，但那都是不知不覺，比如說我們常常看到以前小孩子喜歡唱兒歌、聽故事，包括我們看到九歌為司馬中原出了一本書叫《司馬中原談鬼》，我自己背包裡面也帶了一本鬼故事，鬼故事其實是以前小孩子非常喜歡聽的，所以我們說兒童文學基本上屬於俗民、常民，用現在專門的學術術語來說是屬於俗文學、民間文學，比如說民間故事、兒歌、歌謠等。比較遺憾的是臺灣研究兒童文學的人幾乎不涉及俗文學這一塊，可見在臺灣來講，兒童文學還是非常年輕的一門學科。

經過這幾年的努力，其實可以發現，比如臺灣文學館編的臺灣文學辭典，是應鳳凰老師跟陳萬益老師主編，裡面就有放兒童文學的辭條，只是大家不去注意而已。從後現代的角度來講，文學已經沒有什麼主流、非主流。如果注意觀察，金庸的小說跟以前大家給他的評價不一樣，也就是說今天我們在看這些東西的時候，大家比較不關心當代一些比較大的敘述或是偉大的議題，反而比較關心身邊生活瑣碎的事情——現今已經無所謂雅俗之分，兒童文學從整個格局來看，它不再像它原來被認為的那樣，這是我就兒童文學的格局第一點要談的：越來越擯除雅俗的分界！

第二點是：目前整個藝術媒介的轉變，已經從文字到圖像。在座各位可能對兒童文學不一定很理解，但是你一定知道圖畫書，而且都很喜歡。一些比較老的、守舊派的人就很不習慣，說這些人越來越沒有思考能力，甚至一直在批判火星文。我有時會很不以為然，假設我們年輕的這一代還跟我們老一輩的一樣，那表示真的不長進，本來時代就不一樣了，火星文只是次文化之一，等到有一天退流行他們就不

會再沉迷。

　　整個文學藝術媒介已經由文字轉為圖像，所以現在的書都讓你賞心悅目，像安伯托・艾可（Umberto Eco）出了一本《美的歷史》，裡面圖片非常的漂亮，以前那種書絕對附很少的圖片，可是現在書的圖片都非常多，你不能說這是好或不好，有時候只是世代的一個趨勢。所以有人宣稱二十一世紀的兒童文學是解放兒童的文學，相反的是教育成人的文學。因為成人越來越沒有辦法看太厚重的書，比較喜歡看輕的。基本上我自己在看兒童文學的時候，字比較大，分量也不會那麼重，看起來還是很好看。當年《哈利波特》引進臺灣的時候，一些成人們都很訝異：孩子會看嗎？結果發現只有孩子看、大人都不看。我問過我很多同儕，他們都不會去看《哈利波特》，表示說他們已經是大人了怎麼會去看那種書。其實奉勸各位，假設你還想像一個人，或是比較有「童心」的話，有時候真的要看一些童書，童書其實未來是寫給大人看的，因為大人越來越沒有時間，童書如果寫得很好大人也會看。所以文學界流行一句話「一個作家，一輩子之中至少要為兒童寫一本書」，因為我們常講成人好像已經沒什麼藥可救，可以救的是比較年輕的一代，小孩子還是比較重要的。從兒童文學的角度也有人講過這麼一些話：「一個國家兒童讀物出版品的多跟少、品質好不好，可以看出一個國家文化素養跟國民教育的指標。」臺灣的兒童文學基本上一直都是屬於政府限制比較少的地帶，它自由的空間反而大，兒童文學在臺灣已經發酵，所以我認為格局是由我們自己創造出來的。

（二）世界兒童文學萬花筒

黃：

　　老師丟出一個議題，到底兒童文學的格局會走到哪裡？這同時也丟給我們在座的每個人。談到兒童文學難免就會想起來，那是遙遙遠遠從母體我們聽到的聲音、聽到的故事，所有的兒童文學都從一個好故事開始，迷人的故事、好聽的故事，一點一滴醞釀著我們。然後，我們就去猜測整個文學的源頭、文化的源頭到底在哪裡？我們對希臘文明的想像，會以為文明從希臘開始？或是，帶著更模糊的東方神祕的想法，文學、文化是從尼羅河開始的？其實都不是。

　　文學的源頭、文化的源頭最早從西亞開始，西亞有最早的法典，最早的天文算數、最早的六十進位、十二雙時、天文黃道十二宮，所有文明所必須的基礎，數學、天文、文化，都從哪裡醞釀。西亞神話裡頭包含了人類文化的母體，天地的創造、人類起源、農牧之爭、洪水、戰爭、屠龍、除妖、地獄之行，這所有的人文敘事，慢慢侵入每一個民族的末梢，然後深刻的影響「阿拉伯文學」；這些阿拉伯文學隨著發展，慢慢地經過伊斯蘭的神祕主義，發展出非常深厚滄桑、人性共鳴的部分。

　　西亞文化影響的不只是阿拉伯文學，同一區塊還有一個跟阿拉伯文學完全不相涉的「希伯來文化」。同樣的這些人，被驅逐逃亡到埃及，又受法老王壓迫而逃回來，當中經過大衛王的開拓、所羅門王的生養休息，以為生命正要安定的時候又分裂、流亡了，所以在希伯來文學裡頭充滿了追求、抗爭、挫敗、掙扎、信仰……理想的追尋與痛苦的滄桑，後來凝粹成《舊約》，成為整個西方文學的源頭。神話故事，這些追逐、流浪、滄桑的感覺，它跟兒童文學的。

　　然後我們轉向東方，看看印度，他們跟大自然幾乎毫無距離的生活在一起，時間跟空間都被族小孩的時候，使用的教材是《五卷書》，

能，大自然的、天地的、哲學的……，幾乎所有故事都在裡面。這些故事精深博大可以感動所有不同個性的人。以至於當時因為經濟交流、貿易往來的行旅，都被哪些故事感動、衝擊，隨著旅人，它們慢慢流散到四地。我們在法國的寓言裡看得到，在格林童話裡看得到，在《一千零一夜》裡看得到……這些故事侵入每一個民族，而它的源頭，我們慢慢去追溯，就會回到印度故事的母體，那是故事的原鄉。

西亞文化也好、印度文化也好，從來沒有任何文化告訴我們，他們在推動兒童文學。然而，回到最原始的兒童文學的形態「說故事」——我們都喜歡聽故事，這些故事一點一滴影響了不同的人。然後，我們就從一個又一個故事、一種又一種不同模式的兒童文學，看見文明核心。

以歐洲來看，歐洲最早發展出來的高度文明是法國。法國在十七、十八世紀交接的時候就展開了今古文學之爭，進入一個絕對講求秩序的啟蒙年代。在那樣充滿可能的啟蒙年代裡，純粹的文學發展到一定程度以後，必須不斷尋找《鵝媽媽故事》、民間傳說，用這樣的民間傳統去產生新的生命活力，把這些嶄新的生命活力注入現有的文學模式，發展出新的力量，又經過他們的理性思維、理性運動，不斷添加，於是整個法國就發展出一種講究精確精神的兒童文學。

凡爾納（Jules Verne）在科技文明前創造出來的科幻小說，已非常講究可行性。凡爾納科幻小說最大的特色，就是每一項發明都在可預見的未來具體成形；法布爾（Jean-Henri Farbe）的《昆蟲記》，那麼精確、那麼精緻；我們也看到全世界第一套兒童百科全書，這些兒童文學的發展，慢慢成為法國民族精神裡的特質。

從法國文化核心，慢慢擴及英國。英國多民族的出出入入，使得故事破碎但豐富：遙遠的傳說、精靈、魔鬼的民間俗信……，都成為裡的一部分。隨著工業革命帶來極致文明的可能，英國的兒

童文學傳達出兩個非常不同的精神：一個是原始的自然生命力，一個是極端講究的文明能力。這兩個能力撞擊出來便產生全世界第一本「純粹為了兒童快樂」產生的書。

1744年，紐伯瑞（John Newbery）為兒童印的第一本書，標舉出純粹為了愉快，我們把它叫作「兒童文學的起點」。從這個起點開始，進入十九世紀的黃金世紀，我們看到所有英國最好的主流文學作家們，一方面在主流文學裡開創出新的兒童文學文類，一方面竭盡所能地切割出新的可能出來。這個「新的可能」形成非常多驚人的嘗試，一直到卡羅爾（Lewis Carroll）創造了「愛麗絲」，把他的哲學思維放進一個荒謬的場景裡，穿透成人的哲學思考。即使進入二十世紀，英國文學好像慢慢式微，但仍然有眩目的餘暉：無論是《納尼亞傳奇》，那種日常幻術、存在於日常生活裡的奇幻世界，或《魔戒》、《哈利波特》等誕生在充滿荒謬、自由的國度裡的故事，皆反映出這個國家非常典型的民族精神。

在這麼一個經典的兒童文學國度裡，我們以為這就是唯一嗎？絕對不是，只要願意誠懇的停下腳步、放慢速率去凝視兒童文學，我們會看見每個民族不同的特性。

往北追溯到北歐，他們的神話故事、兒童故事，永遠充滿英雄抗爭的精神，明明知道命運往毀亡的過程發展，然而誰都不退縮，每個人都瘋狂地往前走去，那種絕對無所恐懼的精神，成為整個北歐文學非常重要的基礎。

所以，他們有全世界第一份專門為兒童創辦的報紙、純粹為兒童設計的雜誌；當《愛麗斯夢遊奇境》翻譯到瑞典的時候，他們又在英雄抗爭之下，加入荒謬跟奇幻的遊戲精神在裡面。這種荒謬、奇幻的「遊戲性」，改變了英雄抗爭原來的悲劇色彩，加入了鮮活而飽滿的遊戲能量。瑞典中小學地理教育學會找了文學家——拉格洛芙（Selma

Lagerof），希望她為大家編一份可以讓全瑞典人閱讀的好故事，她寫成的《騎鵝旅行記》，不但獲得諾貝爾文學獎的肯定，是第一次兒童文學作品獲得諾貝爾文學獎的肯定，並且改變了非常多的人。

記得2002年，還在臺東兒童文學所讀書的時候，突然聽到林格倫（Astrid Lindgren）過世，走到哪裡，大家都在問，妳會不會很傷心？居然有一個兒童文學作家的死亡，讓每一個人都很傷心。因為她創造了《長襪子皮皮》，皮皮的強盜家族，為她留下很多的金幣，她跟一匹馬共同生活，不需要大人，永遠保護著每一個被欺負的小孩，她代表每一個小孩站起來說話。

這樣的精神不斷由瑞典慢慢地影響了整個北歐。我們看到安徒生的精神，我們都在這些兒童作品本身看到非常昂揚的民族精神。

反觀歷史發展很慢的德國，當每個國家都大一統、文明高度發展的時候，德國還是分散、混亂的諸侯國，這些混亂的諸侯國，一直到1871年才統一，它靠什麼統一呢？靠格林童話、靠詩人的民歌、靠所有人文的努力把德國破碎分散在各個角落的文化碎片，串成統一的民族精神，以至於德國文學有一個非常強烈的力量，凝聚共識，都在為人們創造一個非常精緻的共同理想、願望、價值。

這個民族統一的時間太晚了，整個國際版圖都在做利益分配，所有的殖民國度都被切割，為了經濟利益分配，他們發動兩次戰爭，在這兩次戰爭中，人民受到非常大的撞擊。這個撞擊重新改變了這個國度的每一位創作者，他們的兒童文學有一些層次上的變化：第一個層次，他們的兒童故事聚焦在民間故事的收集，哪些民族精神一點一滴的滲透；第二個層次，他們的故事開始充滿了對社會的檢查跟反省；到第三個層次，已經從兒童文學慢慢滲透到主流文學，你會發現他們非常喜歡用青少年作主題，包括得過諾貝爾獎的赫塞（Hermann Hesse），他的作品《鄉愁》、《流浪者之歌》……等等，都充滿著幾個

共同點。第一，對人性雙重性的追尋跟確定；第二，他們慎重地思考，如果我們仍然是正在追尋青春的青少年，我們怎麼活下去？這個部分成為德國文學非常重要的民族精神，而這些民族精神，精確地透過兒童文學的力量，讓大家感受到。想想看，我們每一個大人，都曾經聽這些故事，都是這樣長大的，我們民族精神的基底，最原始的最初，就是來自於我們所看到的、聽到的這些屬於兒童的財產。

接下來，我們要來談現在大部分人都注意到的美國文化，我們的文化有很大部分受到美國文化的影響。雖然我們笑它的歷史好短，不過兩百年，我們仍然看見了這個民族熔爐，創造了一個非常精緻兒童文學的可能。

最有名的代表作當然是《李伯大夢》，《李伯大夢》改編自德國童話，讓我們看見一個人醉醺醺的，他要進去森林以前，在街上看見當時英國國王的照片，進去森林後跟古荷蘭人打了一場球，睡了一覺出來，那個英國國王的照片已經變成美國總統的照片。在這個簡單的兒童故事裡，我們看見整個美國的開發，經歷荷蘭人、英國人、美國人的歷程。看見一種非常迅速、熱情、隨遇而安的精神，而這個精神無所不在地滲透到他們的兒童文學去。

美國以它得天獨厚的力量，發展出非常精彩、各種各樣的類型文學，尤其不可思議的是，他們的《一百萬隻貓》宣告了圖畫書的年代已經降臨。這個圖畫書的年代，開啟了燦爛的凱迪克獎，帶領著大部分國家在發展圖畫書初期，建構出圖畫書的視野。在大戰最辛苦的時候，我們看見他們的圖畫書陳述的是新年的願望；大戰結束時，他們圖畫書得獎作品是幸福的祈禱詞。他們的作品，把整個世界放在裡頭，我們怎麼可能忽略掉兒童文學的力量呢？

談到華人兒童文學，首先就會想，整個中國人的價值，我們身體裡藏著的，每一個中國孩子的模型，從很小我們就被灌輸觀念：要重

視田園、人情味，這是中國人的集體價值。我們從這個集體價值裡被輸入很多故事，二十四孝也好，堯天舜日也好，看到小魚就要力爭上游也好，我們相信這一切才是生命中「對的」部分，所有的故事都有「溫柔詩教」。

那是用什麼做基底的呢？用「興旺家族」做唯一的精神支持。我們華人，很少有人會在意我們自己要怎麼活下去，反而都很在意，我們要怎麼為這個家族活下去。以至於整個中國兒童文學的力量，集中在——第一，要推翻藏在他們身體裡的封建精神，第二，要抵抗來自世界各國的殖民利益，他們從內要推翻、從外要抵抗，這所有的力量就攪出了中國兒童文學的豐富性。

而臺灣又跟中國大陸不一樣，首先，我們的地理條件要生存下去本來就比較不容易，以至於我們會習慣多元混血。在不斷混血當中，找出很多縫隙，裝了很多東西進來，因為我們認真地要活下去，於是我們的兒童文學藏著很多民間的禮俗，這些禮俗所有的一切，只是想要呵護一個孩子，當大人沒有足夠力氣照顧你的時候，你要認真地學著如何活下去，於是早期中國兒童文學中智力優先、興旺家族的部分慢慢消滅，反而強調如何活下去，給予每個兒童身體心靈更大的活力，在這樣的活力底下，我們就強烈發展出整個臺灣文學跟土地凝結的精神。林文寶老師提到「兒童文學的格局將來會變成什麼樣子，是看我們將來每個人讓它走到什麼地方」的時候，我忍不住想要跟大家一起去回顧整個國際兒童文學的版圖。接下來，我也想聽聽林文寶老師的意見。

（三）臺灣兒童文學的思想方向

林：

　　基本上不只兒童文學，幾乎整個臺灣學術都淪為殖民的文化，這是臺灣的悲哀。這個悲哀是我們在了解歷史時忽略的一個大前提。在談兒童文學的時候我願意從鴉片戰爭談起，鴉片戰爭之前中國停留在傳統的農業社會，也就是說第一波的社會；鴉片戰爭之後中國才開始邁入第二波的社會。我剛才談到西方兒童文學的出現是源於中產階級的興起，中產階級的興起是源於對「人」的發現，人的發現是文藝復興以後才出現的，一直要到中產階級出現以後才發現「兒童」，那是很漫長的歷史。研究中國或臺灣的兒童文學，我們不能忽略掉大歷史的事實。我先舉幾個例子，義大利的卡爾維諾用兩三年的時間去改他們義大利的民間故事（臺灣是由時報出版的《義大利童話》）。那是一個世界級的作家為他們的民間故事改寫，讓它變不朽，保留了義大利的集體共同記憶。今天在談文化的時候，已經不是用熔爐來涵蓋，而是沙拉的概念。臺灣的兒童文學就要像臺灣兒童文學，而不是像美國或別國，所以在看臺灣的兒童文學時不要拿去跟外國比，時代、背景各方面就是不一樣的，以西方的判準來看臺灣就喪失掉我們自己的主體性和自主性，這是整個學術嚴重的缺失。

　　現在大家也都發現各個文化就是不一樣，最近一個很明顯的例子，幾米的繪本在美國出版，起初，美國人很訝異——繪本不就二、三十頁嗎？怎麼會兩百多頁呢？他們心中的繪本都是三十幾頁固定的樣子，可是幾米的書卻有兩百多頁。後來美國的廠商還是出版，因為他認為幾米的書可以賣。所以觀念是可以打破的，我們的信心常常要藉助外人的肯定來建立。

　　前一陣子，我一個朋友跟我說，美國的一位圖畫作家到誠品去看的時候，非常的驚訝，他說誠品的書就像聯合國一樣，世界各國的書都可以看到。美國不像我們那麼開放，我們開放到最後是完全迷失了自己，這是我們比較嚴重的問題。所以臺灣的兒童文學要走出自己的

格局，就是必須重建自己的主體性、自主性。我在這一期的《繪本棒棒堂》就寫了一篇臺灣圖畫書的歷史跟記憶，我們一直認為臺灣都沒有圖畫書，品質都不行；一旦你去回溯《小學生畫報》的時代──才會發現我們其實是忘了自己的歷史。

今天我們只要談到兒童文學、圖畫書，就認為我們什麼都沒有，這是一個時代的悲劇，大家不願意去了解。所以我還是要重複一句話：要重視我們的歷史、我們的記憶。

目前兒童文學已經奔向多元，假如各位注意一下的話，其實我幫幼獅已經編了兩套臺灣兒童文學的選集，從1945編到1998年，已經有十三本書，可是大家好像也不見得會去注意這些。而後我幫天衛又編了「二十一世紀以來兒童文學年度選」，一口氣出了四本的年度選，我最主要的目的就是要重現臺灣自己的東西，呈現在各位眼前。我們跟別人接軌之前，自己一定要有立足點。但是臺灣整個教育常常缺乏這種立足點思考，我常常講，我們所謂的文化傳承到底在哪裡？我們可能教育出來的都是一些沒有文化的人，而且可能一開始就標榜著「世界公民」，到時候問題就會比較嚴重。

二 從「教育」走向「文學」

（一）從「教育界」萌芽的臺灣兒童文學創作與研究

黃：

今天我先以一種全球化的觀點，把鏡頭拉到很遠很遠，做遠距離的觀察，去看每個民族特殊的民族精神，接著還是要把鏡頭拉回來思考。我們請林文寶老師繼續來談一下，關於臺灣兒童文學怎麼樣從教育擺盪到文學的歷程，當然，最早還是從兒童文學的起源談起。

林：

不管多麼貧窮的人都需要教育他的孩子，只不過有錢的人跟沒錢人教育孩子是不一樣的。所以早期的阿公、阿嬤就是帶孩子講一些兒歌或講故事。就整個中國來講，我們都曾經聽過《三字經》、《千字文》、《唐詩三百首》，這些就是所謂的「蒙書」──以前小孩子讀的書。在從前，一個人要認識字，可能要花兩年到三年，認識差不多兩千個字。現在的臺灣，我們用十週去學注音符號，注音符號的出現改變了整個華文的學習，早期是要硬背出來的，現在小孩子就不一樣。

我剛也提到，兒童文學有時是屬於俗文學的一環，所以談論臺灣兒童文學的緣起，第一個就是「口傳文學」，大家可能都已經注意到格林童話、安徒生童話，卻很少知道臺灣也有很多民間傳說故事，如林投姐的故事等等，雖然我們講求鄉土教材，但那只是上面在亂叫，下面可能不當一回事。

其實臺灣花了很多錢採集各鄉鎮的民間故事，可是到底有沒有人讀呢？我就懷疑。我每次去問，大家都不知道有這個東西，我就收集了很多各文化中心所採錄的民間故事。大家都記住國外的東西，對自己的東西反而不理解，口傳文學是兒童文學的緣起，歷代的蒙書也是，要知道哪些蒙書今天重新來教小孩子也是很好玩的。第三是古代的典籍，比如說〈邯鄲學步〉，是《莊子》裡頭的故事，這以前都是講給小孩子聽的。假設你注意一些古書，其中被收錄的兒童文學作品其實是相當多的。最近市面上也出了滿多這些從歷代典籍出來的故事，我目前指導一個學生寫《莊子》的寓言，看看裡面隱藏了多少兒童文學的元素。

另外臺灣被日本統治過，所以臺灣的兒童文學受日本影響非常大。在座各位年齡夠大的話可能讀過東方出版社的《亞森羅蘋》還有

《福爾摩斯》，那是從日本改寫再翻譯過來的，你看臺灣文化的傳承、轉譯要經過多少年。我們早期是二手翻譯，大部分是日本翻譯；日本影響非常大、歐美影響非常大，還有中國影響也非常大。也就是說在臺灣此時此地的兒童文學曾經受過這幾個方面的影響，當然其中影響最大的可能還是中國。

比較特殊的一點是，鴉片戰爭之後，中國正式走上現代化，五四時代正式把兒童文學引進來，基本上是因為要「教育大眾」，也就是說先認識了俗文學，所以才把兒童文學引進來。像臺灣早期的《國語日報》是大眾日報，是為了要學國語才有《國語日報》，一直到70年代才轉換為「兒童日報」，所以兒童文學引進到中國來是跟著民間文學跑進來的，這在我跟幼獅編的文化裡序論中有比較詳細的說明。五四時代兒童文學，大陸上是以魯迅、周作人為代表，他們強調的是「兒童本位」，但是後來所謂兒童本位的思想帶到臺灣來，所以臺灣所承續的兒童文學的論述其實是五四的精神。大陸一直到兩千年左右，才重新發現五四的精神；文革是以政治掛帥，等到文革以後大家都不敢談教育，所以談文學，把文學拉得很高，到現在才開始務實去談教育。臺灣到這時候兒童文學已經不談教育，轉到另一個觀點去了。

兒童文學，假設說它不是教育的話，那它絕對不是兒童文學，只是教育的方式有很多種，不一定要直截了當的去講。我最近剛寫一篇論文是談5、60年代的國小作家教師團隊，也就是說5、60年代的作家都是國小教師。國小教師這個團隊真正成形是因為板橋教師研習會辦了十幾個梯次的寫作班讓其成形。所以臺灣早期這方面的影響非常大。你今天在看這個作品時，不要一直批判它們的教育性比較強，不錯，那時作品當然教育性強，但我們有時看作品是要放在它當時的場域去看，而不是以今天的角度。假如當時跟現在一樣，那表示今天根本沒進步，那是時代觀點的改變。

其實成人文學裡也有教育，只是現今我們把教育當成一個主題，現今的主題不像以前那麼嚴肅，如果讓我們看了哈哈大笑那也是一種主題。所以像英國的兒童文學作品裡就有很多無厘頭的，要知道小孩子最喜歡的就是無厘頭，可是我們整個教育就是希望他變成有厘頭，所以這是非常悲哀的。有時候我們都要到老的時候才知道我們曾經犯了這麼多的錯，不只做錯，我們一輩子都可能做很多的錯事，只是不自覺而已。所以我還是強調兒童文學基本上它是文學，走上文學是必然的，假設它不夠文學就不叫兒童文學，但是它的本質絕對是具有教育性，假如它沒有教育性，它也就不是兒童文學，所以這講起來非常弔詭。只是時代觀念的改變，我們對「教育」兩個字的解釋又會不一樣。

（二）兒童文學的歷史意義與文學意義

黃：

所以，我們從教育朝向文學擺盪的過程裡，在閱讀也好、創作也好，我們會發現一個很重要的觀念，就是我們要去區別兒童文學裡的「歷史意義」和「文學意義」，就像我們都很喜歡凱迪克獎的作品，二次大戰時，他們出現關注少數民族的圖畫書，因為他們突然覺得世界上有這麼多人在痛楚的邊緣，我們何德何能可以這樣理所當然地去擁抱幸福。人在最高點時，渴望多去碰觸弱勢的痛楚。我們在看這些東西的時候，覺得看到世界上最誠實的歷史，它不是任何史學的包裝可以泯滅、造假的，只有在文學的世界裡，才有機會看到世界上最誠實的歷史。

我們看見松居直，認真去澆灌整個日本圖畫書的發展，然後寫了《幸福的種子》，把他的生命經驗複製到臺灣，非常多人看到那本書

被深深感動，然後臺灣開始有了信誼，有了各式各樣的圖畫書比賽，開始有了前仆後繼的創作者，不斷付出努力。有一些早期長年從事圖畫書創作者，在這個園地非常努力的耕耘，甚至有一些比賽找他們去評審，他們還勇敢地說：「我不要評審，當我站在評審臺的那一天起，恐怕我的創作就停止了。」

很多人認為大陸第一部童話是葉聖陶的《稻草人》，當我踏入兒童文學界，每個人都在講《稻草人》，我很認真地找來看，覺得很吃驚，這是童話嗎？它多麼像一個共產主義的革命宣言！然而在那個時代，這作品多麼真摯，因為在那個動盪的時代，每一個年輕的孩子都被社會主義的理想所感動，每個孩子身體裡都藏著一個「理想我」，想要讓世界更好，更加的努力。這個《稻草人》所呈現出來的童話世界，就是身家可以摧毀，生命可以沒有，還是要具有為所有最痛苦、最貧窮者服務的理想精神。

同樣地，談到臺灣少年小說的起點《阿輝的心》，它的歷史意義也不斷被討論，阿輝真的是世界上最可愛的乖寶寶，他聽話、懂事、堅強，認真地活下來，可以說那年代每個孩子都是那樣長大的。每個孩子都在父母照顧不到的範圍裡，自己非常認真的長大，《阿輝的心》是一台「非常文學化的照相機」，把那個時代照下來了，這樣一個時代的軌跡，隨著時代慢慢變，開始有不一樣的歷史意義、歷史顯彰。我們在臺灣文學童話獎裡面，也可以發現一個非常有趣的對照。文建會舉辦的「臺灣文學獎」第一名的作品〈梅花鹿巴躍〉，這隻梅花鹿非常勇敢，當牠被獵人欺負到退無可退的時候，作了一個決定，所有這個族群的老人都要成全所有的小孩，因為跳過懸崖的對岸，有一個新天地，所以這整個梅花鹿族群分成兩半，老的梅花鹿先跳，他當然跳不遠，跳到一半，就成為半空中的島嶼，讓小的梅花鹿跳過去，踩著老的梅花鹿往對岸的地面跳，這整個族群在那個分界點就只

剩下一半，這裡頭呈現一個令人非常撞擊的臺灣悲歌，有多少人就是曾經踩著前人的血跟淚，到一個新的島嶼重新開始。

　　同一個年度，另外一個文學獎是新竹縣文化局的「吳濁流文藝獎」兒童文學獎，第一名作品叫作〈變貓記〉，故事如下，有一個小孩整天浪費水，媽媽告訴他不要浪費水，如果一直浪費水，老天爺就會處罰他變成一隻貓。有一天，穿著黃色衣服的媽媽，正要送他上車時，突然想起忘記一個東西，就往樓上走，小孩在樓下等了好久，想著怎麼搞的，媽媽還不下來？隔了很久，眼看快要遲到了，他看到從樓上慢慢地走下一隻貓來，這小孩看到好害怕，因為那隻貓居然是黃色的，跟他媽媽早上穿的衣服一樣顏色，他開始痛哭起來：「是我浪費水，為什麼要處罰我媽媽？」於是他就抱著那隻貓去上學，把貓藏在抽屜裡面，結果被老師罵了一頓，他也沒心上課了，去找一個朋友，他朋友說有一個老婆婆那邊有很多神奇的藥，於是他跟朋友又帶著那隻貓去。經歷很多折磨，努力要把貓變回他的媽媽，當然這一連串努力都無效，他很傷心地回到家時，對著空空洞洞的房子，想著自己該怎麼辦？媽媽不在家，他走來走去，走到頂樓嚇一大跳，他媽媽躺在哪裡很沒力氣地說：「你這個死孩子，平常叫你上學你就拖拖拉拉，今天無論我怎麼叫，你都不上來。」原來，他媽媽上頂樓時摔斷了腿沒辦法動，頂樓的門沒關，所以就有一隻貓跑了下去。

　　這篇作品給我留下非常深刻的印象，它也是首獎，而且還跟〈梅花鹿巴躍〉同一年。這篇為什麼讓我留下深刻的印象？我始終覺得，這就是兒童文學的光亮，有一些可能、有一些好奇，有一些想要轉變的心情，正在創作者的身體裡頭動盪。

　　所有的研究會有成果，就是因為有這些創作成績出來，我們必須奠基於眾多的作品，才可能把我們的研究再往前推。我們看見兒童文學有非常華麗的韻律，它有寬容、充滿提攜精神的前輩，願意這樣成

全;同時也有無厘頭、頑皮、戲謔的充滿閱讀情趣的新生代出現。這樣一個交相撞擊的時代,使兒童文學在「歷史意義」和「文學意義」間游動,界線慢慢拉近,創造了兒童文學的多元演出。接下來,我們請老師談一下兒童文學的多元展現。

(三)兒童文學的多元分化

林:

我想文學的多元不只是兒童文學,在多元的社會裡,多元其實是民主和自由的真相。──我常講兒童文學為什麼要寫給成人看,因為最需要教育的就是成人,成人不願意看真正的書,看兒童書你就會知道什麼叫樂趣,所以多元是一個必然的結果,像剛才秋芳提的哪些故事,評審也能接納,在以前一定認為不可思議;但是我們期望多元不是支離破碎,我們要認同他們的存在,多元共生才能變成眾聲喧嘩,各唱個別的調。多元分化是一個事實,但是對作者來講你可以執著自己專長的部分,你不一定要趕時髦,當《哈利波特》開始流行的時候,你可以發現當時臺灣多少人在寫像那種東西,但你怎麼寫也贏不了 J. K. 羅琳。像我現在看一本鬼故事,寫得非常精彩,連我都很喜歡,鬼故事並不一定要非常驚悚,有時是另一種的樂趣,這是一個美學觀點的改變。

當然我們相信當下的多元不見得就是最好的,但它是一個事實,不容許我們否認。在後現代來看文學作品,已經不是用好壞去理解的,應該是看你讀完以後,對你有什麼想法比較重要。

（四）兒童文學的深度與廣度

黃：

　　所以，多元土壤已經準備好，讓我們的兒童文學開始有一點深度、廣度，重要的是，作為領路的人，必須更多一點耐性。

　　臺灣現在的兒童文學，很多人都說跟大陸的出版比起來，好像危機重重。我總覺得我們還是有機會的，首先在哪些舊的前輩，林良、馬景賢、桂文亞……甚至已經過世的潘人木，這些本土主流寫手，都留了很多機會給新生代。更多的繼起的新生代寫手，包括陳瑞璧的《臺灣書寫》，張友漁的《流動過程》，九把刀跨足到青少年領域所寫的東西……那些多元、歧異而迷人的特質，都在創造新的文學可能。

　　很多簡體書發行了繁體版本之後，我們深深被張之路、曹文軒所切割出來的文革創痛所感動，一個是用歡愉的態度，一個用擦不乾的眼淚及淡淡的甜美，讓我們發現原來我們可以用各種的角度來看生命的創痛，然後我們看見沈石溪那個動怒的、寫實的人心，以及葛冰創造新的少年武俠文類……這所有的一切，都將變成臺灣兒童文學的營養。

　　我常說我們每個人都處在非常光明燦爛的機會裡頭，臺灣現在正處於一個分界點，就是主流文學的營養已經慢慢納進來了，我們早期看見不斷被討論的黃春明、鄭清文，還有現在剛整理出版的司馬中原，他們一開始就不是為了兒童，或為了誰而書寫，他們是為了自己。我們每個人身體裡都有想寫的欲望。沒有什麼絕對的兒童文學，這世界上唯一的文學標準就是：好的文學。我們每個人要在心裡擱著：絕對的文學，就是好的文學。

三 「兒童」與「遊戲」的重新發現

（一）兒童文學的特性：教育性、文學性、兒童性、遊戲性

黃：

接下來，我們就要討論到更深層的議題，探討「兒童遊戲，快樂臺灣」。如果我們確定兒童文學要有一種遊戲的活力、快樂的能量在裡面，我們要怎麼看待它，在看待這件事情之前，我們當然要重新去界定兒童文學的特性，兒童文學到底有什麼特性？為什麼遊戲跟快樂在裡頭有那麼大的意義，要請林文寶老師說明，他是第一個清楚界定臺灣兒童文學特性的學者。

林：

一般上我們在談兒童文學的時候，你首先會想到兒童文學跟成人文學有什麼地方不一樣？所以當時我最早研究兒童文學的時候就花了很長的時間，差不多在1973年寫成一篇論文叫〈兒童文學的製作理論〉，最早在學校的學報發表，我提出「遊戲的情趣」這個概念出來，當時我在界定遊戲的時候是從體育的概念去找。因為文學那時候談遊戲的概念是相當簡單，反而我在體育學的一些理論上找了出來，一般都是用趣味性去談它，但我認為趣味性其實不夠，中國傳統觀念告訴我們，人生需要有三分的遊戲態度，也就是說有時我們對事情不要太正經八百。有時你會發現人活得太辛苦，對自己綁手綁腳，什麼都放不開──你以為怎麼穿人家都會注意，其實都沒有人注意，頂多只有兩分鐘而已；你真的去裸奔，可能報紙報一天也就沒有了──我們一直是自主性、主體性不夠，常常被別人控制。

我剛研究兒童文學時，一直在思索兒童文學的基本論點在哪裡。

一直到1993年，當時的空中大學要開一門課叫「兒童文學」，請我來主編這本書，我自己寫一章，另外找四個朋友來寫，我那時提出兒童文學特殊的屬性，就談到教育性、文學性、兒童性跟遊戲性。──這是我在兒童文學裡面比較早提出來的說法，見證現在的一些理論，也接近主流。包括我等下要講的美學也是跟這個一脈相傳。這部分，秋芳寫了很厚的一本論文，書名是《兒童文學的遊戲性》，是萬卷樓出的一本書。

（二）「遊戲」革命

黃：

兒童文學的特性在這二十年間大概不會變動，但是它一定會變動。中國兒童文學的萌芽，從「教育性」發展起，然後慢慢地「文學性」開始滲透，慢慢地「兒童」有一些特殊的要求，「遊戲性」跟著出現。當遊戲性出現時，它宣告一個新的世代，我們現在看到那麼多網路互動，日後也會有新的特質侵入。文學會不斷的發展、不斷的改變。早期人們怎麼會想到有一種東西叫作女性文學，它絕對是在女權興起以後；更早期人們怎麼會想到網路文學，它的條件必須電腦興起。隨著時代差異不斷更新，就有一些新的特性，使文學成分更準確、更豐富。在這個過程裡，我為什麼會特別著迷於兒童文學的遊戲性？有很多人會很好奇，覺得兒童文學遊戲性就是寫得很好笑，「好笑」就是它的趣味性，但是，絕對不是！

兒童文學的遊戲性，不是建立在趣味上，它是一種完全脫走日常，一種生命的狂歡，去經驗一個完全不一樣的過程，那就是遊戲。比如說，希爾頓集團的千金小姐，第一次演戲，人家問她演戲是什麼感覺，她說：「實在太好玩了。因為我演一個女侍，每天只要卡麥拉

一叫，我就得從我住的公寓走出來，然後走路去上班，我第一次知道原來世界上有那麼多人在路上走路。」那是生命中非常極端的遊戲，而這個遊戲，建立在她其實是在工作，因為這個工作完全從她日常生活拔離，那個脫走日常的過程，創造出一種新的自由。所謂兒童文學的遊戲性，必須建立在是不是創造出一種新的自由，這種新的自由，產生了一種新的力量。

我在作遊戲性的探討時，不斷找老師的麻煩，我問老師說，老師你得告訴我，你認為到底什麼是兒童文學的遊戲性，他只說了一個字——「Power」。他是禪學大師，給我的指導常常只是一句話，然後就沒有了。我得認真去找出遊戲的力量到底在哪裡？直到觸及一個很重要的來源：「拆解」跟「建構」。為什麼童話一定要有動物？為什麼一定會有王子公主？不是的，所有的既定模式都需要拆，拆完之後，要建立出什麼來呢？接著，更重要的就是「創意」跟「樂趣」，我們所建立的，如果沒有創意，如果不能讓人看完，就算是流眼淚，仍然有一種甜美從心裡流露出來，那麼它就不值得建構出來。我把遊戲的力量完全建立在這種「拆解」跟「建構」的過程，脫走日常，然後透過「創意」跟「樂趣」，把一個新的可能找出來。

究竟，這個新的可能會在哪裡？接下來，我們就要正式進入到底兒童文學新的可能性在哪裡？老師也會跟大家談一下兒童文學新的美學概念。

（三）臺灣兒童文學欣賞與創作的特殊性

林：

我想大家都知道，專家就是用一些你也不太懂的辭彙唬你的人，有時專家專門把你懂的東西說成讓你聽不懂，為了表示我好像也是專家，所以我在這邊引用幾個理論提供參考。

　　第一個引用的是劉勰。臺灣兒童文學基本上批評還是非常薄弱，為什麼薄弱？就是劉勰所提到的概念：我常跟我的研究生講，我們是做研究，做研究不能先入為主，我只喜歡誰，研究就是要讀你不喜歡讀的東西。夏志清之所以被大家認為厲害，就是當年不被看好的張愛玲，被他獨排眾議認為是偉大的作家。甚至有人告訴你不要寫當代，當代會被寫死；其實寫當代去發現未來的可能，這樣才是遠見；死掉的根本就不值得你去寫。當然這是見仁見智。

　　為什麼我會談到遊戲，其實這是一個美學觀點的改變，我這裡列了簡單的美：從美學來講，一個是「美的基準」，一個是「非美的基準」，這是姚一葦《美的範疇論》裡提到的。我們以前談美學的時候，正常談的是秀美、崇高、悲壯，頂多談這三個，所以就把美學觀念帶到兒童文學來，以為兒童文學裡只有這三種。其實成人裡面滑稽怪誕也都有，像是抽象畫等等。我最近這些年來的研究認為兒童文學的美，其實比較接近滑稽的美學，基本上它是屬於醜的美學，美學不是只有講美，還有講比較不好看的，或是看起來不讓你討厭的。所以你會發現孩子喜歡的書常常跟你不一樣，我們大人選出來的書拿去給小孩子看其實不太受青睞，這其實是因為我們一直忽略孩子美學的差異。我從滑稽美學觀察，主張在兒童文學裡面有一個很重要的特性，就是它的遊戲性。我們以前因為常常對孩子過度的主控，誤以為小孩子跟大人一樣，從兒童心理學或兒童發展結果，慢慢的可以發現兒童文學的美學絕對屬於滑稽的部分。

　　兒童文學的未來，我更簡單的舉三個例子。第一個例子就是全球化的六個方面，這個世界之所以多元，就是因為它非常不一樣，你要選擇最合適的切入角度，所以我引用帕特里克・狄克松（Patrick Dixon）所寫《洞悉先機》（*Futurewise*）的說法──不要以為保守不好，搞不好因為你保守才顯得你獨特；說不定很多人就是因為我穿著

跟別人不一樣,所以才會記住我,還不一定會記得我在兒童文學曾經的努力,所以有時很難講。

第二個我是用哈里斯的窗子來為各位解釋,他告訴你說人生有一個開放的我、忙碌的我、隱藏的我,從各個角度來講,有的是自己知道,有的是自己不知道,有的是他人知道,有的是他人不知道,最重畏的是你如何凝聚自己知道與不知道的,這是你要努力的。

第三個方向給各位的是前一兩個月非常流行的《世界是平的》這本書,它說世界是一個全新平坦的競技場,關鍵在於把握這個趨勢,真正掌握這個趨勢的利器就是知識、軟體跟網路,也是針對年輕的這一代。

我舉這三個例子就是要告訴大家,最重要的是要掌握你自己,我常以我自己的例子來講,兒童文學的大本營為什麼會出現在臺東,不在臺北、臺南?這絕對不是偶然也不是湊巧,我常講我們非常感謝很多人,有很多機會被放棄,認為這個不值得追求,我努力的做,幾十年這樣走出來。我只是告訴你——機會有無限的可能,重點是看你怎麼走出來。

四　眺望文學遠景

黃：

謝謝老師帶領我們觀察這種全球化視野。生命就是這樣,它是一直循環的,你看起來好像又回到原點其實是又往前一點,這是個橢圓的軌跡。所以,今天在活動的最後,想要給大家一點交流上的建議,即是臺灣文學以後會有什麼樣的可能:

第一、我們一定要正視主流文學,把兒童文學納入主流文學。因為兒童文學就是我們的文學精神。我最近實在太忙了,忙到我昨天晚

上還發燒，趕快去打退燒針，但是無論如何我要坐在這裡，為什麼呢？因為我在寫論文的時候，查臺灣文學館的網頁、清大臺文所的網頁、成大臺文所的網頁，沒有一個網頁把兒童文學納入臺灣文學，其實心裡有一點難過。但是，我還是覺得，那是因為所有兒童文學界的人不夠努力，我們要認真努力地讓別人看見兒童文學的光澤。

第二、建立一個整體譜系。如果我們創造了一個人物，就像《騎鵝旅行記》的那個小男孩，就不要忘記一直寫，繞著這個孩子，他是我們創造出來的譜系，每一個創作者都不該散槍打鳥，要創作出一個「人」，一個「地景」，甚至是一件如真的「事」，活在所有臺灣兒童的集體記憶裡。

第三、聽聽多元的聲音，把圍牆放下，這個世界之所以很美好，是這個很好、那個很好，所有都很好。

五　答客問

問：

感謝兩位老師很多的分享，我也感到很多的衝擊。以兩位老師長久的經驗，請問要如何把自己正確的想法分享，讓身邊的人感受到兒童文學其實也可以很生活化、很簡單的表達，如何讓自己的感覺，不管是透過文字或說話的方式把它表達出來，謝謝兩位老師。

黃：

柯倩華老師寫了一篇散論，她說遠流花了好多錢，找了六個名作家，做了一套「臺灣真少年」圖畫書，每個作家都寫童年故事，以為用很真摯的心寫故事給小孩子看就是兒童文學。她說完全不是這樣，

基本上，不是我想要寫東西給孩子看，就在腦海裡設定一個讀者——用學校的學生或家裡的姪兒設定好——以為它就是兒童文學，絕對不是！

所有為兒童文學著迷的朋友們，如果你要創作，只有一個人值得你為他書寫，就是為藏在自己身體、心裡那個還來不及長大的小孩。有什麼方法把那個小孩找出來呢？最簡單的方法是沒有目的地享受童書。讓我們還原成一每小孩，讓我們跟著毛毛蟲很餓很餓，讓我們隨著小黃、小藍的點點哭泣……當我們打開一本書，整個人就變成那個樣子，我們才算準備好了。

我的建議是，提筆書寫的時候，為自己寫一些生命中非常深刻的記憶。散文也好，小說也好，都是生命中不能忘記的切片，這些畫面會成形，讓你的性格跳出來，就會有很多方法讓自己恢復成一個孩子。我們讀童書只是為了快樂。比如說我們讀一首童詩，有一個人走在街上，聽到滿街的車子都叫我們爸爸，我們讀著，忍不住覺得好笑。當有一天我們困在十字路口我們自己會覺得快樂，為什麼呢？因為我們也聽到了，所有的車子都叫我們爸爸，我們自己在裡面快樂，而不是看完想說：嗯，這是擬聲法，我要怎麼教孩子。如果你經過這樣的理性思索，那麼你距離孩子就更遠了一點。

讓自己毫無立意地享受，跟孩子相處的時候，不要做判斷，比如說有一天，我看到有個孩子在聯絡簿寫了一行「謝謝媽媽今天休息」，我們很可能就會為他演繹，這個孩子一定很重視他媽媽，所以他媽媽在無限的工作中休息了，陪他一天，讓他充滿感恩。那是我們大人的想法，我問他，你為什麼感謝媽媽休息呢？他說：「這樣我就可以在學校吃便當，我媽媽很恐怖，常常逼我們吃生機飲食，所以媽媽今天休息一天，我不用吃生機飲食，可以去學校買便當，老師，有炸雞腿耶！」他興奮得不得了。在那時候，我好像也跟著他吃到炸雞

腿，跟著他興奮得不得了。

所以，我們在跟孩子互動的時候，永遠不要加上我們自己的想像跟判斷，永遠留很多空隙。如果你的生命裡沒有孩子在你身邊，還有什麼方法呢？哈哈，偷聽也是一個好方法。所有大眾運輸上，都充滿了小孩子的故事。我們今天一路開，因為真的很累，就在休息站休息，看到一個小孩子一直纏著他媽媽，小孩子問他媽媽：「如果我長大，我真的很乖很乖，我到幾年級的時候，你會買餅乾給我吃？」很可愛吧？希望我們不要忘記讓自己回到孩子那個狀態，重新享受生命中最快樂的時光。

問：

謝謝你們兩位給我非常多的東西。我想要講以前我老師講過的一個笑話，就是他那時帶著他的小朋友去逛大賣場，很擁擠的大賣場，小朋友突然哭了起來，老師就問：「你為什麼哭？」他說：「我不要只是看到你們的屁股！」小朋友是我們未來的主人翁，所以我們給他很多的期待，可是我覺得現在的小朋友真的很可憐，補東補西。我一直對「望子成龍，望女成鳳」這句話非常排斥，希望你給我們一個意見。

林：

我也有兩個孩子，我從來沒跟他們聯絡過，他們在幹什麼，其實我也都不知道。做父母要放得開，我認為目前臺灣教育環境已經成熟了，所謂成就就是不怕沒有學校讀，反而考不取才是不容易。我認為基本上有時盡信書不如無書，我們不一定要拘泥古代的觀念，我對孩子的教育觀念是這樣：我們是照顧他不是控制他，現在臺灣教育的問題是老師和父母的問題，不是孩子的問題。孩子絕對有無比的潛力，所以我想假如你是小學老師，最大的責任不是如何教小孩，反而是如

何跟父母溝通,可是現在的老師最不願意做的就是跟父母溝通。如果跟父母溝通得不錯的話,教孩子一天到晚陪他玩有什麼累的呢?

我建議讀兒童文學最重要就是要讓自己快樂,這是兒童文學最大的樂趣。兒童文學什麼東西都不是,只要小孩子喜歡就好。要知道文學的表達就是人的表達,內容無所謂深跟淺,我再舉一個我常常舉的例子,有一個童話叫《幸運的漢斯》,漢斯傻傻笨笨的,他在主人家工作了很多年,有一年要回去,主人給了他很大塊的金子,他背在肩膀上,一路一直跟人家換,換到什麼都沒有。這故事小孩子很喜歡,他們認為自己絕對不會跟漢斯一樣笨,從金子跟人家換磨刀石,結果掉到水裡面,什麼都沒有。可是從大人的角度來看這個故事,會有另一層領會:當你一無所有、了無牽掛的時候才是人生真正的解脫。所以意義會隨著年齡以及知識改變的,因此小孩子看的書,你不要管他看得懂看不懂,只要他喜歡就好。兒童也有反兒童化的心理,有時候孩子也會看大人的書,爸爸看什麼他也看什麼,表示自己沒那麼小。我們大人以前太斤斤計較,這個合適那個不合適,事實上孩子們自己會有一套排除系統。

問:

各位前輩大家好,我今天非常高興看到以前東師的老師,我想替臺下所有的東師人,感謝老師今天讓我們在這美好的週末重溫舊夢。剛剛老師說別人會記得他,可能是因為他不同的穿著,我想除了不同的穿著之外,所有上過老師課的人永遠都會記得老師對兒童文學的努力,也會記得他在課堂上一直告訴我們「寧可做了後悔,千萬不要後悔沒有做。」我想請當我們有機會跟小孩子做繪本的分享、共享的時候,對媽媽或老師有沒有什麼具體的建議,謝謝。

黃：

先來談幾件不要的事：千萬不要用圖畫書來嚇小孩。我們不是中古世紀，中古世紀的時候媽媽要炒菜，把火燒紅、燒熱以後，就會先叫小孩統統站一排，你們不乖就會像這樣，「嘲！」丟一把青菜下去，油就這樣濺起來。圖畫書有很多帶有教訓意味的，但那不是圖畫書的重點。

「圖畫書的意義」第一個是：讓我們重新回到童年的視角，有本《神奇的禮物》，描寫有個孩子害怕這個害怕那個，後來因為他擁有了一個禮物──一隻狗，這隻狗陪他做這做那，陪他度過非常多的生命過程，而整本圖畫書都只照出那個狗的頭，後來我們才發現那其實是一隻玩具狗，牠底下有輪子。每次讀這本圖畫書，我就很感動。常常家長會問我：「黃老師，那我們要怎麼教小孩子讀這本書？」我說：「不要教啊！」我們只要負責翻書，小孩子就會有很多發現。尤其在教室裡，你想想看有三十幾張嘴，一打開來，老師只要「哇！」一聲，他們就很興奮。除非特殊設計的書（像是安東尼・布朗的書，習慣留一些線索），不然，我們只需要放慢閱讀的速率，停格，在翻頁的時候留下很多空隙，孩子就進去了。

很多老師因為工作上的需要，要介紹一些書給孩子，但是因為他自己不喜歡，介紹得非常沒有感情，那個孩子就被掠奪了「喜歡這本書」的機會，下次看到就說，那本書我看過，我不喜歡。所以，推動閱讀的第一件重要的事情是：先讓自己徜徉在很多喜歡的書裡面──要讓孩子認識這些書，首先你自己就要很喜歡，能在裡頭享樂。

第二件事情，我們的孩子接觸的書都太多了，要讓它變少。怎麼變少呢？有一種方法是，主題集中；另一種方法是，作者集中。每一種方法都是讓他「集中」，讓孩子在某一個成長階段，回想起小學一

年級的時候他讀過什麼作品，這學期又讀了什麼。他的生命會因為單純，然後深入。

第三點很重要的：要扮演一個觀察者的角色，而不是引導者的角色。有一次一個小孩子來我家，剛好我家有一張長方形的紙，他把紙撿起來，在上面畫了兩顆眼睛跟彎彎的嘴巴說：「吐司麵包會說話！」我真的覺得很可愛，就留著那張紙。他下一次來，我又畫了一個長方形，問他吐司麵包今天又怎麼啦？他又繼續畫，一次一次把它收集裝訂起來就變成這孩子的「吐司麵包會說話」圖畫書。

孩子們的身體是發電機，隨時會有新鮮創意冒出來，這時你得觀察哪些東西很精緻，就像種子流過水面一樣，你得趕快把它撈起來整理。孩子很戀舊，他們常翻舊照片，會說小時候好醜或怎樣怎樣。你把他們的創意整理出來，慢慢的，他們會喜歡書寫、喜歡閱讀，他會喜歡這所有生命的形跡。讓種子重新種下去，讓孩子重新跟文學聯結起來。

【延伸閱讀】

黃秋芳，向光三部曲之一《魔法雙眼皮》，臺北市：九歌出版社，
　　　2003年。
———，《兒童文學的遊戲性——臺灣兒童文學初旅》，臺北市：萬卷
　　　樓圖書公司，2005年。
———，《作文老師備忘錄》，臺北縣：富春文化事業公司，2005年。
———，《飛向夢工廠》，臺北縣：富春文化事業公司，2005年。
———，《作文魔法師》，臺北縣：大樹林出版社，2008年。
———，《快樂寫作文》，臺北縣：大樹林出版社，2008年。

———，向光三部曲之二《不要說再見》，臺北市：九歌出版社，
　　2008年。

———，向光三部曲之三《向有光的地方走去》，臺北市：九歌出版
　　社，預訂2009年。

———，《床母娘的寶貝》，臺北市：天下雜誌公司，2008年。

黃秋芳主編，《九十五年童話選》，臺北市：九歌出版社，2006年。

———，《九十六年童話選》，臺北市：九歌出版社，2007年。

林文寶，《民間故事（一）》，臺北市：行政院僑務委員會，2004年。

———，《民間故事（二）》，臺北市：聯經出版事業公司，1987年。

林大寶策畫，《彩繪兒童又十年——臺灣（1945-1998）兒童文學書
　　目》，臺北市：幼獅文化事業公司，2000年。

林文寶、徐守濤、陳正治、蔡尚志合著，《兒童文學》，臺北市：五南
　　圖書出版公司，2007年。

更 自 由 的 心 靈

──「好繪本如何創造王國？」座談會側記

盛浩偉（臺灣大學臺文所碩士生）

時　　間：2014年2月28日下午三時至五時
主持人：許榮哲
與談人：郝廣才、林文寶

　　繪本，看起來彷彿只是孩子的讀物，卻一點也不簡單。或許正因為是要給孩子閱讀的，才更需要飽滿的情感、豐富的巧思、廣袤的視野，來涵養那一顆顆小小心靈。如今或許可以說，臺灣已經有了高品質的精緻繪本資產，而在背後，格林文化則可說是相當重要的推手之一。自1993年格林文化成立以來，努力匯集國際畫家資源，接連不斷推出佳作繪本，亦獲獎不斷，故此次「好繪本如何創造王國？──從格林文化經營策略談臺灣如何行銷繪本」講座於2月28日假紀州庵文學森林二樓舉行，特別邀請格林文化創辦人郝廣才，與臺東大學兒童文學研究所榮譽教授林文寶與談，既俯瞰過去，解析格林文化的成功，也遠眺未來，展望臺灣繪本，甚至臺灣文化產業的進路。

　　此次聽眾參與熱烈，報名立即額滿，由身兼小說家與四也童書出版公司總編輯等數種身分的許榮哲主持。一開場，許榮哲便笑著將此次座談喻為日本綜藝節目「矛盾大對決」：因「出版才子」郝廣才口才之犀利，而有「臺灣兒童文學傳教士」之稱的林文寶則洞察力鞭辟，兩人感覺如此不同，勢必激起不少火花。

他首先向畢業自政大法律系的郝廣才提問，是什麼樣的原因讓他與繪本產生關聯？對此，郝廣才回答：「很多人好奇我學法律的怎麼會去做兒童書、兒童文學。我想，在臺灣的教育往往讓我們有『學了什麼卻沒有用是很可惜的』這種價值觀，所以很多人會認為：讀兒童書有什麼用？或是，聽貝多芬有什麼用？但是在國外，學法律的人可以做很多事，從總統到文學家都有。而出版這一行，本身就是來自一種貴族的情懷：我想要讓這個世界更美。所以做出版的人，基本上不會在乎過去付出了什麼。」

至於更實際的契機，則是大學畢業後因緣際會進入漢聲雜誌打工，因而受到吳美雲栽培，看到了許多國外的繪本，才使他領悟到：「別人從小是看那樣好的書長大，難怪別人的社會是那麼地好。」再加上，學法律的人多少懷抱有改造社會的理想，且自身對畫圖也有興趣，遂轉而投入這塊領域中耕耘。

格林的波隆那插畫展經驗能否複製？

格林文化最負盛名的，是連續七年都在波隆那國際兒童插畫展中入圍最多獎項，1996年，郝廣才更受邀擔任該插畫展評審，是歷年來年紀最輕也是首位獲得此殊榮的華人。而從參與國際插畫展到獲得資源與名聲，這一模式是如何被發現、被操作的？郝廣才認為，能支撐出版社的鐵三角，就是人才、題材、市場（人才的舞臺），他進而說明：「世界上第一大書展是法蘭克福書展，第二大可能就是波隆那兒童國際書展，因為兒童書其實好讀、好賣。大約在二十五到十五年前，是繪本的黃金年代，但過去在這個書展中嶄露頭角的出版社，都不是亞洲的國家（少數來自日本，但非主流）。格林文化從創辦一開始就知道，臺灣的市場太小，插畫家也少，但是，波隆那書展會看到很多插畫家在找出版社，所以書展就變成我的人才庫。更重要的是，

我如果能用全世界的畫家，就能畫出全世界的題材。」有這樣的自覺與謀略，在書展獎項入圍方面就會得到優勢，也能夠藉由海外授權來獲取利潤；如此，便逐漸能撐起出版社經營的鐵三角結構。郝廣才笑說：「別人都以為我是『挖到石油』之後，才有慈善胸懷來做兒童書；其實我是靠兒童書來『挖石油』。」

然而，這說來畢竟已是二十年前的往事了，現在還有出版社能複製這樣的模式嗎？對臺灣出版產業鏈有很深認識的林文寶認為，不是不可能，但是整個環境還有時代都已經很不一樣了，今天再去波隆那所得到的關注絕對不比以往。「我們今天聽到太多全球化的概念，但是全球化的概念底下告訴我們：一定要『全球在地化』──在地化不是本土化，而是全球跟地方的折衝，要展現出每個地方不同的特色。全球化其實是一種霸權，波隆那也是一種霸權，但雖然如此，若擠不進去也不能做出改變，這是無可奈何的事實。我在學界裡也是努力追求體制內改變，希望能促進產官學合作。」

此外，林文寶也談到，出版雖然講求市場、很現實，但是出版社也要有「生活」──例如在公司還可以喝喝咖啡、聊聊天，而非像關在鳥籠裡一樣，也不能整天「忙得要死」，否則那種操勞的「惡念」，是確確實實會影響到作品成果的。首先要讓自己快樂，做起事來才會快樂，作品也能夠呈現這種訊息。而先前提及的漢聲，林文寶覺得從研究的角度來看，漢聲非常奇特，因其跟兒童文學界都不來往，但保有早期一代文人的味道，且漢聲也是在兒童文學界唯二真正有培植訓練出版人才的單位（另一個是《兒童日報》）。眼下，社會氛圍已改變許多，林文寶更認為：「兒童文學在二十一世紀，是教育成人，解放兒童。但我們現在多是在消費兒童，而不是教養。尤其父母、老師常常反而都不閱讀，才造成孩子的問題、教育的問題。」他目前正將臺灣的兒童文學作品推廣到中國，但作品端仍需要更多行銷、投注更多

心力。

紙本之外，繪本出版的下一步？

不可否認，作為出版社的格林文化有許多行銷策略都開始得非常早，而現在，繪本已做出成績、也賣出了版權，那麼下一步是什麼？許榮哲觀察到格林文化已將觸角延伸到電子書與才藝班，似乎是以繪本為核心向外發散；然而，郝廣才則解釋這和格林文化在中國的發展有關，是為了克服中國市場書價低、環境差的負面條件，才希望藉由才藝班來進行閱讀實驗，期待未來可以回饋到繪本上，同時，他也認為電子書是書的媒介，但真正的核心還是書本。「小朋友需要有人幫忙『開門』」——閱讀的「門」，所以，一切其實都是為了促進閱讀，因為「閱讀可以解決很多事情」。

回到先前林文寶的觀察，郝廣才也指出臺灣在知識建立的方面很弱，許多企業的模式、策略、成功的過程，都很少被本地的學術界研究、重視。「我們或許可以知道 Amazon 是怎樣運作，但卻不知道金石堂，或誠品、博客來是怎麼回事。這種國外的成功模式不能直接套用到臺灣來，因為整個市場規模不同。厲害的人才能從中看得出關鍵、要如何應用。」他同樣認為現在若想要創立「另一間格林文化」是有可能的，只是方式一定要改變，例如去年的波隆那書展五十週年，有一間新興的印度小出版社打敗格林和其他入圍的出版社，奪得為五十週年特設的世界最佳童書出版社獎，靠的是極精緻、印度風的手工書路線，「這間出版社雖然書出得不多，但是他的『獨特』，讓你看得見。臺灣也可以試著從原住民獨特的素材或風格出發。」

郝廣才也語重心長的說到：「臺灣的關鍵在於，長期都沒有把『文化事業』跟『文創產業』分開。例如，交響樂團、表演都是前者，它永遠不會賺錢，國家永遠都要補助；出版業就是後者，所以我

們對兩者的要求、態度就要不同。文化事業的東西最後可能會進入文創產業，但我們還是應該切開來看。政府就是把這兩個給混在一起了，例如文化部既要補助，卻又要促產，到最後資源很容易統統跑到電影、流行音樂上。」他也舉比利時的例子說明，比利時的兒童書作者、畫家，每年都可以得到政府五萬歐元的補助，不管有無出版、在不在比利時出版都沒關係，但是，如果比利時政府不做這件事，就永遠建立不起本地的作者。回過頭來，他認為出版社雖然兩個角色兼具，但仍不能精神錯亂，搞混兩者。

現場觀眾提問

現場觀眾提問時間，有人仍關心有沒有辦法做事前的行銷規劃，郝廣才的意見則是要從根源想這個問題，他覺得，最好出版社的每個部門都是編輯部出去的，包含行銷也是，這樣才知道「書是怎麼來的」，才不會做無謂的動作，因為出版的本質上還是書。出版社就像是要控制打擊率，每一次打擊，就要每一次修正。而第二個問題，則有人覺得臺灣的插畫家愈來愈多，但市場卻沒有成正比地成長，所以想詢問一些有建設性的建議。對此，郝廣才回答：「很簡單，就是要把畫畫好。臺灣已經有讓世界看得見的出版社了，圖像創作也沒有語言的障礙，今天也還有網路空間可以放作品而沒有編輯當守門員——其實當下插畫家的機會比以前大，沒有比今天更好的條件了。」此外，編輯也該像創作者的教練，對作者要有要求，同樣地，作者也要有改自己作品的勇氣才行。

講座的尾聲，林文寶則評論道，希望格林文化可以往社會企業前進，更加融入到我們的生活裡面，「讓生活藝術化、藝術生活化」。他也指出，未來臺灣的文化產業應該朝區域性的發展，才能避免城鄉資源不均。最後，他觀察到，最近有許多童書結合了太多不必要的功

課，其實反倒對兒童是一種戕害。又我們目前對兒童文學最大的誤解，是認為它只是文學這種單一的東西；其實它牽扯到心理、教育，許多相關周邊的領域，不只是文學而已。他重申，其實父母跟老師都需要好好地再教育。而當今科技的發達，應該是朝更人性化的方向發展，也應該要讓人生活得更優雅才是。

整場講座氣氛熱烈，毫無冷場，郝廣才、林文寶、許榮哲三人的各種不同切入角度也使內容豐富非常。即便，三人都不約而同認為世界已經改變，所以沒辦法給出一套能夠打遍天下的萬應功夫，但是這些觀察分析，以及從經驗所提煉出的思考，卻必定能夠促成每個有志於童書、繪本創作／出版的人們，各自領悟出專屬於自己的獨門功夫。在這樣的新時代，永遠保持如小孩那般的好奇、勇敢，以及一顆更自由的心靈，便是面對不斷變動的心法——這便是整場講座所能給出的最寶貴建議吧。

海峽兩岸兒童文學交流座談會會議記錄

時　　間：1996年12月11日下午三時三十分
地　　點：臺東師範學院語文教育系圖書市室二樓
主　　席：林文寶
記　　錄：郭子妃
出席人員：
臺灣部分：桂文亞、林煥彰、洪　固、吳朝輝、王國昭、周慶華、
　　　　　洪文珍、陳素珊、張嘉驊、曾喜松、張松田、周梅雀、
　　　　　吳淑美、吳元鴻、賴素珍、蕭春媚、陳蕙娟
大陸部分：張之路、方衛平

一　主席報告

　　這次海峽兩岸兒童文學交流座談會，很高興能夠邀請到海峽兩岸兒童文學界的多位作家來參加，希望大家能就兩岸的交流多多提供自己的看法，尤其是林煥彰先生和桂文亞女士是目前帶動兩岸兒童文學交流最主要的兩位作家，希望等一下座談的時候，兩位能就兩岸交流至今的發展及過程為我們說明一下。

二　兩岸交流的現況報告

張之路：

　　兩岸兒童文學開始交流以來，很感謝臺灣的作家朋友們積極主動的率先將大陸兒童文學發展的情形帶到臺灣，並將臺灣的情形帶到大陸去，使我們能逐步深入的了解到臺灣兒童文學界的現況，稍後，我們大陸方面也積極響應，發表了相當數量的臺灣方面的作品及臺灣出版的書，使得兩岸的交流達到一個初步、良好的交流，我個人感到非常的高興，也非常的感謝。

方衛平：

　　兩岸直接交流至今已有七年之久，近三、四年來，我個人也有機緣加入此交流的行列，這次很高興能有這個機會來到臺東，我個人最深的感受是兩岸由於政治的因素而中斷了數十年，但在交流的過程中，彼此間很快的便有了親切感，也獲得了很多的友情，並且也在這些朋友身上學到了很多很好的作風。最近聽說臺東師範學院即將成立臺灣的第一所兒童文學研究所，希望往後我們在大陸高等教育界的幾個兒童文學研究所，能進一步與臺灣的高等教育學界的同行們建立長久資訊交流的合作關係。

林煥彰：

　　自政府開放兩岸探親之後，我們對於大陸兒童文學界的現況非常的想了解，於是在1988年成立了「大陸兒童文學研究所」，並出版會刊，後來將其擴大並更名為「中國海峽兩岸兒童文學研究會」。而兩岸兒童文學界的交流最早是在1989年8月11的「皖臺兒童文學交流

會」，此次活動有李潼、方素珍、杜榮琛、陳木城、曾西霸、謝武彰和我等七位臺灣兒童文學界的作家參與。8月16日在上海，8月20日在北京，共會見了大陸兒童文學界的作家約一百五十人。

在整個交流的過程中，民生報積極的推動了很多工作，像徵文、舉辦座談會、出版等，使我們兩岸兒童文學交流的工作有了更具體的成果。

七、八年來我們約舉辦了十幾場次的交流活動，當然交流是有其階段性的，最初我們是希望對大陸方面的兒童文學作家及工作同仁們能有一個初步的了解，所以我們的重點是在作家們彼此的認識與交流，接下來希望提升到學術研究的層次，我們今年9月22日在浙江師範大學所舉辦的「兩岸兒童文學交流研討會」最主要的即是針對研究教學方面來作探討。

以上是我個人就兩岸兒童文學交流的過程與構想在此提出來供大家參考。

桂文亞：

接下來我來談談我們民生報在海峽兩岸兒童文學上的交流與成長。民生報自1990年到1996年這幾年的成長可分為幾個階段：第一是兩岸兒童文學工作者相互認識的階段。第二是辦活動、互動，也就是舉辦座談會、徵文活動等的階段。第三是兩岸兒童文學工作者互訪的階段。其中我們比較重要的活動有1992年海峽兩岸少年小說及童話的徵文活動，這次活動民生報共投資了一百萬元，我們所做到的是全面性的、全臺灣的發動徵文活動，以及我親自到上海、北京、四川、湖北等地做巡迴的推廣、徵文。此次的活動我們總共蒐集了八百多件臺海兩岸作家的作品，同時我們也邀請了臺灣四位、大陸四位共八位兒童文學界知名的作家在北京召開評選會議，這整個過程是非常慎重且

正式的。而我們主要的動機是希望能由此次活動的參與人與得獎人當中發掘寫作的人才。這個階段結束以後,我們又陸續辦了許多規模大小不同的活動,像1993年我們去四川舉辦了一個兒童文學研討會,並將兩岸兒童文學的作品同時出版。此外,我們和北京的作家出版社、上海的少年兒童出版社及媒體方面都有作品的交流與出版。

　　這個階段我們的重點是在創作與出版方面,更進一步的我們希望能提升至學術研究及評論方面的交流,希望能經由理論研究的互動及評論的方式,讓我們的創作彼此刺激而有更大的進步。

林文寶:

　　謝謝林煥彰先生及桂文亞女士為我們做這麼詳細的介紹,而且提供我們這些寶貴的內容,也讓我們對目前海峽兩岸兒童文學的交流有了更進一步的認識。接下來的時間我們就來針對這次的主題加以討論。

三　討論

張松田:

1. 請問方教授貴校兒童文學研究所的學生畢業後的出路?
2. 貴校在中師教育的師資培育方面是否有開設兒童文學的課程供同學選讀?

方衛平:

　　我們浙江師範大學過去幾年來在兒童文學這個領域畢業的研究生共有十七位,目前還在學的有四位。而這十七位畢業生目前從事的工作約可分為三類:第一類是在高校從事研究、教學工作。第二類是在

出版機構、報社擔任刊物編輯。第三類是目前有一位在文藝處當官員。至於是否有開設兒童文學課程的問題，我們學校是有開，而且是必修的課程。

周慶華：

1. 方先生在《兒童文學家》的第二十期的第九頁中提到90年代少年小說創作在藝術上的相對成熟和自信，卻並未得到相應的回報，你認為原因是市場經濟的影響，商業話語權以不容置辯的強勢姿態擠壓著兒童文學的純藝術話語權，及各種迅速發展的大眾傳播媒體和新興文藝消費類型的出現，也蠶食著兒童文學生存空間等……。但我在想，這些因素是否就正如方先生所講的如此重要，因為前幾天我在聯合報上看到張之路先生談到現在大陸方面的兒童文學作家的作品有成人化的傾向，他們有意的要表現成人的經驗，讓兒童們能及早的認識現實的環境，是否這才是造成兒童讀者流失的主要原因？

2. 目前的兒童文學工作都是成人在做、在研究、提倡，我們很少有看到實證的接受研究，也就是由兒童的角度去看其接受的程度，大陸方面的學者是否已有這樣的自覺，開始在做這個工作？

方衛平：

1. 在80年代有一個現象，就是許多兒童文學創作者的努力並未得到良好的回應，但這些創作雖然數量少，卻很重要，所以也引起了我們大部分兒童文學工作者的重視。到了90年代時，少年小說創作作品的出版量也沒有明顯增加，影響少年文學出版量的原因很多也很複雜，所以我提到的只是某些外在的原因，希望藉由這些外在原因的提出並解除，來達到使當代的少年兒童讀者重新親近兒童文學及少年小說的目的。

2. 大陸目前新一代的研究較重思辯，缺乏實證性及自然科學的研究訓練。關於兒童對文學作品心理方面的接受程度，我本人也做過一些調查報告，相信三、五年之後陸續會有報告出現。

周慶華：

我所謂實證方面的研究是由兒童的角度來看其可以接受的程度，而不是指兒童生理心理發展過程的接受程度。

方衛平：

關於這方面，大陸目前倒是還沒見過，我也蠻想了解臺灣目前的情形如何？因為剛才在林文寶老師家參觀了他的書庫之後實在是感到很驚訝。其實在臺北的時候已經有聽過預告了，真正看到後，還是感到震驚。還有《東師語文學刊》也令我感到十分驚訝，在大學裡已有這種以研究性、理論性為主的刊物出現，所以我想臺灣在這方面的發展是不是已經開始了。

洪文珍：

貴校兒童文學研究所目前的研究方向與重點為何？

方衛平：

我們學校兒研所所開的課包括像兒童文學的基本理論、文學史、現代西洋美學及文藝學，像史、論、評，這些都有。學生是根據自己的特性、興趣、基礎來選讀，而研究的方向也是很多樣化的，像我們有談文學研究會與兒童文學的研究，有兒童文學本體論的研究，有中西女性作家兒童文學作品的比較等等……這些都是我們已經做過的一些研究工作。

林文寶：

今天很謝謝大家來參加這次的座談會，我們的座談到此結束。

海峽兩岸兒童文學出版交流現況座談會記錄（一）

時　間：1997年5月17日

地　點：聯合報大樓十樓會議室

與會人士：桂文亞（民生報）、林文寶（臺東師院）、張子樟（花蓮師院）、陳素芳（九歌）、吳清全（新學友）、陳旻（國語日報）、陳思婷（天衛）、謝玲（民生報）、張嘉驊（民生報）、曹永洋（志文）、趙鏡中（教師研習會）、沈坤宏（教師研習會）、黃尤君（中興國小）、范姜翠玉（教師研習會）、田玉鳳（教師研習會）

主　席：桂文亞女士

主持人：林文寶教授

記　錄：田玉鳳

主席（桂文亞女士）：

我們《中國海峽兩岸兒童文學研究會》將於6月年會時就這個題目，請林教授（文寶）作專題報告。

說起海峽兩岸的交流，真正開始於1987年，但文化、出版方面的交流，卻在1992年後才開始。到今天將近這麼多年的時間，我們發現出版交流有一個步驟性，包括到最近幾年來，文化交流很重要的一部

分──出版，這個出版是指大陸的出版品，已經開始在臺灣的出版界出現了，但相對的來說，我們是不是知道臺灣的兒童讀物，在大陸有沒有出版的機會，或是說大陸的出版品，在臺灣的兒童文學市場上，會造成什麼樣的影響，是一個良性的競爭呢？還是一個惡性的循環呢？以及在出版的貿易上，各家出版社有沒有一些特殊的經驗？這是林教授所要研究的問題。

出版社在經營方面，通常都是各自為政。因為每一個出版社，都有自己經營的方向跟目標、出版的業務內容，照理講這是出版社的內線機密，中間包含怎麼找到作品、怎麼去接洽等等⋯⋯，但我們要了解，臺灣是一個自由經濟的發展社會，所有的事情並沒有所謂的規定，私底下都可以做一些溝通和協商，每一個出版社，都有它不同的資金投資、都有它不同的定位。所以在這個前提之下，我們今天，真是非常難得能夠請到這麼多出版社，來參與這個事情。我要感謝張子樟教授他所做的策畫，如果沒有他做這樣的邀請，可能會有很大的問題，在此我向他致意。

今天主要是由林文寶教授，來主持這個會議，林教授希望將他想要知道的一些問題，就教於各個出版社。我希望大家能夠藉機彼此互相切磋、互相的交流，因為知己知彼嘛！知道臺灣的出版狀況，才能知道大陸這方面的資訊，請大家能夠毫無保留的，多多提供意見和經驗，讓我們大家在這一次會議中，能有很多的收穫。

謝謝！現在我將這個主持棒交給林教授。

林教授（文寶）：

在座各位、桂小姐、張老師，真是非常的感謝，因為我跟國科會申請一個研究專案為期兩年，第一年已進行得差不多了，第二年正在申請中，這是我在整個研究計劃中的一小部分。上一次座談在臺東，

會中有大陸兩位作家和桂小姐一起參與座談，這是第二次。這次最主要的目的，是要了解出版社的情形。首先我要說明，我們不是要來打探機密，因為我人在臺東，跟出版社不是很熟；同時一方面，我也希望我主持的兒童文學研究所，這是臺灣第一個兒童文學研究所，以後可能要麻煩各個出版社，透過跟你們的合作，我們學院很願意伸出我們的手，跟出版界合作。所以我們才找上桂小姐，幫忙舉辦這個「海峽兩岸兒童文學出版交流現況座談會」。

　　說起臺灣兒童文學跟大陸的交流，實際上早期是從林煥彰及在座的桂小姐開始，他們都是花很長的時間和精神投注在這一方面，現在面臨一種轉型，因為最近新聞局在加緊控制大陸出版品的進入，如果到幾個出版社、或書店去看，就知道大陸進來的書，全被扣住。因為我有幾個來往的書店，像大安、萬卷樓，常常被借用去申請大陸的書進來，昨天到大安去，據說被扣了四、五十包，必須要跟每個教授拿身分證，才能去將書領出來。因為目前兩岸的交流，限於國統綱領，沒有辦法直接交流，政府本身也很少在主導兒童文學方面的交流，實際上都是民間做的，也因此民間做得相當辛苦。所以，我就申請這個計劃，來了解整個交流狀況。目前我能夠掌握大陸在臺灣出版的兒童讀物，我不敢說完全掌握，但是也差不多，因為我這一、二十年來，長期在做兒童書的書目，每一年都在做，雖然沒有多少人知道，但我都會刊登在我們東師的語文學刊。我把它當作是一個學術性的研究，所以比較能夠掌握這些出版物。其中的漫畫部分，或是一些動畫之類的東西，我還沒去動它，幼兒的部分也會去注意。

　　我們也發現引進來的書，沒有什麼章法，除了民生報比較大量的引進之外，而且是以創作為主，各方面我們可以看出出版社在引進這些書時，似乎都沒有規劃性、沒有系列規劃。其實兒童文學的交流，現在是一個很好的時機，因為兩岸政府，較不去干涉兒童的東西，假

如是政治經濟面的，才會去干涉，因兒童文學，比較沒有意識形態的爭執。像九歌所辦的徵文比賽，就有很多大陸的作家參與。另外我們也可以來談談版權問題，因其紛爭不斷，像這些問題我們都可以談。

現在我們就先邀請桂小姐，來談在交流方面所做的工作，請她為我們先介紹一下。

桂文亞女士：

先介紹今天的來賓，要請各位自我介紹一下呢，還是請張教授介紹。

張教授（子樟）：

就從我左手邊開始好了。

桂文亞女士：

不久前，我們剛整理了一份口頭上的報告，這不是關於兩岸兒童文學的出版交流，而是關於民生報，在兩岸兒童文學交流中工作項目的一個說明。這是我們對內的一份報告，藉今天的機會我提出來，做一個說明。因為許多人總以為民生報在出版上面，跟大陸做了比較多的工作，我要強調一點，並不是只在出版交流，而是涵蓋了整個兒童文學的交流。這一部分，我舉一個簡單的例子來說明：從1992年，一直到今年的1997年，我們推動的比較重要的活動，一共超過了十五項兒童文學交流事項。我所述說這些的目的，是要告訴各位，所有的交流是有階段性的出版，出版往往是最後的部分。徵文也是其中一部分，因為我們對彼岸的作家無法掌握，所以我們藉著大型的徵文比賽，來了解優秀作家，以及是不是新生代作家的作品等等。

以下就是我們民生報，海峽兩岸兒童文學交流的工作報告。

一 導言

80年代起，兒童文學在海峽兩岸均呈蓬勃發展的現象。不但名家傑作屢見，新人亦有優異表現。

唯因海峽阻隔，消息溝通不暢，海峽兩岸兒童文學人士竟多彼此不相知。對於「華文兒童文學」一種歷史性運動的形成，這種情況不免令人引為遺憾。

有鑑於此，自解嚴以來，民生報較早便開始著手海峽兩岸兒童文學交流的推進工作。除引介大陸、臺灣兒童文學作品在兩岸出版，進行雙向溝通，並且舉辦大型徵文比賽，或邀請大陸傑出學人作家來臺訪問。多年來，影響深遠，深獲兩岸兒童文學界好評，每被譽為「海峽兩岸兒童文學交流先進」，堪稱居執牛耳之地位。

總結以往成績，展望來者，當勉力以進，盼使當代兩岸兒童文學創作及其相關事業中能蔚為一種「運動」，並在大力促進下臻至高峰。

以下僅列出近五年來之工作成果，及未來可望發展之方向：

二 民生報1992年至1996年參與海峽兩岸兒童文學交流部分重點活動一覽表

（一）1992 年 5 月至 1993 年 5 月

海峽兩岸少年小說，童話徵文活動此次活動由民生報、北京東方少年雜誌社、河南海燕出版社聯合主辦，於1992年5月10日在北京建國飯店召開新聞發布會，至8月15日截止收件。兩岸共收件八〇八篇，參加評選委員達三十人次，得獎人三十六名。民生報提供經費超過新臺幣一百萬（不含聯經公司出版四冊得獎作品）。

（二）1992 年 5 月

海峽兩岸童話，小說研討會中國海峽兩岸兒童文學研究會、天衛出版文化圖書股份有限公司、北京和平出版社共同主辦，民生報協辦，於北京、天津二地召開。民生報提供經費十萬元整。

（三）1993 年元月至 1993 年 12 月

北京「兒童大學」月刊三十週年慶，民生報協辦徵文比賽（此活動為三項系列徵文：1.兒童文學創刊三十週年徵文；2.校園人物素描徵文；3.想像徵文，共計收兩岸徵文八千餘件，得獎作品二十名）。民生報提供各項活動經費新臺幣五十九萬五千元整。

（四）1992 年 9 月至 1993 年 5 月

與北京作家出版社合資出版「銀線星星」（臺灣趣味童話選）。此書收集三十九篇臺灣兒童文學作家童話作品，由十六位插畫家彩色插圖，桂文亞主編。全部製作在臺灣完成，由桂文亞攜帶網片赴京印刷、裝訂、初版一萬冊，全書三七三頁，定價人民幣十二元。民生報支付作者、插圖者稿酬，兩家平均分擔印刷費用。本報提供經費新臺幣四十七萬一千二百九十八元整（尚不含新書發表會等雜支項目）。

（五）1993 年 8 月

海峽兩岸兒童文學選集童話童詩四冊與四川少年兒童出版社同步出版繁簡字體本，乃配合中國海峽兩岸兒童文學研究會與四川少年兒童出版社聯合舉辦、民生報協辦的「兩岸童話、童詩研討會」。出版經費超過新臺幣八十萬元。

（六）1994 年元月至 1994 年 9 月

與中國北京少年兒童出版社聯合舉辦「1994年童話極短篇」及「1994年校園幽默趣談」小型徵文活動。經費雙方負擔，民生報提供新臺幣三萬三千零七十五元整。

（七）1993 年至 1996 年

民生報開始與大陸進行少年兒童圖書出版交流，至目前為止，以幾近囊括當代大陸兒童文學界菁英份子：孫幼軍、曹文軒、沈石溪、張之路、張秋生、周銳、秦文君、畢淑敏、冰波、金波、魯兵、喬傳藻、吳然、樊發稼……等人。並於1992年5月報系兒童媒體開始陸續刊載大陸作家作品超過一百五十人次。

（八）1994 年至 1996 年

與北京「東方少年」雜誌社進行版面交流。由民生報每期提供臺灣兒童文學作家作品，製作六頁專輯。由民生報提供全年製作費用（封面、版面設計）新臺幣三萬六千元。今年度該刊自行設計封面內頁，不再付費。該刊並正式聘請發行人王效蘭女士擔任名譽顧問，桂文亞任特約編審（此案經中共北京出版局文件批示）。

（九）1995 年 4 月

與昆明春城故事聯合主辦「童話徵文比賽」錄取作品十篇。民生報提供刊登篇幅不支付獎金。

（十）1995 年 5 月

與上海少年兒童出版社互換一冊「少年小說選」。臺灣由桂文亞、李潼聯合主編《臺灣兒童小說選》（經費各自負擔）。

（十一）1995 年 4 月

民生報邀請赴日講學之北京大學中文科教授曹文軒夫婦赴臺灣訪問一週。曹文軒先生是大陸當代首屈一指少年小說家。民生報提供經費新臺幣七萬二千二百二十八元。

（十二）1996 年 4 月

上海少年兒童出版社「兒童文學選刊」與民生報兒童版聯合舉辦「好讀者好作品傳遞活動」。版面交流。民生報提供活動經費新臺幣三萬二千元。

（十三）1996 年 8 月

民生報、上海「少年文藝」和北京東方少年雜誌社，聯合舉辦「當代少年兒童散文暨桂文亞作品研討會」，以推進兩岸兒童散文創作的發展。民生報提供經費新臺幣十萬元整。

從1993年，民生報開始和大陸，進行少年兒童圖書出版的交流，至今為止我們的投資，已經超過了新臺幣五百萬元。各位手邊有一份民生報的書目，這個書目上，就有很多我們大陸的出版品。因為我們民生報是以出版報紙為主，圖書非我們全部的重點之一，我們每年的圖書出版量，是不能跟在座的各出版社相比。也因此，我們就擇定了創作類，為我們唯一的出版方向。近幾年來，有一種趨勢，就是強調本土的創作。七年以前，民生報出版了將近兩百種圖書，因為沒有大陸的交流，所以我們出版的圖書，全是本土的作品，可是近幾年來，整個形勢在改變。如果我們承認華文兒童文學，是我們現在面對的出版市場的話，我們必須要考慮到，全球華文的出版市場，這一部分的重要集散地，我相信沒有人否認是在大陸。因此以兒童文學的品類來說，童話、童詩、散文、少年小說……，大陸比較成熟。少年小說這

個隊伍，在大陸是最強大的隊伍，如果我們今天要將少年小說，提升到一個優良地位，必須互相比較、觀摩、琢磨、切磋，以及提升寫作的話呢，必然得要引進許多華文作家少年小說的作品。在這個前提之下，也就是民生報，為什麼近幾年來，陸續邀請大陸的作家，以找到這些長篇小說、中短篇小說。而且我們也想涵蓋各種文體，而這文體一種是截長補短、一種可以加強本身的周全度。臺灣的童話是不錯的，可是相對之下，大陸也有不少優良的童話作品。

兩岸的差異在哪裡？華文的寫作差異在哪裡呢？地域性的差異，是不可否認的。南方跟北方就有不同的寫作風格，在這樣之下，我們該如何進行交流呢？可以這樣講：在1992年，我們引進了第一本大陸的書，是童話，就是周銳先生的《特別通行證》，以及張秋生先生的《小巴掌童話》。這是我們最早引進的兩本童話，當時臺灣的市場，還沒到全面開放的地步。同時兩邊的結構，都在模糊地帶，大家可以用各種各樣的方式，去爭取大陸的作品。我的看法是，這種模糊的界線，有一天會清楚的；這樣的市場，有一天必然要走上成熟。如果我們用模糊的方法，來處理模糊的出版品的話，將來會吃很大的虧。因此我建議比較臺灣的版權，用什麼態度對待臺灣的作家、作者，我們就用什麼態度，對待大陸的作家、作者。如此的差距，才會越來越近。好多年前，我就說臺灣的作家，拿到的版稅是百分之八，我們就照常也給大陸的作家百分之八，我們一向就以這個方向，來經營。

我要提醒各位的是，聯合報系的民生報，在做兩岸交流的時候，實在不是從利益著手，我們想的是，長遠的國家前途利益，是文化的利益，而不是商業的利益。所以我們一直在賠本，到現在為止，我們的書非常的難銷。各位知道創作本來，就是難走的路。好的作品（文學作品），在大家都宣讀快死亡的今天，是非常難賣的。何況我們所作的各種投資，事實上是沒有營利可言。我們要如何來支持我們的作

家呢？我想就是一個公平原則，你要用公平的方式對待他，一種對知識份子文人的尊重，而不要讓他覺得他吃虧了。只要是站在公平的原則，走到哪都是可行的。我們很清楚的看到，未來十年、二十年，走向華文的創作，才是維持我們兒童文學的大計。這是我今天所做的一些說明。

　　謝謝！

林教授：

　　非常謝謝桂小姐。聽了她的說明，我才知道他們的書，是那麼的難賣。實際上，他們的書真的出得很好，所以我每本都買。其實各位出版社，應該多跟師院的兒童文學老師多結合，我個人就打算列個書目，給各個出版社。因為你給老師書，他自然會在課堂上講有哪些新書，學生自然就會去買，讓師院老師幫出版社，讓老師知道，你們的書又便宜又好，出版社應該要去促銷。另一點提到說，民生報所作的尊重智慧財產權，這是我們該注意的。不要把別人當作一種加工廠、轉口貿易，認為它很便宜，就跟人家要過來。因此造成紛爭不斷，民生報的制度在這方面做得相當好，這也是我們每一個出版社，應該效法的，本著互相尊重的立場。

　　接著，請志文出版社。

曹永洋（志文出版社）：

　　桂主任、林所長、張子樟教授。我本來是在中學教書，七年前退休，來到志文出版社。志文的新潮文庫，今年邁入第三十年。但真正做兒童少年讀物，只有三、四年的時間，目前我們在兒童讀物上面，還是一個新兵。只有五十本一套天文學的書、三本漫畫。我們所做的，都是翻譯的東西，因為三十年來，新潮文庫都是以翻譯為主。

　　我們跟大陸的交流情形是這樣：張老闆曾經去過北京人民出版社，他們說你們出了這麼多的書，是不是一個基金會，我們把一百本書通通賣給你們。張老闆說我們只是一個私人的出版公司，要買下一百本的世界文學名著，恐怕還要再等一百年。張老闆跟他們說明這個困難，我們出書必須是有所選擇性的。我們跟上海藝文社，有選擇性的出大人跟小孩的書。但跟北京人民出版社，到目前為止，一本都沒有辦成。我想可能是在觀念上，不十分了解臺灣的情形。即使我們想一百本都買下來，也沒有人敢這樣的冒險。

　　目前我們的兒童讀物，找到大陸的作家有三個，一個北京師範大學的張學增教授，請他為我們改寫，俄國的克雷多夫寓言，原來的作品是用詩寫的，請他改寫成小說形式。張教授真的做得很好、很認真，他是直接用俄文來改寫的。我贊成林所長的看法，改寫真的是一種創作；翻譯其實也是一種再創作。根據我們這三、四年摸索的一點經驗，我們的老闆大我十歲，他受的是日本教育，所以他整個的資料，都是從日本來的。比如要確定這本書，在臺灣有沒有市場，值不值得翻譯等。在我們要出版少年文庫的時候，有人給我們一個很重要的指點，臺灣的市場這麼小，那麼多人在做這個工作，你只要鎖定翻譯，也不要出什麼安徒生、格林童話，因為一般家長或者是老師，概念上可能認為，不要老是停頓在這些上面。所以我們那時就想說，出一點新的東西。這是其中的一點建議，另外一個是黃春明給我的提醒，他說做小孩的東西，比做大人的東西還要難，他指的是語言文字的問題。所以我贊成林所長的說法，把翻譯當作是一種創作。我們在大陸、臺灣買下許多翻譯書，都付了稿費。後來仔細一看，完全不行，我想這可能是每一家出版社，都需繳的學費。

　　我們成人文庫，有請到一位許海燕先生，幫我們翻譯托爾斯泰的作品。他翻譯得真好，我在中學時是看翻譯小說長大的。我那時在看

托爾斯泰的作品，好像總覺得少了點什麼，這麼有名的作家，為什麼作品會是這樣？心裡很納悶，一定是翻譯得不好。所以許海燕就從俄文翻譯，再看他的作品時，就發現翻譯真是一種創作。

目前，我們跟兩岸交流情形是這樣。我簡單的跟各位報告、謝謝！

林教授：

我跟在座、張老師，都是讀志文長大的，那個時代志文的新潮文庫，都是翻譯的。當時的翻譯，真的有些問題，因為他們都是從日文翻譯過來。以現今眼光來看，是不夠理想的。完全走翻譯，也是一條路，但翻譯必須走得比別人好。志文早期都是從日本翻譯過來，是二手的翻譯，就會較有出入和問題。其實翻譯的引進，在兒童文學界，也是一種方式。所以我們也打算在兒研所，成立一個翻譯研究室，如果所聘的老師，都擅於外文翻譯研究之類，我們就會去做。

非常謝謝志文。接著請新學友出版社。

吳清全（新學友出版社）：

主席、兩位教授、各位同仁，雖然新學友成立了很久，但在兒童文學的出版品方面卻非常的少，我們的出版比較雜一點，尤其早期較偏重於教材方面，所以在兒童文學方面的進展緩慢。第二件事是跟大陸方面的交流，我們是零零碎碎的性質，如果有一些來往，應該是比較偏重在文教方面，不是純粹的兒童文學。

1990年我們曾接受四川新聞局的邀請，參加他們90年的對外貿易展覽會，但出版部門相關的資料非常的少，他們有安排參觀一些學術機構和一些出版單位，我們也帶了一些我們的出版品互相交流了解，不過他們當時感到很訝異，臺灣的印刷都是彩色的，而且非常的精

美。他們也曾經把他們有關熊貓的照片跟我們作一些研究，我們也跟他們說明我們的作法可能跟他們不一樣，他們雖然整本都是有關貓熊的作品，但我們可以感覺到這些照片遠遠一看都是一個形態，我們當時也跟他們說這樣的東西必須有一些改變，這當然超出客人該有的範圍，但這只是作為彼此的探討而已。如果跟大陸有一些來往，都是像這樣零零碎碎的，也許他們有看到我們的哥白尼或者是有關幼教的讀本等等，也會向我們表示這些如果在大陸出版可能情形是怎麼樣，但目前情況來講都還沒有一個具體的成果。

1993年我們參加了一個臺北市的教師會，當然是考察教育方面的，所以跟我們今天的主題相關的非常的少，但我想說的是，像桂小姐、林教授在兒童文學界這方面的貢獻是有目共睹的，所以我接到張教授的電話就想過來了解一下，作為我們以後參考的依據。也許我們能在這一方面提供一些經驗，但也因我們在這方面更缺乏，所以我今天的報告只能到這裡。

林教授：

非常的謝謝！新學友就我了解，在臺灣是屬於本土性的出版社，這些中南部的出版社，正在面臨轉型。新學友非常熱心的參與一些兒童文學界的活動，或是一些教科書的編輯，這可能是他們未來所要投入的一個主力。我們上次辦學術研討會，他都有親自來參加。臺灣本土性的出版社，像企鵝，也都在慢慢的轉變中，這是一種相當好的現象。

現在我們請研習會的趙老師，來說說這個在臺灣很奇怪的現象：據說板橋的實驗課本，到現在還不敢用大陸的作品。這有點像臺灣省教育廳的兒童文學徵文比賽，限制大陸的作家參加，一定要臺灣的國民才可以。趙先生常會選大陸的作品、文章，想放進課本中，但最後

都放棄，這是因為可能牽涉到一些版權問題。

趙老師：

林老師、桂小姐，大家好。很冒昧，林老師邀請我，我就來了。事實上，我並不是出版界的人，只是我目前的工作，跟兒童文學有點關係，所以我來這裡只是想了解這個情況。

林老師剛剛所提的問題，事實上，我搞不太清楚，為什麼會這樣？雖然我們這個單位是官方單位，但是我想行政上，可能會有一些比較麻煩的手續，但不是絕對的限制，到目前為止，我還沒有看到任何條文限制，可能是承辦的單位或是我們上面的長官，會覺得這個比較麻煩一點。但是基本上，我認為我自己來處理這個問題，應該不會不願意去做。這個事情我聽到比較多的是一些作家的反映。實際上，臺灣的本土作家，可能感受到大陸作家對他們的壓力，比如像現在我們舉辦的許多徵文比賽，以往都是臺灣的作家才可以參加，但是開放之後，大陸人士都可以參與，得獎的人，也往往都是他們，甚至我們在參與一些評審的工作的時候，都要保障國內的作家，不然會一個都沒有。

我們不用他們的作品，其實並不是大陸的作品不好，或者是行政上有任何禁止，而是放在語文教育上，大陸的作品可能還牽涉到語法表現各方面，跟臺灣還是有點不一樣，但這是不是已經嚴重到說不能作為語文教育的材料等等，這可能還有斟酌的餘地。當然，如果有牽涉到明顯的意識形態時，我們就不會拿來做教材。有關這問題，我聽到的大都是作家個人的意見，我接觸到的出版商，像天衛出版社，他們都很願意幫我們接洽一些版權的問題，以往有一些印象是說，大陸作家的版權好像很麻煩等等，這不盡然如此，有些出版社跟大陸作家就處得很好，所以我覺得這方面是心理因素。

我剛剛聽到，民生報有很好的大陸作品和兒童文學作品，在銷售上有一些困難，作為一個國小教育的工作者，我覺得出版社應該多跟師院及我們這種研習單位作接觸。我在辦教師進修的研習中，發現教師對新書的資訊非常缺乏，所以我只要推薦任何書，他們幾乎都會全買。我想在研習中讓老師知道，臺灣有那麼多好的兒童文學作品，可以作為他們教學的輔助教材，或者當作課外讀物。我印象中，只要介紹給老師，老師們都願意買，而且也願意介紹學校圖書館購買，這方面是相輔相成的，不僅可以提高學生的學習興趣跟內容，另一方面也可以促使我們出版界更活潑，所以這方面我非常贊成林老師的看法。松山國小王天福校長提出，他很想做一個出版的目錄，固定寄到學校去。像學校有固定的預算，但不知道要買什麼書，就會常常打電話來研習會，麻煩我們推薦一些好書。是不是我們出版界能夠出版目錄，寄到學校的圖書館，我想這會是一種良性的互動。謝謝！

林教授：

我們所裡（兒童文學研究所）會做目錄收集的工作，同時上網路，並且可能在固定一段時間，會將新書目錄寄到各學校，這個工作我們會義不容辭的做。

趙老師：

像行政院每一年都有舉辦好書評鑑，但許多學校都不知道這件事，這書目應該都有寄到學校吧！

林教授：

這活動剛開始舉辦時很新鮮，報紙也會刊登，書目我都有收到，但後來很少再寄了，報紙也不再刊登這個消息。本來好書書目，中小

學都有免費贈送，現在可能都沒有了，所以很多學校老師都不知道。報紙推薦的好書，常常只看到書的介紹，而找不到書在哪裡，我建議最好能夠書出來之後，再編目，否則會流於促銷的嫌疑，而非推薦的美意。

陳素芳（九歌）：

主席、各位出版界的同仁，大家好。我剛剛聽到林老師、趙老師的話，讓我眼睛一亮。九歌出兒童書是從1983年開始，我是1982年到九歌。我們兒童文學徵文，只辦過五屆。九歌開始出兒童書時，兩岸還沒有開放，從第一輯到現在只出了二十一輯，因為九歌都是以出成人為主，兒童書平均一年出一套到兩套。

我們跟大陸的交流，是從1992年於創辦九歌文教基金會開始，當初創辦九歌文教基金會有一個原因是在出兒童書時，之前的幾套反映都很好，但我們面臨一個問題，需要一些稿子，但找得非常辛苦困難。而且有一些文章似乎有點制式化，好像寫兒童文學寫到最後有一個招式可套一樣。我們也想辦一些學術性的活動，所以才成立這個基金會，於是我們開始舉辦徵文活動，剛開始徵文也不是有很多人知道，也是藉由徵文活動才開始跟大陸兒童文學有所接觸。事實上，九歌在兩岸兒童文學交流都是處於被動的情況，剛剛趙老師有提到徵文比賽時大陸的作家就常得獎，確實有這種情形。我記得我們第二屆徵文的時候，結果讓我差點昏倒，六名得獎人竟有四名大陸的作家，有兩名是海外的作家，我們當然只論作品，而不問來自何處。大陸的少年小說真的是比較好，令人印象深刻，這問題又不能因為說你是大陸的，我們要保護臺灣的作家而有所限制。還有一個情形是，我們徵文時大陸參加的人比較多，臺灣的作家比較少，當然大陸中獎的機會就會比較大，這個問題真的很難解決，除非是保障名額，至於公不公平

則是見仁見智，看你是持哪一派的說法，像我們碰到這種情形的時候，我們是一視同仁來處理。

　　像有大陸的出版社想要出我們這邊的書，有跟我們談出版前四輯的出版事宜，這方面我們是盡量配合，但在配合之餘還是要保障作家的權益，比如在簽約上會有所限制，有年限上的限制版稅，因為他們當然不可能比照臺灣這邊的版稅。我們的二十一輯有一個大陸的作家得過九歌徵文的首獎，我們為獎勵新人，有規定得過首獎的人不能再參加，結果他又來參加第二次，我們只好採用出版方式版稅稿費比照臺灣的作家。在大陸方面，臺灣的作家的書要在大陸出版的話，我們盡量替臺灣的作家爭取最好的權益，但如果照臺灣的標準來看就不是很好，對大陸作家我們是一視同仁，就如桂小姐所說得一樣，不管版稅問題，最大的問題還是在銷售方面。

　　事實上兒童書的市場非常的不好，我們的書是四本一套，從1983年開始還有再版，這算不錯了，但這三年來所出的一版四千本就賣不完了，事實上九歌在做兒童書是不遺餘力。像我們發書的時候，中盤商一看到是兒童書的話，他的訂貨就會比較少，所以需要各位兒童文學界的同仁幫我們推銷一下。為什麼我們的書賣得不好有個原因，可能是許多的兒童書成本都是很高的，他走的是直銷的路線，所以他們寧可販售大套書而不願意賣小套書或單本書。出版社編者的工作應該是把書編好，至於如何突破市場的困境就須大家來協力幫忙。有好的書訊請大家廣為宣傳，像報紙的好書介紹，就有很多人找不到書，書店因利益問題根本不願意擺，因此書店沒有這些書的位置。

趙老師：

　　大概只有誠品書局願意擺。

林教授：

大家應該會發現，現在讀書消費的人群最多的是兒童，可見我們還沒有打開這個市場，所以我們需要讓父母知道有這些好書，只要有人跟他們介紹，他們就會買。

陳捂芳（九歌）：

其實這真是大環境的問題，像我們以前的書就賣得好！

趙老師：

有一年天衛得到金鼎獎，但在全國學校統一採購圖書的時候，裡面沒有得獎的作品，反而是一些被視為垃圾的書籍，在選書的流通上是有一些問題。

林教授：

我們在促銷上是應該有一些設計，可以找一些教育局長，因為教育局在採購書籍時是採用標購的方式，剛開始招標的時候可能會與開出來的書單一樣，但標完之後，可能會因沒有這套書而用別的書來填補。許多時候採購會變成這種情形，所以必須跟一些行政系統，像教育局長之類的溝通一下，因為很多情形都是各忙各的，該交集的地方都沒有，像我最近上暑假的四十學分班，只要介紹給他們，買書的人就會很多。

桂小姐：

因為這次會議的時間非常有限，焦點還是要放在大陸臺灣兩岸文學交流上。

陳旻芊（國語日報）：

國語日報早幾年出的文學書，和現在的文學書在量的方面比起來差很多，跟大陸的兒童文學合作上，我們還在實驗階段，我們文稿的來源一方面來自徵文，一方面來自我們報紙的連載小說，這些我們會計劃性的把它們改成出版品。大陸作者會陸續的來稿，各種文體都有，我們採用的標準很嚴謹，因為出版大陸兒童文學書，沒有達到一定預期的量，所以我們還在實驗階段，作品我們都是研究評估很久才會出版，所以我們報紙中連載不錯的文章，有考慮要跟他們接觸出書，因為國語日報兒童大學這條線是不能斷的。雖然目前的生態是這樣，我們還是不斷的期許，我很簡單的報告到這。謝謝！

陳思婷（天衛）：

各位大家好！我想今天就我在天衛從事編輯工作三、四年的時間，作一些簡單的報告。我進公司的時候，第一次接觸到的書就是小魯兒童小說，一開始經營的時候到我接手，在市面上已算是一套經營的不錯的書了，我們在整個選書編輯的方向上，其實是有比例的調配，大部分是得獎的作品或比較有名的故事，我們選擇的方式有兩種：第一種是引進大陸的作者作品到臺灣來，第二種方式藉由改寫世界文學名著的方式。

我們的書以六本為一輯，在分配上有一定的比例：每一輯中有幾本是要臺灣創作的作品，有幾本是大陸的創作，再搭配幾本改寫的作品，因為是限於稿源，所以一定要有改寫的作品，才能定期讓書在市面上出售，固定在書店中占一定比例的空間，否則以兒童書在書店中是族群的身分，根本很難在市場中立足。我們跟大陸作家交往的基本原則，是希望能透過大陸作家的作品，開拓臺灣的視野。因為我們都

知道大陸地廣人稠，各地方都又有屬於當地的特色，人才也很多，希望藉由引進不同的類型、不同的作品，介紹給臺灣的讀者。

其實少年小說不盡然都要寫一些生活方面的東西，有很多類型可以去耕耘。我舉一個例子：在少年文庫系列中有引進秦文君《男生賈里》這本書，沙總編覺得這是一本很好的校園生活小說，把它引進臺灣之後，它的銷售數字和讀者的反映都很不錯。後來我們沒有再從大陸那邊引進類似的東西，最主要是發現臺灣這方面也有許多不錯的作品，比如：王淑芬老師她自己本身寫了很多優秀的校園生活小說。我再舉一個例子：有一位大陸的作家──戎林先生，他自己本身出身於采石這個地方，在那個地方長大，所以在寫《采石大戰》這本書時，寫出的歷史場景、氣氛，有非常好的史詩架構。另外一個例子是海燕出版社的鹿子（筆名）小姐，她寫了一本《大漠藍虎》，她寫這本書時，自己親身跑到塞北的高原去做一趟深度旅遊，書中描寫了大夏王國當時是如何在荒漠地帶建城的故事。雖然都是大陸的作品，但因地域性的不同，表現出來的風貌也不同，這是少年小說部分。在童話部分，我們在三、四年前出了童話花園系列，有臺灣的作品、也有大陸的作品，當初在選材的時候發現，大陸的作品有許多不同的類型，他們為我們的童話開了一扇很好的窗，他們的童話不限於王子公主的故事，其中有科學方面的、有很熱鬧的。

另外，在理論方面的書，我們引進了韋葦先生的《世界童話史》到臺灣來，這本書在臺灣的銷售上真的無法跟一般的小說來比較，它的銷售是比較不好的，但我們還是把它引進來。當初主要是考慮到韋葦先生學識背景，因為它懂得俄文，所以他可以收集到我們平時不容易從俄國收集到的資訊，因為我們的資料大部分都是從英美國家來的。現在我們對大陸作品的態度，最主要是想把它引進來，讓臺灣的視野不同、豐富作品類型。

　　最近我們要開一系列的科幻小說，一開始的前兩本我們選用外國的翻譯，因為臺灣一講到科幻小說一定想到的就是黃海先生，不然就是張系國。我們的總編在大陸剛好有機會認識一個河南的作家，他不僅具有科學方面的理論基礎，而且有深厚的文學底子，所以寫出來的作品令人耳目一新。

　　我報告到此。謝謝！

謝玲（民生報）：

　　我們編輯大致的方針，桂小姐都已說得差不多。我們一年有固定出版的數量，在選擇方面多少有點保障名額在內，因為大家都知道大陸的作品若跟臺灣本土創作的作品相比確實比較好。所以選擇上會鼓勵臺灣本土的作家。

張嘉驊（民生報）：

　　先自我介紹一下，我的身分比較特殊，我曾經是漢聲出版社的編輯，目前在民生報工作，也參與民生報兒童書的編輯，而我本身也是一個兒童文學創作者，有時也會去參與一些兒童文學的活動，對於理論方面也有濃厚的興趣。以我本身也是一個兒童文學創作者的觀點來談，大陸作品的出版對臺灣本土的影響，我記得民生報社跟聯經合作出版一本《肉肉狗》，是葛競的作品，這作品先前在報紙上刊登時，我們看到時真的嚇了一大跳，在大陸葛競只是一個小學六年級的學生，卻能寫出這樣的作品，我們真是有點慚愧。看了這本書之後，我開始閉門思過，本土作者到底有多少長進？我是用了這一個極端的例子來講述大陸作者的作品對臺灣本土作家的創作是有影響的。我很感激市面上有這樣的東西，我本身是持一個較廣泛的文化觀點者，我希望這是一個華文世界而不是臺灣的世界、或是中國的世界，我希望狹

隘的本土觀不要妨礙到文化交流的實踐，我很感謝有這樣的作品出現，替我們打寬了一些視野。很久以來，我把研讀大陸的作品當作是一種功課，大陸傑出的作品確實相當的多，在某一定的比例上是超越臺灣的情況。趙老師剛剛有提到臺灣的作家有感受到一些壓力，我認為這些壓力是必要存在的，你要成長、你要生存下去，沒有壓力，永遠只會安於現狀，就不可能成為一個華文或者乃至世界的作家，所以我覺得這刺激是要有的，所以我對這種兩岸出版交流是持肯定的態度。

談談比較實際的情況，大陸的作品根本上的不同，第一很明顯的是語彙上的不同，像在曹文軒的作品他裡頭講到「二戰」，其實就是我們所講的二次世界大戰，他叫電動玩具為遊戲機，在這我要建議出版社對處理語彙時一定要小心，應該解釋的一定不可以忽略。第二個是背景上的考量，有一些傑出的大陸兒童文學創作者，背景比較特殊，像我們最近出了畢淑敏的《我從西藏高原來》，我剛好是這本書的執行編輯，我在編這本書的時候一直在考量這個問題，她以前是一個解放軍的軍醫，她解放軍的背景讓我很困擾該如何看待。後來我發現她的作品確實相當的傑出，她的散文相當得不得了，後來我們考量應該以她的作品藝術價值為本，背景上的差異不應妨礙作品藝術上的肯定。第三個是創作觀念上的不同，有人提到不知道要出什麼書，剛剛林教授有提到，出版大陸的作品缺乏一種規劃性，對大陸作品的規劃性事實上可分作四點來談。第一點是作家。第二點是文類的問題，到底是出詩、童話、小說、翻譯作品、還是其他。第三點是主題意識。第四點是商業上的利益問題，基本上大陸作品的產生在觀念跟臺灣還是有一點不一樣，我認為出版作品之前應該做市場調查，同樣的東西出太多不好，應該多去開發比較沒有的東西，這樣兒童文學的交流才能更豐富。以少年武俠小說來說，是相當具有代表性，是不是其

他的要跟進就有待靠考慮，以目前的出版，大家並不是在一個很優良的環境下，在出版品的選擇上應該要注意第三大點，是行銷問題連同本土問題來看。剛剛趙先生有提到全國有三千多所小學，我不知道他們的圖書館到底有多少兒童文學的書，我發現即使在大學或者是在國家級的圖書館也很少兒童書，這牽涉到所謂的圖書分類問題。因為兒童圖書分類在中國圖書分類裡頭占了一小部分，不能細分到有詩、童話等等的分類，讓一般人根本搞不懂哪些東西是屬於兒童的，現在兒童文學已足以形成跟成人文學匹敵的文學種類，可是在分類裡頭只是占了一小部分，所以我覺得這方面需要改進，這也有助於大專院校裡頭對兒童文學書籍的收納。

林教授：

非常謝謝！這裡稍微補充兩點，第一點：臺灣目前國家級的圖書館不典藏兒童讀物，只有臺灣分館有一些，但也很少。第二點：剛才提到分類問題，我們學校目前的兒童圖書中心跟國立中央圖書館、教育部已前前後後討論了很久怎麼來編兒童圖書書目，如果這個沒有事先設計好，上網路也沒用。我希望我們的兒童書能夠上網路，臺灣目前的兒童書還沒有一套屬於大家公認的編目，希望經過教育部跟中央圖書館的同意，編出一套屬於全國性的分類法，但現在教育部在推托，中央圖書館本來就不管這些，所以只好聯合其他圖書館協會正在跟教育部磋商中，等編好之後正式上網路。我們正在籌備的兒研所兒童圖書中也做了很多工作，我們學校最近也在成立文學資料庫，已可以從網路上找到圖書分類，這是目前該解決的，大家以往不太重視這些，但現在已經不同了，真的需要有好的圖書分類。

張老師：

我想今天這個會到目前為止都相當的成功，因為許多單位都來吐苦水，吐苦水最主要的原因是書印好都賣不出去。今天林所長在這好辦事，他跟各位要書，就要有責任幫各位賣書，這就是互相往來，我想我就這樣。

林教授：

看看大家還有沒有別的意見！

曹永洋（志文）：

就翻譯的事情，我1990年跟張老闆去大陸的時候，到北京人民出版社的翻譯部，他們自1949年之後，就想把世界文學名著全部從第一手重新翻譯，後來發現大陸那麼大、人才那麼多，卻沒有辦法做到，只好退而求其次。另外關於剛剛張先生所講的，我很有感覺，一開始我認為文革的時候對文化的傷害很大，後來一看不見得，現在大陸作品的水準非常的參差不齊，有的很好、有的很差，後來我想是不是因為年齡的關係，由於整個文化生命力受到傷害就不行了。那個時候我們印了一本《昆德拉的玩笑》，譯者是個女的，在北京人民電臺教法文，譯得非常的好，因為皇冠買了那本書，我們只好停掉印行，另外我所講的許海燕先生，也只有四十九歲，如果把翻譯家也當作是作家，學院是無法培養的，因為這關係到許多問題。日本的翻譯工作能夠做得這麼好的原因是因為翻譯可以是生活、專業的，它是品質保障，最重要的條件：有後顧之憂的人怎麼可能把工作做好，我後來重讀傅雷先生所翻譯的《約翰克里斯多夫》，根本是一種創作，那裡是翻譯，一直到現在我仍把它當作案上書，這是因為他全力把翻譯當作是一種工作。

有人問我《小王子》是給幾歲的人看的，我回答他們說：四歲到九十歲。如果能活到一百歲都應該看，大人甚至比小孩更應該看。一個大作家如果在封筆之前有發豪語要為兒童寫書，到目前為止文學界沒有幾個人能夠做到，因為小孩子的東西太難寫了。托爾斯泰就有做到。

張嘉驊（民生報）：

我再補充一點，像我們這一代都是看新潮文庫長大的，不過早期新潮的翻譯確實是有一些問題，最近志文翻譯的作品品質是相當的不錯，聽說新潮的出書量是不是要緊縮？

曹永洋（志文）：

也不是，只是我們比以往更慎重。真正好的書我們才出，再加上譯者不容易，而且又要第一手資料才要翻譯，所以出書量較少。

林教授：

各位還有沒有問題？

桂小姐：

目前在座的都是出版社的，而且都是擔任上游的編輯工作，我們承認文化出版社所有的文化事業都應該走精兵、精英路線，因為我們的市場非常的少，再不出一些好書的話，所有的文化素質會造成非常惡質的循環。在這一點，我個人覺得近年來大陸作品到臺灣來，如果我們做一個歸類，會發現有幾種狀況：出版社並沒有購買正式的版權就在臺灣出版，犧牲作家的權益。第二種是銷售問題，不是大陸的作品不好，而是整個兒童讀物都面臨這個問題，但好的作品還是有口碑

的，讀者是會接受的，也就證明好的東西還是會存在的。出版社沒有好的作者是不能維持它的百年大業的，一個好的出版社沒有好的編輯，怎麼可能找到好的作者，這一點我有很深的體會。葛競在小學六年級的時候，我們民生報發現了他，站在一個編輯的立場，我們是不是有想到要愛惜我們的作者，尊重作者，給他機會，培養我們的作者，發現一個作者及抓住他是很重要的，因為一個好的作者的出現是很難得的，我相信好的作品是暢銷的，這一點是我們出版業都有的認識。現在兩岸有許多模糊的地帶，我提醒各位，大陸大量作品的引進是必然的趨勢，我們必須及早想這個問題，如果要做出版不要放棄大陸的市場，多去觀察、尋找好的作品，多去培養好的作家，有一天一定可以掌握很好的資源，當然培養不是一兩年可完成的，是長期的工作，這是我們談到兩岸交流所需深度思考的問題。我不曉得今天這樣談可不可以合乎林所長的要求，我們在6月22日下午，將會根據今天的會議做一場研究報告，到時候各位若有興趣，歡迎踴躍參加！謝謝各位。

海峽兩岸兒童文學出版交流現況座談會記錄（二）

時　間：1997年5月24日（星期六）上午十時
地　點：臺東師院語教系館一樓
主　席：林文寶
記　錄：賴素珍
出　席：林文寶、賴素珍、吳若琳、王嬿惠、孟憲騰、王建堯、蔡秉
　　　　倫、郭子妃、張怡貞、林富珊

主席發言：

　　今天藉著這個機會，以了解大家對海峽兩岸兒童文學交流的看法，請各位踴躍發言，並謝謝大家的參與。

綜合討論

郭子妃：

　　自從政府開放兩岸探親之後，兩岸兒童文學的交流便隨之而起，由於兩岸間曾經歷過近半世紀的分離，所以在兒童文學上的發展也都各自形成不同的風貌，也正因為如此，彼此之間的交流才更具有其意義與價值。

　　兩岸的兒童文學交流從最早的作家間的認識，作品交流，到最後

的兩岸徵文、出版，舉辦座談會等活動都一直在積極進行著，而彼此之間也建立了互信、合作的良好關係，這對整個華文兒童文學的發展是有相當大的幫助的。尤其是這幾年來「中國海峽兩岸兒童文學研究會」也十分積極的在針對研究、教學以及學術、評論方面進行彼此間的交流，使交流的層次又向上提升，這也正是我們所樂見的。

這個學年度起，我們臺東師院兒童文學研究所已開始招收第一屆的研究生，而以往一直都在民間成長的兒童文學也開始進入學術領域內，我們希望未來兩岸兒童文學的交流能繼續朝著學術交流的方向進行，使兒童文學的研究能夠學術化、專業化，也希望透過彼此間的相互刺激而使彼此間的學術研究能有更大的進步。

王嬿惠：

近幾年來，海峽兩岸文教活動日盛，交流活動與理解的深入和廣度亦隨之逐步擴增，兩岸話題與研究在文學界，藝術界，學術教育界皆各引發了熱潮。在兩岸文學研究方面，海峽兩端也各有豐碩的成果。本文將簡介兩岸對彼岸的文學研究。

大陸學者對臺灣文學的研究，經歷了四階段：

一、自1979年大陸對外開放，臺灣作品「登陸」大陸文學刊物起，至1982年首屆臺灣香港文化學術討論會止；為臺灣文學研究拓荒階段。以介紹性文章為多，雖也出現了評論與研究文章，但真有學術價值者並不多見。

二、1982年至1986年第三屆臺港文學研討會止；為開發階段，此時的研究領域大大拓寬，且出現一批質量較高的學術論文與專書。

三、1986年至1991年第五屆臺港暨海外華文文學國際研討會為止；為發展階段。臺灣文學研究此時成了「顯學」，出現了《臺灣新文學概觀》、《臺灣當代文學》、《現代臺灣文學》等系統性專書。

四、1991年至1996年第八屆世界華文文學國際研討會為止；為提高階段，有多部文學辭典出版及高質量的專著問世，並成為一門新學科進入高等校院，同時有專門評論和研究的學術刊物於海內外發行。

反觀臺灣對大陸的文學研究，雖起步多年，但比較全面的文藝學術研究是較欠缺的，相關的研究專書質量均不及大陸對臺灣文學的研究。為了彌補此憾，文建會特委託清華大學中文系對大陸文學做系統研，並出版《大陸地區文學概況調查研究系列叢書》，共出版九大冊，主要研究大陸1976年至1989年間的文學發展狀況。九冊分述九項類別，包括文學概觀、小說、新詩、散文、報告文學、兒童文學、文學理論與批評、史料、外國文學翻譯等領域。

兩岸文學作品各有特色，互相的交流、學習，有助於自身的提升，在臺灣文學環境過度商業化的今天，期望海峽兩岸能對彼此的文學創作與文學史有更多的研究與理解，藉由相互的觀摩借鏡，創作出更多更好的文學作品。

張怡貞：

一、最近，由於科技的快速發展，國內的教育似乎也在慢慢「轉型」，而有「英語成為小學必修科目」之規定出現，且欲將原有的注音符號以「羅馬拼音」取代之勢。吾人甚覺惋惜與遺憾！不知教育決策者抱持何種心態？中國人口眾多，號稱世界「人口最強國」，可惜由於中國大陸政治及經濟落後，對教育亦不甚重視，再加上臺灣的國際政治地位聲望低落，在世界上，中國語言文學便無法成為世界共通語言。然而，如果中國文化幾千年的歷史，受到外來文化的刺激而全盤西化、自我貶抑，未免太懦弱了！漢語的特色是全世界上幾乎沒有另一種語言所有的，這一點應該是我們身為中國人引以為榮，且要加以發揚光大的！而今，卻要將之捨棄，實在值得教育當局審慎思慮！

　　二、海峽兩岸政治上雖為一國兩制，但在血緣及語言上，均屬同一根。而中國文學在世界文化中，乃屬非常優秀的一種語言，如果能排除其他因素，將兩岸優秀的教師、優良的教材、有效的教學法集中討論，相信一定能將中國語文的特色長久保存，且不為外來文化所取代。

　　三、國內目前在「兒童文學」與「國語科」兩個領域的範圍界定上似乎模糊不清。兩者是否都以語言為基礎工具，且以語言為交際溝通為目的？果真如此，為何要有兩個不同的名稱存在？中國文學的領域上，有什麼特別的意涵？如列寧（1996）：「語言為一種最重要的交際工具。」那麼，我們日常生活所使用的「口頭語言」與「書面語言」是否應當並重？尤其在語文科的教學過程中，「聽」為「說」之本；「聽」為「寫」之本；聽、讀是說、寫的根本（李兆群，1996）。然而，在今日的國語教科書，即使在開放審定本之後，我們仍難在書本中找到非常生活化的口頭語。在一般的兒童書籍或報章雜誌上也是如此。如果兩者（口頭語和書面語）並重，學生在寫作文時往往依照其生活中所使用的口頭語，卻又被教師改得「滿江紅」。另外，在一般書籍中的書面語，縱然是非常標準的文句，也很合乎句子的結構文法，在兒童的日常生活中卻幾乎從不這樣使用，如此一來標準到底何在？

　　四、兩岸在教育學術上固然需要溝通，所用語言如果無法互相理解，甚至意義不同時，可能會造成誤解與鬧笑話。例如：在臺灣──他是從事教育的；在大陸──他是「搞」教育的。如果未曾深入了解兩岸語言所使用的環境差異，海峽兩岸是否應該多探討溝通？畢竟未來海峽兩岸的交流可能越來越頻繁，甚至小孩子都有可能到對岸去（探親、觀光……）。但願未來兩岸的孩子與孩子之間不是用「英文」在溝通，而是用「中國話」在溝通，且用語可以暢行無阻！

吳若琳：

近來世局的變化，可謂目不暇給，東歐政治的變革、東西德的統一、中東之戰以及近日來蘇聯的解體，這些混亂的衝突與統整，從整個世界政治結構面來看，民主政治是一股不可抵禦的洪流，六四天安門的訴求，更為人類民主運動史記下壯烈的一筆，而在海峽兩岸關係的互動中，期盼也能以文學交流作為觸角，從了解中互相截長補短，提升海峽兩岸的人力素質，民主均富的理念可能在中國擴散並且生根，促使兩岸學術水平的提升，為兩岸的學術以及人民心靈的啟迪，更添生命之光輝；而文學是沒有國界的，也期盼因為文學的交流，讓彼此的心靈與理念更有交集點，讓兩岸的中國人能化暴戾為鼓勵，更愛和平也更愛我們的文化，為所有中國人創造更大的幸福。

分隔四十多年來，兩岸間彼此存在著許多的誤解與仇恨，原本學術文化的交流，可以作為一種雙向的溝通，增進彼此的了解，進而建立共識消除仇恨，倘若為未來中華民族利益著想，學術文化的交流，實不應涉及政治及統戰因素，然而現今政治形勢下，學術文化是在為政治目的做準備，海峽兩岸的政府與人民，於日後的學術文學交流，實應考量「什麼的文化型態對於整個中華民族前途利益最好？」作為考量的基準，站在整個中華民族的立場，雙方提出具體有效的作法，這樣才能捐棄成見達成共識，今後政府盡可能再將限制放寬，以利日後能產生更熟絡、更頻繁的交流行為；而為建立彼此共識，為全體中華民族未來利益，文學交流是該保有一塊屬於自我的乾淨天空了。

王建堯：

人類經驗不斷地累積，知識持續地演進，成就了「文化財」。每個國家，都擁有其先人所傳承下來的文化——這是寶藏。善於利用它

的人,則知識泉源將不斷地湧進。所謂:「工欲善其事,必先利其器。」凡是從事學術研究者,莫不盡心擷取文化之精萃——深入鑽研。

然而,知識的領域,猶如無底之深淵。若劃地自限,必成井底之蛙。僅能以管窺天,不知天之廣闊。須同河伯一般,走出自己局限的天地,到北海看看,才知道自己之渺小。才懂得謙虛、學習。文化亦然,不交流,則無以精進。如同前清時代,採取「閉關自守」態度。自以為天大、地大、我最大。卻禁不起所謂的「蠻夷之邦」的洋槍大砲。因此,要求精進,必先求交流。交流能互通有無,取人之長,補己之短。如:從事兒童文學研究學者,雙方互陳理念及實作。探究兩岸之差異處、相同處。找出一個盡量符合兒童化的創作點。寫出符合兒童心靈的產物來。

現今,媽媽為小朋友講故事講的不是安徒生童話故事,就是格林童話看的卡通、漫畫也都是日本製的。中國人,創造不出來嗎?「堯,何人也。舜,何人也。有為者,亦若是。」難道這只是空言嗎?期待兩岸的交流,能迸出燦爛的火花,有個好的開始。更期待臺灣學界,能多幾位如:林良、林文寶……等學有專精者,大陸多幾位如:張志公……。等盡心鑽研者,在文化交流下,放棄政治因素,同心協力,開創中國文化的春天。

孟憲騰:

海峽兩岸分隔四十餘年,在政治、經濟、文化,各方面均無交流,自從大陸政策開放後臺灣與大陸正式進入交流的時代,雙方獨立發展四十餘年,大陸受前蘇俄的影響其思考方式,各方面均有惡化之現象,而臺灣自從政府遷臺以來則受美國為首之西方之文化之影響。雖然同為中國人之血統有同文、同種的淵源,但因各自發展的路線稍

有歧異。故至今日海峽兩岸之兒童文學亦稍有差別，現今臺灣欲了解大陸之兒童文學必由下列三方面進行：

一、了解大陸兒童文學的沿革，大陸自從共黨掌政，三反、五反、文化大革命，至今改革開放的時代背景必定其兒童文化之沿革產生重大之影響。尤其當文化大革命對大陸文化多方面均產生重大的影響。故研究大陸兒童文學必定要依其時代背景。

二、分析其兒童文學內容與表現形式。透過內容與形式的分析來看，海峽兩岸在內容上的著重點有何不同。以及其表現手法在表現之形式如兒歌、童詩等格式、用字遣詞上有何差異。

三、分析兒童文學內涵之意識形態。不同的政治背景與不同的意識形態必定代表著不同的兒童文學，由兒童文學政治與意識形態的分析必定能了解雙方社會各欲傳達的觀念與意識形態。

如能透過對作品之分析、作家之研究，以及讀者之研究必定能了解海峽兩岸兒童文學發展之異同，進而更能彼此了解。

蔡秉倫：

數十年前，兩岸交流還是遙遠的夢想，若有人以任何名義前往海峽的彼岸，總免不了掀起一陣軒然大波。時至今日，情況已大不同。「兩岸一家」已不再視為政治口號，由這端到那端；由此岸到彼岸，往來互通的情形至為普遍，到「大陸」去，再也不是什麼新鮮事。基於同文同種的背景，挾著語言文化的優勢，兩岸中國人的往來，除了方便更多了一份深深的理解。除了一般性的經商、旅遊，更希望對彼此分隔許久的文化有所分享。

臺海因政治因素離散了幾十載，互不往來的情形下，發展了各具特色的兩岸文化。雖然同為中國人，卻因生活方式與意識形態的互異，在文化上有了迥然不同的發展，思考與詮釋的方向也大不相同。

因此，你看我怪異，我看你也新奇！交流愈頻繁就看到彼此更多有吸引力的特質。不管對對方同不同意，這樣的特質，直接而迅速的驅策了兩岸文化交流的趨勢。

文化的交流，必須基於平等的立場，雙方秉持真誠的態度，互相尊重。不卑不亢才是正確的態度，以自己的文化為根基，吸收融會對方的長處，沒有攻訐排斥，亦不須妄自菲薄。文化交流的目的，不僅止於模仿學習，更重要的是透過新事物的刺激，促成自我的反省與再造。兩岸的文化交流，希望是如源頭活水般的注入，使原有固著的模式，增添新的活力。

文化的融合，正是一種創新與再造的必然趨勢。希望能因此豐富了各自文化的內涵。在觀摩之中互相學習，也許因而有所啟發，也許因而充實壯大。不論如何，在追求多元並蓄的今日，兩岸文化的交流確有其重大的發展意義。

林富珊：

文學是無窮無盡的，在海峽兩岸對文學學有專精的人亦不在少數。尤其，以我國以往對兒童的啟蒙教材的重視程度，我們不難發現，對於兒童該學些什麼，該灌輸他們何種知識，都可從其中略見一二。因此，在發展兩岸文化交流的學術課題中，兒童文學也是不可或缺的一部分！

為了使海峽兩岸的兒童能夠真正擁有自己所要讀的書，我們就該先去了解現今的兒童需要的是什麼，再從我們所舊有的文化中去改善、去選取，會合兩岸學者專家的看法，才能真正創造出完全是屬於兒童的兒童文學，而不需要加上任何外來的因素，如政治。因為，兒童文學就是給兒童讀的，若我們不明白兒童的內心世界，又如何創作得出來呢？海峽兩岸的中國人，都是相同的炎黃子孫，有著相同的文

化基礎，既是如此，就該好好利用我們所擁有的文化資產，為兒童造出一片真正屬於他們的天空！

海峽兩岸兒童文學交流之研究座談會記錄

時　間：1997年12月22日上午十時至十二時
地　點：臺東師院兒童文學研究所
主　席：林所長文寶　記錄：郭子妃
出　席：林玲遠、洪志明、張珮歆、蘇茹玲、王貞芳、陳昇群、
　　　　廖健雅、馬祥來、林孟琦、林靜怡、黃孟嬌、郭祐慈、
　　　　楊佳惠、游鎮維、劉鳳芯、宋其英、張淑玲、陳冠如、
　　　　林昱秀、薛美鈴

一　主席報告

歡迎各位出席本次座談會。

自1987年政府對大陸政策開放以來，兩岸交流關係已經由原來單向的探親逐漸形成雙向交流，但依目前兒童文學的交流情形來觀察，僅止於雙方交換出版品、資料和訊息，或互相邀請，而缺乏交換兒童文學的創作理念和技巧、兒童文學研究方法和觀點，以及兒童讀物的編輯理念和技巧等；也就是所謂思想的交流。只有進展到兒童文學工作者的思想交流，才能對兩岸的兒童文學發展起積極的促進作用。它的達成，必須在兩岸都掌握了對方相當的資料，而且有不少專家學者作了基礎性的評介與研究才有可能。

將以下時間交給大家,請各位提出寶貴的意見。

二 討論

林孟琦:

兒童文學儘管在歐美由來已久,和其他主流文化比較起來,仍顯得弱不禁風。長期以來,這小孩子的東西總被認為是小學問,不需要花太多精神去研究,而偉大的學者們也大多不會主動去涉獵此一領域。總之,這是一門被忽略太久的學問。

物質文明逐漸發達,兒童的概念逐漸被重視,大家突然了解兒童是需要自己專門閱讀的東西,一時之間,各種學說、觀點、紛然而至。遊戲觀、教育觀的爭執,心理學的看法,還有站在民族立場的立場,更有各種不同的界說,這一切的說法雖然吵翻了天,但這是進步過度期的表現。

臺灣和大陸的兒童文學起步更晚,不過看得出有革命性的進步。臺灣在童詩的發展上進步最大,加上臺灣的出版業發達,印刷精美而進步,刺激了童書市場的發展,圖畫書更有驚人的成長。

大陸的研究風氣比臺灣盛行,也發表了相當多的文章。少年小說方面的成就因揉合了地方色彩而非常顯著。只可惜大陸上的出版業不像臺灣這麼發達,印刷品質低劣,大大影響童書的品質。許多大陸作家在臺灣發行的作品,經過臺灣精美的印刷,更增加其吸引力。

所以,我們要向大陸學者學習其兒童文學的理論研究,大陸要向我們學市場的開發及童書製作的技術,創作理念和技巧,更是需要相互交流。但話說回來,大陸的兒童文學理論仍嫌不足,而臺灣的童書市場也尚未完全打開,這是我們雙方都要再精益求精的。不論是理論、創作或市場,都可藉著兩岸的交流,而達到更高的境地。

馬祥來：

隨著兩岸文教的開放交流，兒童文學界的交流更是掀開了前所未有的空前，在臺出版的大陸作品大舉來襲，當然其中的水準具有一定的要求。而雖然有的出版商是站在利益的角度上出版這些作品，但其帶來的效應卻是不可忽略的。比如更刺激臺灣本土的兒童文學作品的創作與出版，甚至是創作水準的提升與重視。

因此雖然有學者提出一些隱憂，比如大陸作品大量的出版會扼殺了本土作家的出版空間，個人認為是不會，因為即使是大陸作品，也必須經得起市場的考驗，即使他們作品的版權較諸本土作家來得便宜，但是出版商是有一定的市場考量，所以如果是不好的，或不為臺灣兒童所接受，自然不免被時代淘汰，同樣的臺灣本土作品也是一樣。如果只是一味的溺愛而不知嚴加把守作品的素質，兒童是最佳的評論者，因此這些作品還是不免會被淘汰的。

所以問題的關鍵不在於有多少大陸作品或是翻譯作品充斥市場，該關心的是有多少好的作品充斥市場，這才是本土作家與出版商所要努力的方向。如果只想圍堵外來作品的流通，是徒勞無功的，因為現在是資訊化的時代，任何的資訊擋也擋不了，何妨就以平常心來看待兩岸兒童文學的交流，或許可為本土兒童文學帶來發展的契機也說不定呢？

不過在交流的同時，當然本土作家的作品也應該得以在對岸出版，而不是你來我不往的情況，不然這對本土的作家與作品的發展反而是不利的。但是前提必須是要有好的作品與作家，這一切條件才能成為可能，不然也真為難對岸的出版社與讀者了。

游鎮維:

海峽兩岸兒童文學交流,對分隔了近四十年的中國人來說,是具有深層的文化意涵的。

兒童在人的生命過程中屬於自然人的狀態,在潛意識中的基因遺傳具有普同性。人,在兒童的範圍內可以互通,是自然的事,再說,雖然兩岸目前的政經體制大不相同,但仍同屬一個「文化中國」。這兩個前提下,兩岸兒童文學交流是時代的趨勢。

交流,一定會有接觸,接觸就一定會有某程度上的衝擊或影響。對於讀者,接觸彼岸作品,無疑會增加閱讀視野的深度及廣度上的良性競爭,走出「閉門造車」的危險;研究者,能獲得一些理論上的激盪及借鏡。

以上是交流應有的態度和所會帶來的正面效果。但未來的發展與走向,我認為有兩點要思考:

(一)目前大陸兒童文學界,無論是創作界或學術界。都明顯呈現精緻化、高度化:創作以「為人生悲苦做思考」的少年小說為主力,學術建立起「中國本位」的邏輯嚴密,結構嚴謹的理論。這可以解釋為彼岸為提高兒童文學在一般人心中的地位所做的努力;反觀臺灣,創作以主張「從兒童本身出發」,不偏離「貼近兒童」這個目標為原則;學術界則處於注入西方兒童文學觀念的研究起步階段。我們可以看出,兩者在現階段處於不同的狀況中。

從這點,我們要思考:在未來,兩岸交流的結果,是要保持自身不同的豐富姿態,以相互作為參考,還是逐漸走向觀念、發展上的同一。

(二)雖處於同一「文化中國」的範疇下,海峽兩岸近四十年不同體制中仍有不同的生活情況以及價值觀,它們會某程度上的反映到作品中。出版界在引進彼岸文學作品時,會考慮讀者的接受度,引進

合乎、貼近臺灣小讀者生活經驗作品為主。若以「從文學作品了解彼岸」這個角度來看，這樣作法會造成資訊傳遞上的失真，形成狀況上錯誤的再現。

從這點，我們要思考：面對彼岸大量且不同的作品，引介時應從何種角度來取捨才為適當？

當然出版的同時，大陸作品和臺灣作品在出版量上的比例如何，也是另一個思考的重點。

總之，海峽兩岸兒童文學交流是一條長遠的路，在大多數人對彼岸意識形態有著潛在的恐懼和排斥下，這條路需要穩扎穩打，腳踏實地為宜。

林靜怡：

以當前的情況來說，兩岸兒童文學似乎有一個較明顯的差別，即中國大陸的作家比較不將自己定位在兒童文學作家，且他們的作品具備更多的藝術性；而臺灣的兒童文學的蓬勃偏向於童話，兒童文學作家除了在意小讀者接受的程度外，還著重對孩子的教育性。這兩種取向並沒有衝突性，而是各有地位，各擅勝場，因此，若兩岸在兒童文學上可以有深度的接觸，希望除了可以相互借鏡外，應能更深入地探討兩方優點的形成原因。

中國大陸地域廣闊，兒童文學作家充分利用其特性，創造出許多風土民情迥異的作品。臺灣雖然面積不大，縣市之間的差異不很明顯，但都市、鄉村、高山、海邊也是變化多端，但是卻沒有因此大量產生多樣的作品。藉著兩岸的交流，是否可就各自地域的特點對該作品的影響做更多的討論。

臺灣在文化上一直深受中國大陸的影響，雖說在文學上同處於中文世界，但臺灣應可以多往世界發展，尤其是在文字文體的部分。當

談話對象只有兩類時，很容易只看見自己和對方，忘記了也許別有一番風味的第三者。或者，通常都只會注意到強大的第三者，忽略了小卻也發光的星星，所以，不論是誰都應把眼界放寬，華人世界的兒童文學才能質量皆佳。

交流總是要求進步的，而進步應該是朝哪個方向？我最希望看到的是各因歷史、地理、人文、政經等環境背景不同而各自良好的發展，而不是一味地看到對方的某一點好就拚命地模仿，這樣才能提供給孩子們用同樣的語言文字看到多樣化的作品，認識無窮的世界。

黃孟嬌：

跟成人文學比起來，兒童文學在世界上的發展都不算成熟，而東方國家開始重視兒童文學的時間又比歐美國家來得晚，所以幾乎在發展的階段，都以西方國家的成果為主要參考依據，如長此依賴下去，很容易會造成發展上的障礙。幸好在歐美以外的國家現在已有不少有不錯的成績。像臺灣及大陸，現在都有不少人在推動兒童文學，往學術領域發展。雖然兩地的文化發展在這幾十年來已有差距，但很重要的是，臺灣及大陸仍然享有共同的語言及文字，（簡體字及繁體字雖不同，但仍不至於造成太大的閱讀障礙），所以如果可以在兒童文學的研究成果方面好好地交流，將會對兩地兒童文學的發展有非常大的助益。

首先，兩地要互通有無，很重要的一點是要建立共同的翻譯系統。不管在學術研究方面或兒童讀物方面，常常會接觸到外來的資訊，如果能有相同的譯名，將會減少很多的障礙，也省了查詢的時間及心力。尤其是一些經典人物、作品的名稱，最好能達到一致。當然，在作品的翻譯方面，還是要以譯者的風格為主（畢竟兩地的語言風格已大不相同）。

　　另外很重要的是，不要讓政治立場介入學術領域。兩地在政治方面一直以來都無法達成共識，也不能互相尊重，如果在文學交流上還存有自恃的心態或偏見，不能放開心胸去接受、欣賞對方的作品或論著，這樣的交流是沒有意義。

郭祐慈：

　　兩岸關係從政治解嚴開始，就成為廣受討論的話題。

　　兩岸之間，也從互為蛇蠍猛獸，到目前各式議題的試探。「政治」總免不了存在著敏感性。在彼此情況不甚明瞭的時候，「文化交流」自然就成為兩岸「靠近」的第一步。這幾年有越來越多的文化活動，在兩岸中逐漸進行。兒童文學，也在這樣的背景下，有了更多密切的接觸。

　　兒童文學的交流，基本上都是從作品流通開始。臺灣的圖書市場，由早期日本翻譯書籍，到歐美圖書的進入，又出現了不同的選擇──大陸作品。撇開大陸、臺灣敏感的政治背景之外，「文字」的共通性，就成了大陸作品進入市場，最有力的條件。當我們閱讀其他國家作品的時候，如果本身不是具備十分良好的語言能力，就只能透過翻譯來了解作品。作品在透過翻譯的過程中，常常會因為諸種因素，而使讀者無法全然窺探作品的全貌。大陸作品則少了很多這方面的顧慮。雖然大陸使用簡體字，而且許多文字使用習慣與臺灣不相同，但是相較於其他國家作品，依然少了一層語言的障礙。從以上的論述看來，兩岸兒童文學的交流，就擁有很大的空間了。除了作品的相互流通之外，學術方面的切磋，自然也不可輕忽，少了語言的障礙，更能分享彼此的研究與寫作經驗。

　　在這樣的環境與政治背景下，臺灣本身的角色又應該如何定位呢？就我個人的看法，不論是「大中國」或「臺灣自治」，臺灣都需

要有自己的文化特色，簡單的說，就是所謂的「本土化」。在一片文化交流的聲浪中，臺灣依然要發展奠基在自己文化下的作品；唯有如此，才能有實質的流通，不然只會在流通中失去自我，找不到作品的位置。

最後，我們期待兩岸交流的大門能更敞開，也冀希臺灣兒童文學發展能逐步漸架構出屬於自己的特色。

林玲遠：

在中國大陸與臺灣分隔離的四十多年以來，事實上兩岸已經有各自相當不同的發展，不論在生活環境上，或是在人們的思想意識上，差異是顯然可見的。這種情形有點像生物學上的物種隔離，當兩種本來是一樣的物種，有部分遷移到新的環境以後，長久時間下來，就會演化出各自不同的特徵，尤有甚者，便是成為兩個 speices，產生了生殖隔離。

當然中國大陸和臺灣基本上仍有許多相似的地方，一方面是因為血緣關係仍相當緊密，一方面則是教育方針的問題使臺灣的人對中國有著一份無法言喻的鄉愁；不過不可否認的，兩岸人民在生活型式上或對文化的認知上，確確實實已經有了差異。

在這樣的情況下，究竟我們應該如何來推動兩岸對兒童文學的交流呢？我們知道兒童文學代表的是我們對下一代的希望，當成人對我們未來的社會有所期待、有所理想的時候，兒童文學和教育制度是最能作為達成理念的工具，同樣的，也最能反映我們對社會的想法。

假如我們要的是一個大中國的理想，那麼不容置疑的，致力於使兩岸達到共識會是最有力的方式；但是我覺得無論我們是不是想使兩岸「融合為一」，立足於自己的土地上應該是最重要的，如果沒有扎根的工作，我們很容易就會迷失於滔滔洪流之中。不只是兒童文學，

許多文化我們也常在日本或歐美的影響之下喪失自我。就以最簡單的旅遊來說，國人能想到最憧憬的旅遊方式或蜜月據點一定是在國外，彷彿臺灣根本不值一想。但我讀森林系時，我們走過臺灣大多數人想都不會想到存在於臺灣的地方。我很希望我們所謂的交流，不要再只是想「像誰一樣的厲害」了！

洪志明：

十幾年來兩岸政治交流、商業交流的日趨密切，導致兩岸兒童文學的來往也日益頻繁，在這種日益頻繁的交流中，產生了一些可喜的影響，同時也產生了一些可憂的現象。

為了引導這日益頻繁的交流，使其朝正確的方向發展，減少其負面的影響，我們在這裡不禁要在這裡提出一些看法和對策，以供相關人員參考。

在可喜的方面，我們發現我們的兒童，可以以同樣的價格，閱讀到內容更精彩、題材更廣泛的作品。由於大陸十幾億人口，累積四十幾年的作品，難免有很多佳構，在這短短的十幾年內引進，使得我們這一代的兒童能在短短的時間內充分的享受到其精華，確實是一件難得的美事。

在作家方面，大量引進大陸作品以後，他們獲得了更多佳構可以參考，在作品的閱讀中，難免會吸收到他們的寫作技巧，而提升自己的寫作能力，讓自己更有能力把自己放在世界的舞臺上。

在理論圈或學術圈方面，自從大量大陸理論作品引進之後，他們發現別人研究的內容不只是局限在兒童文學的創作論上，而有更多的理論作家，從兒童學、心理學、教育學……等其他學科方面來探討兒童文學的諸種理論，因而刺激理論圈的學者更寬廣的視野，而獲得更好的研究成果。

　　對出版社和報界而言，他們出版或是出刊作品的選擇空間更大了。他們可以以同樣的價格取得水準更高、體裁更多樣化的作品，而獲取更大的利潤空間，何樂而不為。

　　對整個社會而言，透過作品閱讀，臺灣和大陸可以增加互相了解的機會，打破四十年來音訊相隔的情形，逐漸以更人性的方法來看待對方。

　　然而，負面也有一些影響，值得我們深思。

　　對兒童而言，他們尚屬未成熟的個體，很容易受到作品的影響。而大陸作家在封建體制、極權體制下，創作出來的作品，難免會反映這一類的思想，兒童透過書本的閱讀，難免會受其潛移默化，而受某些觀念荼毒於無形而不知。

　　對作家而言，本來就很有限的創作市場，現在受到大陸作家的傾銷，更顯得狹小，要在這樣狹小的空間下求生存，實在是越來越不容易，因而許多作家不得不轉行。長此以往，更降低臺灣作家創作的意願，而無法培養本土的創作人才。

　　本土的創作人才一少，兒童能閱的本土作品就會因而減少，兒童長期接觸非本土的作品，叫他們如何能熟悉自己的鄉土，而興起關愛之情呢？

　　由大陸作品的引進，使得本來已經很尖銳的統獨問題，在兒童文學圈也發酵起來了。統獨兩方觀念不同的作家，產生比過去更明顯的衝突，統者認為同文同種，不互相來往，要與誰來往；獨者認為大量引進對方的作品，難免矮化自己，因而造成兒童文學圈某些不必要的困擾。

　　針對這些交流的優點和缺點，個人認為千萬不可因噎廢食，停止交流活動。而應另思良謀，減低交流所產生的不良影響，提高交流的利益。個人認為下列的方法，或許值得參考。

（一）作者應該改變心態，不可要求出版社或報社少用大陸作家作品，應該更努力的提升自己的寫作能力，把自己放置在世界舞臺上，和大陸甚至全世界的作家競爭，寫出既是本土化，又有世界格局的作家。

（二）家長在為兒童選書時，必須慎重，千萬不可只選擇大陸作家的書，應該要以臺灣作者的書為主，因為在臺灣孕育的兒童，應該多接觸臺灣的作品，才會真正了解臺灣，真正愛臺灣。

（三）出版社和報社在出版書籍出刊作品時，千萬要立足臺灣胸懷大陸，因為我們絕不可做他人文化的殖民地，一定要有自己的文化，那絕對要培養自己本土的作家。

（四）有統獨觀念的人，一定拋棄意識型態，就作品，論作品。不可心存偏見，或預設立場，因為好作品一定能深入人心，一定能激發人性，不管它的作者是哪裡的人，不管它的產地是哪裡，它都會為我們的兒童帶來成長所需要的營養。

兩岸的兒童文學交流不是一日兩日的事情，未來也可能無限期的繼續下去，我們希望透過不停的檢討與改進，能使交流產生更多正面的影響，減少負面的傷害是幸。

王貞芳：

「關心兒童」是無國界的關懷，希望在此前提之下，一切不要泛政治化。

一樣心，在四十年的分隔下，成了兩種不同的心情，關懷的層面也隨之不同，希望對岸的你們能夠理解，以一種客觀的角度來看待：資本主義下的臺灣兒童所面臨的危機和困惑，也許兩岸之間不無差異，但可能的是有著極大的距離。而在觀看這種差異時，請先來了解臺灣的生活背景。

對岸的你們，存在於作家心中最深處的是：喚醒一些關於民族的感情啦！意識啦！關懷啦！……等等之類，畢竟你們民族的情感太深了。而在海峽此岸的我們，關心的只是島嶼的生存空間，以及這裡關於未來主人翁的真切生活，說到此，似乎就某種生態而言，是真的有點不同了。

陳昇群：

兒童文學在海峽兩岸各發展了數十載，成就雖然互異，但在某一層面來看，其實更是互補的。

中國紛紛擾擾近一個世紀，兒童文學的發展較西方遲緩。在臺灣更是在「教育」全面的影響，甚至在「政治」的調味之下，走得危危顫顫，直到最近幾年，才終於走出完全「兒童」的新鮮和真美的味道來。然而，關切面仍然太狹隘，開拓點也顯得太集中，臺灣或許太小了，走大氣象的作品很艱難，創大風景的格局更困阨。

開放大陸政策，施行兩岸文化交流，讓臺灣人對另一塊土地的印象，開始走出教科書哪些平面紙上的許多「偉大」數字，而打開真真實實的大陸！進入寬廣的土地，感覺豐饒多變的人文風情，實在是兒童文學作者的取材寶庫與可供治理的新穎國度。

如果可以，在相同語言與文化基礎的交流之下，來自大陸的營養成分，對臺灣兒童文學的滋養，應較西方來的深層而有力。因此，兩岸在兒童文學方面的交流，是可肯定、可期待的一次次發熱發光的化學變化過程，相信對於空間局囿的臺灣地區兒童文學環境，有著莫大的正面影響。但有一點仍不可忽視，來自大陸的，止於養分的擷取矣，本體沈沈的放在自己腳底下的土地。

在兒童文學的世界裡，原無地域之分，大陸與臺灣，皆應存著一樣的理想和認知，回歸兒童，回到本質的最清新，這是兒童文學最根

本的基礎性統合，且無關執拗的政治理念，遠離狹隘的民族意識，否則兩岸的交流，還是清濁不同的好。

張珮歆：

海峽兩岸自從「三通」之後，許多的政治、經濟、文化活動也為之開拓，大多數的人總是將焦點聚集在成人文化的交流上，卻不太清楚兒童文學的交流也正在如火如荼的開展。

在兒童文學界已經舉行過的交流活動，大多屬於民間團體自行策畫與籌備經費，很少官方出面舉辦，這樣的情形有利有弊，利處是可以避開敏感的政治問題，不用做太多浮面的官樣文章，可以是兒文界人士理想的、溫馨的交流；弊點是由於經費上的拮据，這樣的文化交流活動就只小型的、私人的、少數人參與的，不能引起一般大眾的重視，影響力自然不足。我想提出幾點我希望的交流形式：

（一）請大陸兒童文學作家到臺灣演講。其實臺灣已有許多大陸兒童文學的作品，只是由於文化背景、生活方式、思想觀念的不同，有時讀起大陸的作品實在有格格不入的感覺，若能請大陸兒文作家來臺演講，講述他們的寫作背景、寫作素材與動機，讓臺灣兒童多接收關於大陸兒童的資訊，才能使大陸兒文的優良作品能受到較多的重視和推廣。也使臺灣的父母不至於對大陸作家的作品太「感冒」，或認為不適合給臺灣兒童閱讀。

（二）請大陸兒童文學作家到臺灣的各大學任住校作家。下學期我們就有機會能接觸大陸的兒文作家，但其他學校的學生就沒有這份幸運，兒童文學不能只在師院中教授，現在很多大學已開辦中等教育的教育學程，國中生也列在兒童文學的閱讀群中，但中等教育的教育學程中卻無兒童文學的課程，大陸兒童文學中少年小說的部分十分有成就，若能在各大學開課，相信一來能彌補許多大學生在中學時因聯

考體制而失去的閱讀機會，才能使這些未來將為人師、為人父母的大學生，對兒童文學有更進一步的了解，能指導未來的青少年來欣賞這些不同於臺灣文化的作品。（但這些兒童文學課程還是要以臺灣本土的兒童文學為主，不能本末倒置，大陸兒文的作品只是給臺灣的兒文開啟另一道門。）

（三）兩岸兒童文學出版品的交流，現在兩岸的互動已經越來越頻繁，也希望海峽兩岸的作品能多在對岸出版，有更完善的管道可以閱讀到對岸的作品，促進彼此質、量上的進步。

在第一、二點的意見方面，也希望臺灣的兒文作家能在大陸上有相同的交流方式，相信這樣的交流之下，影響不只限於兒童文學，對於彼此的觀念思想，都能有所進展。

廖健雅：

海峽兩岸互通以後，在兒童文學方面，也有大幅度的發展。雖然，兩岸在這方面的交流，才七、八年的時間，但彼此之間的學術研討會，卻都密切的進行。例如：1988年10月，臺灣兒童文學文獻研究家邱各容赴大陸參加現代文學史料研討會。1989年2月，大陸兒童文學研究會與《文訊》雜誌社在臺北合辦「海峽兩岸兒童文學之比較座談」。1989年3月，香港兒童文藝學會與香港作家聯誼會聯合主辦「兒童文學研討會」邀請大陸、臺灣兒童文學作家在香港聚會……等。在在都發現，兒童文學家的密切結合和期待做進一步的接觸。

經過長時間的隔離，兩岸在不同的制度下發展，無論價值觀，或是生活方式，或是文學風格，都有不同的展現。所呈現出來的作品，也有迥異之處。無論童詩、童話或小說，都各有各的特色。

以少年小說為例，臺灣作家注重鄉土氣息，並以少年兒童的學校、家庭生活為主要背景。所使用的筆法是較輕鬆、活潑的，具有趣

味性。像李潼《少年噶瑪蘭》，王淑芬《我是白癡》……。但，大陸作家的作品，則較具成人社會的生活，比較富有哲理性，及深度的社會層面。所以，表現的手法就較為沈穩、凝重，並且在文學美學上的追求也較注重。尤其大陸幅員廣大，他們作品的題材就擴大很多，呈現各種不同的風貌。如：曹文軒《紅葫蘆》、沈石溪《第七條獵狗》、盧振中《阿高斯失蹤之謎》……。

從這個角度來看兩岸作品的交流，無疑是開闊了兩岸少年兒童的新視野，不僅兒童文學家們能有所啟迪，更是少年兒童的福音。使少年兒童能欣賞到各種階層面的作品，而這些作品是不同於一般的生活，這樣的刺激和不同的感受，對少年兒童的經驗成長，應是很好的教材。也可從中獲取新的體驗，達到取長補短的效果。

在幼兒圖畫書和童詩的比較上，也有同樣的作用。大陸的出版業者就希望：能在十五年內，趕上臺灣的精美印刷，達到質齊量多的包裝。生活於富足無缺的臺灣小朋友，在童詩表現上，就天真、單純、率直些。而大陸小朋友在功課壓力重、獨生子女的嬌慣下，自主能力較差，個性也受約束，稚氣就少了。所以，兩者之間，不同意境的作品，也可達到觀摩、欣賞的目的。

有競爭，才有進步。兩岸兒童文學作家不應以此為意。同樣是以華語為主的兩岸，除了攜手共進，發揚共有的民族傳統外，更應走向未來。使我們的少年兒童，能從共同認識的語言文字中，認識到更多的優良兒童文學作品。如：從童話中，獲得膽大的想像樂趣；從少年小說中，領會不同生活的奧妙；從童詩中，捕捉新奇的想法。最重要的是，豐富少年兒童的經驗、強化他們的思維、增加他們的創造力。這樣，才不枉兩岸交流所付出的努力。

蘇茹玲：

雖然有著共同的文化傳統與文化擔當，海峽兩岸卻因政治、經濟等發展的不同，造成了各異的社會文化，如何加強兩岸彼此的認識與溝通，實在是刻不容緩的事，尤其是像兒童文學這樣重要的大事。要使中華民族的兒童文學事業走出自己的康莊大道來，唯有藉著兩岸兒童文學工作者，不斷地交流、提升學術研究和創作成果才能達成，所以我們非常期待海峽兩岸能時常舉辦兒童文學交流的研討會。

隨著兩岸兒童文學工作者彼此了解的日益增多，人們對兩岸兒童文學進行比較研究的興趣和條件也逐漸增加，這是很可喜的現象，因為這對兩岸寫作題材的多樣性有著互相觀摩和鼓勵的效果，更可拓展學術視野。孫建江曾在論文中指出，只要兩岸的交流繼續下去，兩岸兒童文學各自原有的格局必然會有所調整，以至最終朝一個整體的中國兒童文學方向發展，這是我們非常樂於見到的。

另外，對於兩岸兒童文學界所共同面臨的困境，不管是創作上的，或者是意識形態上的，都可藉著交流的機會提出，設法在某些方面得到共識，但也尊重不同的見解。就拿「教育」和「兒童本位」關係的論點來說，各理論都非常精彩，也各有所堅持，或許這本來就是各人看法的問題，就讓創作者根據其理念形成他的寫作風格。所以，我想，海峽兩岸兒童文學交流除了溝通更要能包容。

總之，為了使在共同文化背景卻成長於不同社會環境的兩岸兒童文學更加茁壯，我們絕對不能閉門造車，兩岸要互相學習、鼓勵，以汲取寶貴的經驗，藉著兩岸兒童文學的交流，為未來的兒童文學開創出新的遠景，走出一條屬於中國兒童文學的道路來。

楊佳惠：

　　隨著兩岸三通的呼聲日漸高漲，文化學術界早一步摒棄自古文人相輕的弊病，共同為發揚中華文化而努力。兒童文學界也不例外。

　　偏偏，在兩岸政治關係未成定局前，有好事者硬是將兩岸兒童文學學術發展，二元化為所謂的「統派」以及「獨派」引得立場本不明確的雙方，模糊了文化交流的前提，紛紛各執一詞，互不相讓，分散了學術文化資源。站在學術的立場，這未嘗不是件好事，兩派學說為了強化自己的理論，必定會廣泛蒐集資料，嚴密理論架構，免於空口說白話之嫌，並在無形中架構出兒童文學這個新興學科的雛型。但是，我卻認為是「獨」是「統」現在還不是談論這個問題的最佳時機。

　　試想，一個甫從母體呱呱墜地的新生兒，父母心手相連給它一個安適的環境，細心的呵護它長大都來不及，怎麼可能馬上為了爭取孩子的監護權而大打出手？這看起來簡直就像電視八點檔的倫理鬧劇。

　　我認為，臺灣自命為兒童文學家的學者專家，應該努力的是盡力在我們這塊土地上耕耘，喜歡為孩子寫故事的，就盡情去讓想像的翅膀飛翔；喜歡搞兒童心理學的，就讓自己和孩子打成一片，實踐自己的理論理想；喜歡讓兒童文學回歸到教育體制的，就在教學上發揮所長；喜歡出國喝洋墨水的，在研究歐美兒童文學史的同時，也請別忘了你來自何方。

　　臺灣這片美麗的土地，有多少地方需要兒童文學工作者去播種，然後，依照適合這土地的土質狀況，給與適當的肥料。古人云：「誰知盤中飧，粒粒皆辛苦。」如果，身為臺灣人，卻不致力於本土兒童文學的耕耘，來日兩岸三通也好，持續分化也罷，我們是否還有肥美碩大的果實與人相較量？

　　文學是一種藝術，藝術就你我所知，是美的，可以帶給人心祥和

喜悅。孩子是純真直心的，他們會為了童話故事中不被重視的醜小鴨流下同情的眼淚。當我們發展出給孩子閱讀的兒童文學時，有沒有深思過，我們的動機是什麼呢？

政治與權謀脫離不了關係，尤其是當這個世界上有愈來愈多的政客之後，政治更是變成少數既得益者獲得權勢的一個手段，搞「統」搞「獨」的兒童文學家，不知居心何在？

兩岸形勢詭譎不明，但我相信大陸的兒童文學家也是拋開政治立場，深愛孩子的，否則，他們創造不出這麼多優質的好作品。

或許，在我們高喊兩岸兒童文學學術交流之前，應該再反思我們對本土的兒童文學付出了些什麼，而不是在政治立場上計較。

海峽兩岸兒童文學交流座談會記錄

時　　間：1998年3月2日下午四時至五時四十分
地　　點：臺東師院國際會議廳
主持人：桂文亞
引言人：林武憲、張秋生、吳燈山、金燕玉、杜榮琛、葛競
記　　錄：郭子妃

一　主席報告

桂文亞：

　　各位先生、各位女士大家午安，我是民生報少年兒童組的主任以及中國海峽兩岸兒童文學研究會的召集人桂文亞。今天我們座談會的題目是「海峽兩岸兒童文學交流」，海峽兩岸從1989年第一次交流到現在為止已經進行了九年，我們希望透過溝通、了解的方式，來加速彌補兩岸分治四十年所留下的空白；我們也希望這樣的交流是超越了政治，回歸了兒童文學本體。

　　九年來的交流成果，可以將它歸類為六種方式：第一是互相認識、建立友誼。第二是開始互相參加研討、筆會。第三是平面媒體的傳播交流，包括報紙、期刊及其他出版品的互相推介。第四是學術性的交流。第五是出版界的交流。第六是個別的訪談交流。這是九年來兩岸兒童文學交流發展的狀況。

　　兩岸的交流到目前這個階段，應該要有比較明確的方向，交流的項目、內涵以及階級性發展的計劃應該是要開始有統整的規劃與整合，這樣的話就可以節省一些人力、財力以及時間上的耗費。

　　我們的座談會現在就開始進行。

二　引言人引言

金燕玉：

相聚為兒童

　　我們中國人做學問講究「切磋」，切磋，即今日之交流。海峽兩岸兒童文學的切磋之道曾經很不暢通，記得我在寫《中國童話史》時，所看到的臺灣作品很少，並努力蒐集，卻苦於沒有管道。結果，只能用有限的材料，寫了一章〈海峽彼岸的弦歌〉作為外編，所談及的作家只有七位（楊喚、林良、林煥彰、謝武彰、林武憲、杜榮琛、嚴友梅），當時確有「隔岸看花」之感受。隔岸看花只能看個大概，看不真切、看不仔細。

　　時隔八年，我飛越海峽，來到臺灣寶島，出席1998年海峽兩岸童話學術研討會和臺灣地區（1945年以來）現代童話學術研討會，已經可以與臺灣同行——臺灣的兒童文學作家和研究者直接對話。在準備談話的過程中，由於桂文亞女士真摯熱情的幫助，我得以大量閱讀臺灣童話作品，所認識的臺灣作家也已有二十多位，這時，當然不再是隔岸看花，花兒的繁盛、花兒的芬芳，都在眼皮底下，任我細品細賞。

　　就我來說，在兩岸兒童文學的交流中，獲益甚多。作為一個研究者，學術視野當然是越寬越好，因此，當臺灣的兒童文學納入我的研

究範圍以後，我得以形成兒童文學研究的更為廣闊的新視野。這片新視野提供了整合研究與比較研究的可能。兩岸兒童文學有相同的文化之根，有相同的文化淵源，又在不同的社會型態中各自發展，唯有把這兩個兒童文學的河流整合起來，才能勾勒、描述中國兒童文學的全貌，才能更好的探索中國兒童文學的發展和流變，才能更準確的把握中國文化的傳承和創造在兒童文學領域內的表現。除了整合研究以外，比較研究也十分重要。海峽兩岸的兒童文學的異同之處，無一不牽動著文化的身軀和社會的神經；海峽兩岸兒童文學發展的種種不平衡之點，亦無一不量出各種支撐力量的輕重，這些都是比較研究所要尋找的學術空白，正可以寫出大塊文章。

兩岸的兒童文學交流，要良性的發展下去，必須是一個互動、互助、促進的過程。不但兒童文學作家能夠以海峽兩岸的作品中獲得啟發和受到影響，兒童文學研究者們也能相互以對方新的理論批評成果中得到方法、視角、話題的啟示。在臺灣參加的兩項學術研討會，使我深感到這種交流的魅力。當我的論文講評人林良先生做中肯的評價和對應的補充時，我被深深的感動了，被一位文學長者博學嚴謹多思的學風所感動；當從美國趕回來赴會的孫晴峰，用電視對迪士尼動畫片《小美人魚》和《美女與野獸》作影響分析時，我彷彿上了新的一課，還有周惠玲對多媒體時代的童話創作面貌變化的探索，趙天儀教授對童話創作與科學結合的意見，洪淑苓教授那見解獨到、論述嚴整的臺灣童話作家顛覆性格的論文，著名作家李潼關於尋找新意的深刻認識，林文寶教授對論文撰寫格式的規範都為我輸送了學術營養，真是不虛此行，滿載而歸。

嚐到了交流的甜頭，當然希望交流的繼續。我想既與臺灣的兒童文學同行們：本是同根生，相聚為兒童，但求童心在，莫失華夏光。

林武憲：

今天在座的有的來自南京、北京，有的來自臺北、高雄，不管我們打哪兒來，我們都關心兒童文學，都關心兩岸兒童文學的未來。自兩岸開放交流以來，十年了，如果我們來做一個回顧、檢討與反省，可能是必要的。

去年林文寶教授在《兒童文學家》發表了海峽兩岸交流記事表與大陸兒童文學作品在臺出版實錄，把兩岸兒童文學交流的活動作一個客觀的、全面性的整理，這是非常難得的。由資料上看來，我們發現，十年來兩岸兒童文學交流的成果並不豐碩，面也不廣，速度好像也太慢，這可能與雙方的心態與交流的方式有關。有的人在心態上還有某種程度的疑慮與敵意，不敢或不願意參與；有的人是由於資訊的不足，或其他因素而無法參與；有的人又似乎是把交流當作交際；有的人又似乎把交流當作交易；另外有的人是袖手旁觀，在旁邊說風涼話的。我們也發現，在兩岸交流的過程中所促成的一些合作是很好的，像林煥彰與金波先生、王泉根先生、桂文亞小姐所編的《海峽兩岸兒童文學選輯》童詩童話各兩冊，這是很好的現象。

我們也從一些資料上了解到，兩岸的交流是不對等與不平衡的，沒有平等互惠。有些人把臺灣兒童文學當作是中國兒童文學組成不可或缺的部分，以一種居高臨下、中央對地方的姿態來交流，這樣可能是讓人很難接受的。所以我們如何將臺灣的兒童文學現象，作家跟作品放在整個華文兒童文學的定位上，回到兒童文學的本位來，互相的尊重，平等互惠，可能這也是我們要再思考的。未來我們雙方要如何擺脫意識型態的束縛，避免泛政治化、人情化、商業化，以開放的心胸來化解一些個人的或集團的心結，回歸到文學的本位上來，避免像過去一樣把交流集中在少數人或某些點上，而能全面的、深入的、加

速的交流，來促進兩岸之間更多的交流和合作，縮短彼此間的差距，這是我們今後在交流時所要省思的問題。

張秋生：

兩岸兒童文學交流至今已將近十年了，在這十年當中，我個人是受益匪淺的。

這幾年，隨著時間的推移，兩岸的兒童文學交流越來越密切。大陸有很多作家都有作品在臺灣出版，他們中間有老作家、中青年作家、也有像葛競小姐這樣年輕的作家。我個人也在臺灣出版了五個童話集子。

同樣，在大陸也出版了不少臺灣兒童文學作家的作品。著名的臺灣兒童文學作家如林良先生、馬景賢先生、林煥彰先生、謝武彰先、李潼先生、林武憲先生、桂文亞女士、桂文亞女士、杜榮琛先生、陳木城先生、管家琪小姐等也都成了大陸兒童文學界和小讀者熟悉的作家。有的作家的作品，還在大陸報刊上屢屢獲獎。

大陸近年出版的一些有影響的選集，都收有臺灣作家的作品。

以我個人來說，我很榮幸的有機會多次把臺灣作家的優秀作品，介紹給大陸讀者，比如由陳伯吹先生主編並撰寫序言、由李仁曉先生和我主編的《中國當代優秀兒童文學作品選》（共分小說、詩歌、散文、童話等四卷）於武漢出版社於1996年出版，就選有林良、林煥彰、陳木城、杜榮琛、方素珍、桂文亞、李潼等作家的作品。

1996年我接受上海遠東出版社委託，主編《大王》叢書，在《中國兒歌、童話大王》中，也選入了不少臺灣兒童文學作家的作品。臺灣作家作品的選入，為這些集子增色不少。

在我服務的少年報社出版的報刊中，也時常刊登臺灣兒童文學作家的作品，如少年報、少年報·兒童版、少年報·初中版、童話報、

好兒童畫報等。桂文亞女士的散文，還曾兩次獲得少年報的獎，其中一次是少年報年度的「百花獎」都是由小讀者投票產生的。童話報上還刊登過管家琪、陳啟淦、王家珍、吳燈山等臺灣作家的作品，很受小讀者喜愛。

大陸很多的出版社和報刊都時常推出臺灣兒童文學作家的作品。大陸還舉辦過林煥彰先生的詩歌討論會和桂文亞女士的散文討論會，這些討論會在大陸兒童文學界產生過較大的影響。

通過兩岸的兒童文學交流，使我們的視野大為開闊，增加了彼此學習借鑑的機會，對兩岸兒童文學的創作有很大的推動與提升的作用，這樣有意義的交流活動，隨著時間的推演，我相信會變得更廣闊、更深入，實際上也證明，現在大陸的報刊、出版社越來越重視臺灣作家的作品。這次大陸兒童文學評論者孫建江先生，做了有關臺灣新生代兒童文學作家童話的評論，這項研究是很有意義的，也使我們大陸的作家和出版社，了解這些作家的成就。

我們歡迎臺灣的童話作家，能夠把作品以及有關兩岸交流活動與訊息介紹給我們，讓我們能發表更多臺灣優秀作家的作品，也讓這些作品能有更多的讀者，我個人以及所服務的少年報社及童話報，願意和諸位一起，來搭起這個溝通的橋樑。

吳燈山：

大家好，很高興今天能夠來參與這個盛會，其實和很多作家一樣，我剛開始的時候並不是走兒童文學的路線，過去寫小說、寫散文，在出版了兩本散文集之後，自己覺得很苦悶，直到我走進兒童文學的領域之後，我才豁然了解，原來文學不是苦悶的象徵，如果文學真的是苦悶的象徵的話，那兒童文學就是一個快樂的前言。

兩岸自從開始交流以後，我們發現這種互動的關係，讓創作者開

始產生躍躍欲試的感覺，因為見到別人優秀的作品時，總會覺得自己也不能太遜色吧，因此這幾年，我的童話作品也就寫得比較多。

海峽兩岸的交流目前還停留在需要大杯飲水的階段，希望未來出版社能讓我們看到大陸方面努力的成果，同時我們也希望大陸作家能多了解我們臺灣作家，給我們鼓勵，希望未來我們的童話能走出屬於自己獨有的風味。

杜榮琛：

「大陸兒童文學研究會」於1988年9月11日正式成立於臺北，由林煥彰、謝武彰、陳信元、陳木城、杜榮琛等人發起，由林煥彰任會長，謝武彰任執行長。

此會以研究大陸兒童文學，增進彼此的了解和交流為目的，並於隔年3月出版《大陸兒童文學研究會刊》，由陳信元任總編輯。

會長在會刊的發刊詞中，曾懇切的說：「我們應該本著謙虛、友愛的胸懷來面對我們所要做的工作，我們的兒童文學才有可能正常的發展，將來也始有可能在兩岸兒童文學作家相互攜手並進下，帶領我們大中華民族的兒童文學，以雄健的步伐邁向世界。」

兩岸於1989年8月11日，於安徽省的合肥，展開第一次兒童文學工作者交流會。按童話家洪汛濤的看法，是希望兩岸的兒童文學「合」作起來才會「肥」。誠然此言，交流陸陸續續在上海、北京、長沙、天津、昆明、廣州、成都等地，不斷地「合肥」起來。

1994年5月28日，首度邀請大陸學者專家十四位，全部順利抵臺，並舉行歡迎晚宴，以及兩天的「海峽兩岸兒童文學學術研討會」，且招待環島旅遊，參觀和座談（6月1日至7日）。

此後彼此交流更加頻繁，例如第三屆亞洲兒童文學大會在上海舉行，臺灣地區代表團出席了十四位（1995年11月3日至7日）。在會場

展覽兒童文學家作品及相關出版品，供各國代表參考；會後還參加由
中國福利會兒童時代社，主辦的中國大陸「全國綜合性少年期刊編輯
研討會」。此次的「合肥」，聲勢相當浩大且壯觀！

　　每次兩岸兒童文學的交流，都帶來「握手後的溫暖」，相信這溫
暖的感覺，會逐漸滲入心靈深處，化成更了解、更和諧、更進步的力
量。讓所有兩岸兒童文學工作者，繼續「合肥」下去吧！

葛競：

　　大家下午好，我大概寫了有十年的兒童文學了，記得我剛開始寫
作的時候，也正是海峽兩岸交流剛開始的時候，也因此我有機會讀到
很多臺灣兒童文學的作品，通過這樣的方式來了解臺灣，來體會臺灣
是如此溫馨、親切的地方。

　　我覺得臺灣的兒童文學作家，對我的影響也非常大。我剛開始投
稿的時候，就認識了後來對我幫助非常大的桂文亞小姐，她對於我每
一篇投稿作品，都給予很認真的、很帶有鼓勵性的評語。通過桂小姐
我也認識了很多臺灣的兒童文學作家、評論家，這一點對我開闊眼
界，以及在創作中不斷學習也非常有好處。

　　我覺得兒童文學是一種很年輕、充滿活力的文學，每個創作者的
內心都有如兒童般的快樂，能夠加入兒童文學創作者的行列，我覺得
是一件很幸運的事，而且能與這麼多臺灣與大陸的兒童文學工作者一
起交流更是一件非常高興的事。最後我祝兒童文學創作永遠年輕、充
滿活力；海峽兩岸的兒童文學交流更加的活躍、豐富。

桂文亞：

　　謝謝六位引言人的引言，接下來的時間我們就開放給大家提問、
討論。

三　共同討論

李潼：

我提三點意見跟大家分享：

兩岸交流以來，除人的交流之外，像這樣泛討論會的交流也是必要的。但我倒是希望將來能漸漸步入一個專題的討論，例如童話的討論、少年小說的討論，請雙方的作家們來互評對方的作品，或作一個正式論文的發表。

另外是出版狀況。我個人在大陸也出版了一些書、得過一些獎，但我發現在大陸出書：第一是出版的量不多，第二是稿酬較臺灣少很多，第三是出版的時間相當的長。若我們不去看這個地方，光看兩岸交流的這個誠意，我們都可以試著去投投看，也希望中國大陸出版界的朋友們，對於臺灣的作家所使用的語言系統也應該有一些基本的認識，這樣才不會徒增再度聯繫上的困擾。

再來就是，我認為兒童文學的快樂、健康，應該不僅僅是浮面的，所有的兒童文學寫作者，也是跟一般人一樣會有不如意的時候，所以這樣的健康快樂也是需要超越的，需要提升自己的，把自己最美好的經驗、最快樂的地方部分，藉由精彩的故事能呈現出來，分享給大家。

許建崑：

我過去曾接觸過浙江師範大學所辦的兒童文學研究所，看到他們所做的努力，一代一代的培養接班人，像王泉根先生、湯銳女士、方衛平先生，他們每一個人都著作等身，這是我最感到慚愧的地方。對於林文寶先生能辦這個兒童文學研究所，給了我們臺灣理論界的一個

開始，這也是我非常感佩的。所以我想，是不是也請王泉根先生，方
衛平先生也給我們講幾句話。

王泉根：

我個人認為，兩岸的文教交流以及文學交流，做得最好的部分就
是兒童文學這一部分，而之所以能做得好，自然是有許多的原因。中
國文化素來注重兒童教育，而兒童文學是一切文體中最能體現出，生
動活潑的開放精神，通過海峽兩岸兒童文學的交流傳播，引導少年兒
童來接觸、閱讀，從而加強、加深兩岸少年兒童的精神對話與心靈溝
通。我希望海峽兩岸的兒童文學交流能更繁盛、蓬勃。

方衛平：

今年我覺得是一個非常有意義的年分，因為海峽兩岸兒童文學的
溝通，已經邁入第十年了。在這十年中，兩岸兒童文學的交流有很大
的推進與進展，也給我們帶來很多的快樂與收穫，每一次的交流都可
以認識新的朋友，有新的收穫，這一次的交流也給我帶來很大的震
撼，因為過去我覺得在兒童文學學術研究的部分，大陸方面好像做得
比較多，比較深入，但在這次我們也發現，有一些層面，特別是在貼
近我們時代發展脈博方面，臺灣的學術同行有非常多可以值得我們學
習的地方，這是我的一點感想。

最近我應中國海峽兩岸兒童文學研究會之邀，做一個有關臺灣兒
童文學理論批評的研究，正好今天在座的有許多臺灣兒童文學界理論
研究的前輩，像林良先生、馬景賢先生、陳正治先生、林武憲先生、
傅林統先生以及臺東師院的林文寶先生、洪文珍先生、洪文瓊先
生……等等，希望能得到大家的幫忙與指導，謝謝大家。

湯銳：

關於兩岸兒童文學的交流，我有我個人的一種體會，我個人與其他臺灣兒童文學界朋友的交往，是以一種純粹的友情的角度去體會它。可能是生活在不同的地方，我們有不同的生活的閱歷，這些都可以成為我們彼此間友誼的一個生動的內涵，我覺得交往的魅力，最多的就是在這方面。如果我們以一種增進人生的體驗，增進生活的精神空間，擴展我們生活的內容這種角度來交流，得到的可能會更多。

孫建江：

在與兩岸的兒童文學工作者交流的過程中，不論是在學術上、私人的情誼上，都有很大的收穫，尤其是過去我個人在寫《二十世紀中國兒童文學導論》的時候，一要寫到臺灣的部分就感到很困擾，因為不了解，所以根本無從寫起，一直到與臺灣兒童文學工作者接觸以後，他們提供了我很多的資料，給我很多的協助，才匆忙的完成這本書。在這裡我要特別向臺灣的兒童文學界的朋友表達我深深的感謝。

周惠玲：

我很想延續前兩天在臺北討論的話題，也就是大陸方面對臺灣兒童文學作家的一些看法，我想是不是能請孫建江先生就臺灣作家的現象再作一些補充。

孫建江：

對於剛剛周小姐提到的問題，關於臺灣新生代兒童文學作家的批評部分，事實上這個工作並沒有展開，因為我認為這些作家的作品我並沒有讀全，如果貿然的來寫評論，怕會有失客觀。我現在簡單的來

談一些，以張嘉驊先生的〈迷失的月光〉為例，我就覺得有前後不統一的感覺。一個作家可以對他的作品有不同的寫法，但這種不同的風格在同一個作品中最好是能統一。此外張嘉驊先生在他的作品中十分喜歡使用一些拉屎、拉尿、大便等字句，他自己特別偏愛，很多作品中他都以這種方式呈現，但我認為，某些時候這種方式的確非常必要，但有些作品就可以不要用這些字句。

此外像孫晴峰的作品我也覺得似乎十成中總覺得像少了一兩成，如果再加上那一兩成，那必定可以成為精品。這個問題我以前也與她討論過，她也持贊同的意見。還有像管家琪的作品，有些也給人感覺到她思想的力度、給人讀過後的衝擊力稍嫌不足，如果這部分能補充的話，那她的作品一定會更完美。謝謝！

趙冰波：

我發現這次來真是一個小小的錯誤，因為這次的研討會是一個比較正式的理論研究的學術討論，而我是一個作家，不懂理論，只會寫，不會討論，所以我發現自己很不重要，很難過。也因為這樣，所以我覺得臺灣朋友對我的幫助，就是能多讀到一些他們的作品，對我以後的寫作會有更多的幫助。在此也要謝謝我認識的，以及將要認識的這些給我幫助的人。

桂文亞：

謝謝各位朋友今天的參與，由於我們晚上還有安排別的活動，所以討論不能延長，希望以後有機會能和大家一起共同研討，謝謝大家。

兩岸兒童文學交流座談會資料

一、時間：1998年6月14日（星期日）下午一時三十分至五時十分。

二、地點：國語日報會議廳（臺北市福州路十一之四號四樓）

三、主辦單位：

中華民國兒童文學學會

中國海峽兩岸兒童文學研究會

國立臺東師範學院兒童文學研究所

四、主題：兩岸兒童文學交流回顧與展望

五、題綱：

（一）回顧十年交流經驗談：

1. 我們做了些什麼？

2. 有哪些正、負面的影響？

3. 最大的困難在哪裡？

（二）拓展交流廣度與深度：

1. 我們能再做些什麼？

2. 如何進一步加強觀念性的交流？

3. 如何建立定期互訪模式？

4. 如何開拓交流層面、舉辦兒童文學研習活動？

（三）展望未來可行之途徑：

1. 如何增進圖書及個人資料之交換？

2. 如何增進學術研究、出版計劃？

3. 經費哪裡來？

六、主持人：林煥彰

七、引言人：

　　　　（一）回顧十年交流經驗談

　　　　　　　林良、沙永玲

　　　　（二）拓展交流廣度與深度

　　　　　　　林文寶、陳木城

　　　　（三）展望未來可行之途徑

　　　　　　　陳信元、杜文亞

出席人：曾西霸、馬景賢、洪義男、洪志明、馮秀眉、蔣竹君、

　　　　余治瑩、方素珍、杜榮琛、曹正芳、李其瑞、黃令寶、

　　　　帥崇義、林文茜、周慧珠、林玫伶、王淑芬、王金選、

　　　　馮輝岳、蔡惠光、顏福達、賴伊麗、李麗霞、葉靜雲、

　　　　何綺華、夏婉雲、吳榮斌、楊孝榮、邱各容、江中明、

　　　　林芝、陳素宜、沈惠芳、蘇秀絨、吳惠潔、蔡清波。

九、記錄：宗玉印

主持人：

　　首先感謝蔡清波遠從高雄而來，每一次都非常熱誠的支持，我們今天座談會題目是回顧與展望，主要是兩岸兒童文學的交流這個活動已有十年的時間，這十年來，我們每一個人可以說都是當事人，同時也是見證人。因為每個日子我們都是確確實實的參與，在兩岸兒童文學交流的過程中都付出心力與勞力。

　　很難得臺東師範學院兒童研究所的所長林文寶先生的提議，也提供一筆經費給我們中華民國兒童文學研究會，學會就義不容辭來承辦這個事，另外也有中國海峽兩岸兒童文學會這三個單位共同來主辦這

次的座談會，談到兩岸兒童文學的交流，如果我們從1989年8月11日正式到安徽的所謂四十年的兩岸結合，成為兒童文學界的破冰之旅，從那時算起到現在也快十年了，當然這十年來兩岸兒童文學的交流有不少不同的想法，儘管是有不同的聲音，但是這交流工作也推展了開來，這個經驗在座每一個人可能都是直接的參與，那麼比較少數的人可能是間接的參與，從報紙報導、雜誌或相關資料了解，不管是從直接的參與或間接的參與，我想對兩岸兒童文學的交流都是很有意義的事情。

今天我們原先預訂希望能夠有實際直接參與兒童文學界的朋友都能夠到齊，可是還有些朋友因為個人的事忙，所以無法來參加，像李潼先生、徐守濤老師、洪文瓊老師、許建崑老師都分別有電話告知，因事無法前來參加，但是事後會提供書面的資料。

很難得的是，我們十年的交流能藉著這個機會坐下來談一談，我們初步擬定了三個題綱，每一個題綱分別有子題，我們分場進行，第一個題綱「回顧十年來的交流經驗談」有三個子題是：我們做了些什麼？有哪些正負面的影響？最大的困難在哪裡？因為時間上不是很多，所以在發言時請盡量切入主題來做些發表，如果無法暢所欲言，希望能夠於會後提供書面的資料，我們打算於這次座談會之後，除了整理座談會的發言記錄外，將跟其他有關這十年來交流的一些資料來彙整，並向文建會爭取一些經費來編印成專輯，現在文建會初步答應給我們十萬塊，當然這樣的經費要印一本書還不是很充裕，我們還要設法向其他的單位來捐獻，希望各位能在這方面多提供多發表意見。我們每一個題綱都會有兩位引言人，我們給每位引言人的時間是八到十分鐘，每一位發言人盡量把握在三分鐘之內，當然也可以再次發言，希望能充分把寶貴的經驗與想法都能夠提出來，而且我們不要只講好聽的，不要去做所謂表揚的事情，我們要針對兩岸兒童文學交流

的回顧，以及將來能夠怎麼樣去做會更好這樣的問題來表達意見。

　　第一個題綱邀請到林良先生與沙永玲小姐引言，然後我們就開放來討論，每一個題綱的討論時間為二十分鐘，這樣我們預定四點半來完成，如果說我們討論的還不夠，我們再延長時間到五點或五點半都可以，看大家的興緻跟精神，我們最重要的還是要把時間交給兩位引言人，我們請鼓掌先請林良先生為我們引言。

林良：

　　各位好朋友，現在是兩岸兒童文學交流座談會第一個單元「回顧十年交流經驗談」，引言人有我跟沙永玲兩個，我想選擇四個重點，所以說說我的回憶跟思考說出來和大家互相交換。

　　第一個重點是探索交流的意義，我提出一個「水壩理論」，從臺童文學的發展與進步來看，交流就是撤走水壩的洩洪，當年兩岸兒童文學，隔絕了四十年，中間配造厚厚的水壩來隔絕，水壩很容易造成兩邊水位的落差，當落差加大一方沖垮了水壩，會把對岸淹沒，包括對岸原有的美質在內。

　　那麼撤走水壩使雙方的水位等高，美質可以保全，經驗跟智慧可以共享，對兒童文學的發展與進步都可以彼此獲利，我們可以說交流是一種不願意自我封閉的積極行為，達到交流的一方是比較有活力的一方，那麼對於交流的適當回應展現也是一種活力，所以交流的好處就是激發彼此的活力，當年在兩岸兒童文學隔絕四十年之後，發動交流的初期，大家面臨了兩項顧慮：第一就是政治環境是否許可？第二對岸是否很友善？我把第一個重點表達完了。

　　第二個重點是交流的開始。差不多在十年前，政府開放返鄉探親之後也宣布了解嚴，那麼大陸方面對於臺胞過去也下達善待臺胞的指令，兩岸的政府對兒童文學的交流造就良好的政治環境，初期我們的

兒童文學要到大陸去，雙方的兒童文學都不阻攔，大陸的兒童文學要到臺灣來，當然兩岸的政府設限的角度使我們成為展開行動的一方。

這回憶裡有林煥彰先生跟我們許多的好朋友，就成為兩岸兒童文學。第一個啟蒙期他們深入雲南、安徽、四川參加當地的兒童文學座談會，是兩岸兒童文學作家面對面互相接觸的開始。另外一次規模也很盛大的交流活動，由民生報出面，桂文亞女士主持跟大陸宋慶齡基金會屬下和平出版社聯合舉辦兩岸兒童文學創作徵稿比賽，同時在北京、天津舉辦兩場座談會，那時候我們臺灣兒童文學老、中、青三代很多人參加，這個組團出訪交流活動辦了很多次，對於邀請大陸的兒童文學的人到臺灣來訪問的活動，規模比較大的最初是兩岸兒童文學研究會，邀請大陸兒童文學工作者十幾位的人來臺灣舉辦學術研討會，開會地點好像也是在國語日報，同樣性質的活動民生報，還有配合兩岸兒童文學研討會，也舉辦了好幾次，分別邀請了作家、評論家學者來臺灣訪問舉辦座談會論文發表會，再加上臺東師院成立兒童文學研究所邀請大陸學者兒童文學家王泉根教授來講學，這些對兩岸兒童文學交流來說，因為許多兒童文學人的鼓勵已經是一個很好的開始，關於第二個重點我已經表達完了。

第三個重點是努力的方向，兩岸兒童文學有許多值得鼓勵的方向，關於人的交流兩岸兒童文學的相互邀請，兩岸兒童文學面對面的交談兩岸兒童文學的人在座談會上發表自己的所見、所思，透過個人的交談達成全程的交流，在書的交流方面互相贈書，交換閱讀作品的深度，再出版交流的方面交互舉辦閱讀的專書，在臺灣出版大陸作家的作品，為大陸出版的臺灣作品選集提供資料，以合作出版的方式在大陸出版臺灣作品，另外我還列了一個善意的交流，那就是兩岸兒童文學的團體互相贈獎對岸的優秀作家，表達善意跟敬意，這些不同的方向我們都累積了不少經驗。第三個重點我表達完了。

　　第四個重點是交流的成果，兩岸兒童文學的交流至少產生了一些
交集，可以算是一點可喜的成果，交集之一就是兩岸兒童文學的創作
的讀者是小孩，這一點逐漸成為兩岸兒童文學人的共識。

　　交集之二是尊重創作的自由，兒童文學作家評量創作不應該受到
太多教條的束縛，第三個交集就是拋棄意識形態的束縛，兒童文學的
作家應該享有獨立思考的權利，不必背著沉重意識形態的包袱，逐漸
會達成共識，兩岸兒童文學進一步的交流，因為受限於外在政治大環
境也就是看如何統一的問題，以大陸的觀點來看統一就非常簡單，那
就是不談體質的改變，只要收回臺灣；以我們的觀點來看統一，統一
是種現狀的改變，這改變必須代表更深化的民主政治自由經濟的生活
才有意義，那麼雙方對於統一的思考沒有交集，但是雙方對於善意的
對待是一條細細的共識，在這一共識上兩岸兒童文學交流仍然還有些
事情沒做，他的一條像絲那麼細的路也許也可以叫作絲路，我的表達
就到這裡為止。

主持人：

　　謝謝林良先生的引言，我們可以從林良先生的引言當中引發一些
思考，希望大家等會能踴躍的發言，現在請沙永玲小姐引言，請大家
鼓掌。

沙永玲：

　　親愛的朋友午安，今天能夠有幸做這個引言，我有點受寵若驚，
一方面能夠跟林良先生同臺的發表，另一方面是我在兒童文學的交流
這一方面來講我是非主流，主要是因為我做出版的關係，所以我必須
去了解對岸的整個出版和作家的性質，所以比較上是我個人主動去了
解。

　　今天我有這個機會做引言人，所以我想我可以從這麼多年，大概是十年，由出版的角度來看作家的發展，提供一些我的意見和看法跟大家共同分享一下，基本上我的意見在我的一篇文章上大概都有表達出來，關於我們做了什麼？還有哪些正負面的影響？最大的困難是什麼？今天引言的方式是希望發表一下我今年大概5月份時，去大陸待了整整一個月，我去了北京、上海，主要是對於出版方面的現象，我要認真去看一下，那給我的震撼，大概是我十年來最大的一次。我原來計畫是待兩個禮拜，最後的行程延長一個月，在這裡我想提幾個數字跟大家分享一下。

　　大陸早期兒童文學作品裡要出版是很困難的，需要跟主編有深厚的關係，好不容易得到選集通過，可以有一本書出來，也只印一千到五千左右的量。這次去大陸，曹文軒先生有個作品《草房子》，他第一次雲南的訂貨有兩萬本，四天之內完全被訂完，北京還完全看不到那本書，《草房子》我們估計一年內大概是十萬到二十萬的量。兩三年之內大概可以賣到四十萬到五十萬左右。另外有一個「小布老虎」集團原來是文學的叢書，現在他們也走普通兒童文學的讀本，每一版的量就是十萬本。我覺得整個體制已經完全改變，傳統的兒童文學出版部等於是按照原來的方式在做，有很多的工作就是自己編書出版。可是這幾本書都是由工作室企劃、統籌，所以他們整個兒童文學的環境，我們看到是非常的蓬勃。另外像曹文軒的《草房子》的出版以後，馬上就有人想拍連續劇，也有人改編成電影，這種現象在臺灣，我們原來沒想到能夠來那麼快，因為事實上出版對他們來講還沒有解禁，這代表說大陸兒童文學界一個大的環境，其實是非常的整齊、非常的活躍，相對來講，大陸跟臺灣之間的互動和關係，完全不是我們以前心目中那樣子交流的關係，比如說我們在最近談一些原來有的作家，繼續去約稿，心目中對他們的感覺，以前是能夠有機會在臺灣出

版領一些美金的稿費就非常的高興,可是現在對他們來講,他們都是覺得看在十年的交情上,版權臺灣的就給你好了,稿費不要沒關係,這個形勢的改變真的是非常的大,每一個省的市場他們就已經很滿足了,這個真的是這次我看到情形,所以,以前的交流形式,比如說臺灣的朋友組團到大陸開會那樣的形式,我相信對以後我們來講會愈來愈吃力,最明顯的是我這次去大陸就相當吃力,整個會議的形式用以前的經驗來講、來想環境跟市場的話,是完全不同的,而且這改變是半年半年的不同,所以,我想我們今天來討論這個事情是很有趣的,我們可以聊一聊未來交流的形式有什麼不一樣,我們是不是還有人要約我們去那邊做交流的活動,像我接觸的人並不是有那麼大的興趣,他們覺得他們自己東北的作家去討論南京的作家,上海的作家去討論安徽的作家都已經來不及了,他們也覺得就是了解這些人、這些作品,感覺就夠了,我是把我看到的感想跟大家分享一下,另外就是6月初公司派我們到日本去看了一下,我也看一下日本的出版業,那給我的震撼又很大,比如說現在日本很流行的就是一個封面開一個口,那在臺灣是不可能用這方式出版,因為成本很高,人工裝訂費用非常高,可是在大陸一些同業的書,就是用這個方式在做,還有一個很重要的原因,就是他們的市場夠大,他們的書量夠多的時候,他們編輯變化形式就會愈來愈多,另外一個就是他們已經能夠完全掌握到日本能流行什麼,包括圖畫書的部分,很多也許他沒有辦法去超越,或是趕得那麼快,可是你可以看得出來那個觀念,已經在影響他們的作者,還有寫作的角度和編書的角度,雖然他們是活在壟斷封閉的社會,他們學習沒有那麼快,但是當他們已經開口的時候,他們進步的速度,我覺得對臺灣來講壓力相當的大,至少我從大陸跟日本回來以後,我們公司開始進入緊張的狀態,早上八點半上班,下午六點半下班,因為如果大家不努力的話,以後臺灣出版界,大家都沒得玩,我

們如果還有個機會，就是除努力之外，沒有其他的方法，也看不出什麼可能性。另外就是國外版權的部分，我剛剛看了黃致銘的文章，我們原來覺得說除了了解大陸之外，我們也可在外語部分增強自己去買國外的版權，我現在是自己在做大獎小說，也是希望紐伯瑞、卡內基獎的一些作品，可是碰到一個現實的問題，現在你還是可以買到版權，條件也是慢慢的增加那就不說了，有一個狀況就是當大陸的出版社大到一個規模的時候，他要買斷版權時，他希望能買一個全球的中文版權，就是包括繁體字的版權也會拿走，現在兒童讀物還沒有這個經驗，可是成人的書已經有全球的版權費，它的預付版權可以一次開個兩萬或五萬，我那個時候知道付外國版稅的部分，常常就是付一萬或兩萬的美金，這個數字是臺灣出版社不太可能出得起，我們現在版權就是一千五，了不起就是二千左右的預付版稅，所以如果有一天江蘇少兒要出紐伯瑞獎的時候，要出全球中文版權的時候，我們只能夠代理授權，我們必須還要依賴大陸的出版社來授權給我們，當然現在還沒有這樣，不過這是我這一次去大陸考察提出兩個觀察，我想未來十年的交流，我們要怎麼樣走，我覺得可以提出一個新的方法、一些新的觀念，我現在是在丟一個題目，我自己也是陷入一個思考的當中，我也一直在想要找一個方向，也就是一個出路。那另外一項我想要談一下我們交流最大的困難在哪裡，有什麼正負的影響，我剛稍微有提了一下，我想兩岸的交流都是靠這些熱心的人士在努力、在付出，可是再熱心的人如果沒有得到一些肯定與一些新人出來的話，也是會心灰意冷，比如說煥彰所提的破冰之旅，安徽合肥那一次旅行很明顯的是煥彰在臺東師院的時候，就聽到有人在譏笑，不能提統一那種感覺就是人家很努力在做，可是像我在做出版我還有一點私利可圖，可是很多文人，很多全世界的朋友都是默默的付出，我們應該是不吝於給別人鼓勵的，所以我相信這種感覺，煥彰、謝武彰都是，像

我就是很重視謝武彰，我一直在問謝武彰有沒有來，因為我覺得十年
來他一直在默默的奉獻做雜務性的工作，非常的多，所以在一個公開
的場合對於哪些付出的人，能夠表示一些感謝，我覺得這點是最大的
困難，是兒童文學很難走下去的原因，做事做到這樣，還常聽到人家
講風涼話，那又是何必，所以對這一點我是比較有意見，另外一個就
是最大的困難在哪裡，現在大家都是民間在交流，都是義務性的工
作，可是我覺得雖然是義務性的工作民間性的組織，如果你想要發展
的話，這個組織的能力、活力，還是要大家集思廣益能夠找出一個方
法，人才是最重要的，每一次看到新面孔其實都滿高興的，今天願意
來對兒童文學界這麼熱心，我們怎麼能夠規劃他們，讓他們有自己表
演的舞臺，我覺得是這樣，然後有表演的舞臺，我們怎麼樣去給他們
一個掌聲，你看看現在大陸變化那麼快，臺灣也變化那麼快，如果只
有像謝武彰和我們幾個 LKK 是無法進步的，所以一定要讓年輕的新
鮮人知道進入這個領域是很快樂的，能夠把經驗和我們分享，知道為
什麼我們這些人為什麼一直在我們這圈圈而不願意離開，是因為有它
的迷人之處，怎麼樣把這迷人之處讓年輕人知道，而且能夠從不知不
覺工作中學習到很多，然後自己有些成長作為，我想這些是有辦法可
以做成的，我想以前主要是主持的溝通和發展的話，大家談得太少，
每次一有活動都倉促成軍到最後只看到一兩個明星，這個對整個大局
來講是比較不利的，這是我看到的一部分，最後我就跟大家分享一下
我最近接觸一個行銷的觀念，對我的震撼也是非常大，對於兩岸交流
的話，這個方向大家也是可以來討論一下，未來的行銷和以前的行銷
是不同的，以前行銷是規模的行銷，要很大就會影響，可是未來的行
銷是講速度，誰先快誰就贏，以前是財力的行銷，誰的財力多誰就
贏，現在是魅力的行銷，只有魅力最重要，我覺得這點是最重要，我
覺得以前是資訊壟斷的方式，未來是資訊共享的起跑方式，我現在跟

大陸作家聯絡方式，是他們逼著我進步，跟我要 E-MAIL 的 ADDRESS 有四川，也有北京、上海，我都不會用那個 E-MAIL 是被他們逼的，傳東西傳稿來，所以他們對於新知求知的進步，都讓我覺得倍感壓力，可是這就表示他們在網路得到資料的能力，已經不是意外起跑點，以前也許他們對於世界兒童文學新的趨勢，也許他們因為書籍、雜誌的關係被壟斷，但是他們現在有了網路以後，他們得到的東西就是最新進的東西，相對的我們對大陸作家的了解，只是偏向常常被介紹的那些，當時說那些作家有個人的偏好，然後我有機會在一些場合介紹出來，像曹文軒、張之路，事實上他們有一些新的發展和作家出現，我想交流的管道我覺得我們知道得太少，所以我們的交流也是不夠全面，我舉個例子來講，有個大陸作家叫作彭懿，我們幫他在臺灣出版兩本童話，從來沒有得過好書大家讀，後來他去日本學了日本的幻想兒童文學，回到大陸後他對整個中國大陸的文學、兒童幻想文學，包括整個電影發展，爆發力是非常的強，他最近寫一本書《西方現代幻想文學概論》，這本書非常有分量。出版社就非常重視他的作品，他也選上了上海今年十大作家系列的作品，我舉這個例子並不是替他打廣告，而是我們資訊來源的管道是不是有什麼方法更有普遍性，更多一點，這是一些除了主流作家外其他的新秀，我們是不是也應該去了解整個文壇的發展，啦哩啦喳講了一些我最近看到的一些想法，希望等一下座談會能夠聊得很多，謝謝大家！

主持人：

謝謝沙永玲小姐說出她的觀念和最新的資訊，發表一些新的精要，我們也可以從一些不同的引言裡面思考問題，現在我們就一個題綱回顧十年的交流的經驗來做發言，每一個發言的開始請報一下自己的大名，讓記錄的人方便不要弄錯人，現在我們就開放踴躍的發表，

也可以就林先生跟沙小姐剛才引言所發的議題，請教他們兩位，那麼我們現在先請陳信元先生來發言。

陳信元：

　　每一個會議都需要一塊磚，那我現在就來當一個磚頭，剛剛聽到林先生和沙小姐所談的心中滿有感觸的，大概在4月份我帶臺灣暢銷作家訪問團到大陸去，所看到的現象和沙小姐所看到的現象滿接近的，有一些事實上我們可以當作警惕，譬如說大陸現在出版環境和以前是不相同，兒童文學這一塊它算是走得比較慢，要是它跟其他出版進步速度一樣快的話，那臺灣所受的壓迫性會更厲害，在這裡簡單說個經驗，在大陸兒童文學這一塊園地，從我今天報告一些數據裡可知，他們已經慢慢接受類似一個少兒界的模式，而且是以中國少兒出版社合作為主，他們現在不管參加國際書展或一些兒童會議，都是以集團式的方式出現，集團力量現在已經開始顯現出來，在臺灣我們出版社是不是應該有個對策，我們應該朝什麼樣的方式，我們做了個策略的聯盟，用聯盟的方式來對兒童文學的那一塊有所提升，因為這一次我們到大陸包括剛剛沙小姐所提到，在大陸方面她曾經跟我們說過臺灣兩岸暢銷書作家，包括張曼娟、劉墉，只要在大陸他們願意把我們的銷售量衝到一百萬冊，這樣誇口他們是有這個心，但是我相信他們可以達到。

　　還要報告各位一點，就是布老虎叢書的策劃，他們對整個臺灣兒童書的出版是非常推崇，因為93年布老虎在臺灣出刊的書版對大陸出刊影響非常的大，他們曾經當著我們的研討會上說，他們在我們臺灣學到非常多，可是這幾年他們到臺灣變得有點不熱衷，因為他們認為在臺灣能夠學到的已經不多，沒有什麼可以再學的，但事實上這有點夜郎自大，他們當然不知道臺灣童書的情況，這些人也不了解情況，

所以我想臺灣出版界如果不想被大陸看不起的話，我們應該藉著集團性的策略，考慮把我們的叢書推銷到大陸去，這是一個很簡單的拋磚引玉，希望大家能踴躍的討論意見，謝謝大家！

主持人：

謝謝陳信元先生，是不是還有其他不同的觀點，就是就出版方面來發表，是不是還有其他關於兩岸兒童文學交流的意見。

馬景賢：

剛剛沙小姐所提到大陸兒童文學界的出版，還有陳先生和林先生所提到，他們給我們的壓力。將來我們臺灣的文學方面我覺得主要是在一個質的提高，到大陸、到日本出版，我覺得作家要提升我們的作品，訂定一個計畫，想想我們是不是能夠超越他們，在這些方面是不是我們交流的心態，還是另一方面就是有沒有研究交流方面的模式，這些不是我們泛泛的交流，而是在質的方面包括作品、編輯，我們自己的心態和理論研究，我們要自己先從質的方面著手，剛剛林先生有提到兩方的附設獎，我們出版他們的，他們出版我們的，人與人的交流，數與數的交流，在這些交流中就剛剛陳信元所提到的，我們就真的要提高一些警覺，這個警覺是一種善意的，就是如果讓我們臺灣出版作品更好，而不至於出到大陸的時候，已經覺得臺灣不行了值得提高，包括作品各方面研究來提升，我們從交流的心態來講都應該重新檢討思考，我想這方面來講對我們是有所幫助，大家可以談論大陸是幾年前去過，像沙永玲可能是今年會再去，明年是廣西師大請我去講演，我想他們在四十年封閉的潮流開放以後，確實是進步得很快，我覺得多交流可能對我們兒研或兒童文學也好，一定要有計畫性的交流，不是吃吃喝喝玩玩樂樂，就是大家彼此真正去交流，我想不管誰

好，都是華人，從質提高可能是要顧慮的，我想剛剛沙永玲提的讓我們思考的心態都應該去深思，謝謝大家！

（主持人）

謝謝馬景賢先生，邱各容先生你是不是要發表一些經驗。

（邱各容）

剛剛沙小姐有提到兩岸合作出版的事情，陳信元先生也有提到，有關集團策略的事情，那我自己本身在1988年到上海去參加中華文學史料學學術研討會，那個時候認識洪汛濤先生，認識之後就出了洪先生那一本童話學，之後就是上海的葉永烈先生，也幫他出了一套科學家故事一百，還有就是浙江師大蔣風蔣教授的中國傳統兒歌選，那麼除了這個之外，因為有段時間我就是個兒童文學界的逃兵，這段時間我跟兒童文學界幾乎是斷了線，所以在合作出版這部分在早期的時候，是有過這樣合作的經驗，之後因為這些年來我一直在思索這些問題，雖然在臺灣，兒童讀物出版或多或少有跟大陸出版合作的經驗，但是它的結果、它的出版物在臺灣流通的情況是如何，我們沒有一個非常完整確確的統計數字。

沙小姐這次在我們的出版公會有辦一個問卷調查，提到這樣一個問題，就是對兒童文學讀物的出版，我們是不是有個確切統計與數字，擴大的範圍就是我們跟大陸合作兒童文學界的出版跟臺灣的情形是如何呢？我們並沒有個確切統計的數字，例如民生報或天衛他們各自的公司，也許他們對出版物的流通有做個評估，就整個來講的話，我們跟大陸合作的在臺灣流通情形怎樣，我們並沒有確切完整的數據，是不是透過海峽兩岸兒童文學研究會的交流做這樣的工作，讓我們也了解一下我們跟大陸的出版品的流通，我們這邊讀者反映的情況

是如何，讓我們做一個參考！

主持人：

　　謝謝邱先生，是不是就這個題綱，大家還有些意見要發表，沙小姐要不要做個回應。

沙小姐：

　　其實編書者對於做研究幫助很大，我最近看了臺東師院的研究生，他有做過童話的統計，這個很有意思，因為我從來不覺得我出大陸的作品很多，我嚇了一跳，因為我還是第一名，我根本不覺得，因為我們公司編輯的主力還是放到本土的作品上面，可是本土的作品如果沒有那麼多的話，才會拿大陸的作品來墊檔，那墊一墊發現真的還滿多的，這個數字讓我有個反省，我為什麼要出這麼多大陸作品！另一方面，關於流通量的問題，我想以我們公司的經驗來講的話，當然是不如臺灣作家的作品賣得那麼多，例如我想王淑芬老師就很有名，大家都認識她，所以她的書我們從來不做宣傳，像她的《綠蒂公主》，也一下兩版、三版這樣賣掉，真的我們從來沒有促銷王老師的書，我相信洪老師的《一分鐘的寓言》也會賣得很好。我想消費者對作家知名度都有個認同感，可是有的時候像大陸作家的作品，好看小說的部分，小朋友其實也分不出來，沒有辦法有那麼多感受，有的時候非常好的像《竹鳳凰》可以賣到七、八版，一般來講的話是一版、兩版，這個是我簡略的回答。

主持人：

　　謝謝！目前可就引發正面或負面影響影響談一談。

陳木城：

　　我想就負面在我們那個時代交流的時候是有很多猜測，我記得當時在我們兒童文學界剛剛開始在起步要交流的時候，我們認為引進大陸的作品是吳三桂的行為，是引清兵入關的行為，那個時候有很多猜測是引進很多作家會剝奪國內作家很多創作和出版的機會，那麼這樣一個猜測在十年後的今天，回頭來看這個看法的時候，我想當初提出這個問題的人是基於善意，以保護本土作家的善意，但是我們從十年後來看我們主張要交流，就是作家從事各種活動也是一種善意，這兩個善意有假設點不同的時候就會有些衝突，還好我們是個開放的社會，這樣的衝突我們可以用文章或用討論會當場來討論，今天十年後來看這個問題的時候，我個人認為這樣一個負面的影響並不存在，並不會因為這些東西進來少了哪位作家，我想是沒有，我們作家仍然是非常忙碌都寫不出作品，那麼畫家還要排檔期，要約稿很不容易，有時候甚至有些作家看到大陸的作品，有的畫家看到各種不同的風格，而啟發到創作的角度和題材、文筆，那麼很多作家也受到這樣的影響，比如說我們臺灣推廣散文，經常看到很短的寓言，所謂一分鐘寓言，那麼很多作家決定寫更本土的作品，我常看到很多江蘇、雲南的作家都在寫本土的作品，他們覺得我們臺灣的作家應該寫更本土的作品，當然很多畫家也在尋找我們本土的意象及一個選擇的方向，有個晚上我對這個問題感到煩惱心情不太好的時候，那個時候我住在山裡頭，我打了個電話給林良先生不知道他還記不記得，那個時候還在爭議兩岸的交流，而且好像有個座談會要舉行，可以想像這個座談會有點火爆的氣息，記得那時談到一些政治意識的糾葛，我現在就把我們講話的內容公布一下。我想十年後這些內容也不是祕密，當時林良先生給我的感覺，他說他活了一把年紀了，看過很多人的政治動態，那

個時候我可以領會，比如說看到以前曾經為共產黨熱烈奉獻的人，他在我面前非常後悔他曾經做那麼多事，而且覺得那時候的政治問題是非常的愚昧，為那段日子非常後悔，同樣的林老師給我意見就是說現在這些統獨的意思，這些形態我們不去管它，每個時代都有很多人對政治非常熱心，你在十年、二十年後來看，包括他們這些熱心於政治，熱心於統一、熱心於獨立的人，都會為那段時間付出的心力覺得好笑，當時我得到的想法大概是這樣，我也覺得可以從文學文化的角度上面看文學的創作文學的兩岸交流，這點我一直很接受，對於一些想法、一些猜測，我覺得大可不必，待會兒如果輪到我發言時，我再補充，謝謝！

主持人：

謝謝陳木城先生，王淑芬老師，你在創作上對於兩岸兒童文學是不是有些什麼衝擊，會不會使你在創作上更加快腳步，或有什麼影響，使你迎接這個挑戰，是不是可以請你就作者創作的觀點談一談。

王淑芬：

就是上回臺東師院的游鎮雄，他有發給我們很多作者和出版社一份問卷，他主要是做童話，他有個題目是你覺不覺得看了大陸的作品對你有什麼影響，記得我那個時候回答了一個字就是無，因為在那之前我作品風格就已經形成，我也不會看了大陸的作品，而改變我自己寫作的方向、改變我自己中心的信念，像我最近看了冰波的《藍鯨的眼睛》，深深覺得他們在藝術上奮進的努力，覺得自己有所欠缺，不管說這些實驗的東西小朋友會不會接受，至少他們那個精神我覺得是很可取的，我也看到他們有所謂的新體驗小說、感覺小說之類，可是像這樣子他們有種很好玩彼此切磋的方式，就是出一個題目，大家就

這個題目來寫，大家來切磋這個題目就知道哪個寫得比較好，那麼類似這種彼此切磋、琢磨，在我們臺灣本土倒是從來沒有，大家各寫各的，我倒覺得是滿寂寞的，同為創作者，我知道大陸彼岸的作家他們有這樣一個活動，有這樣一個活動、這樣一個機會，我非常羨慕他們這樣子能夠在一個文學性藝術性領域裡，能夠不斷的想要創高峰的精神是讓我非常感佩。

主持人：

謝謝王淑芬老師，關於第一個題綱我們是用了快一小時，包括引言的部分及開場，如果說沒有其他的意見那我們就換第二個議題，我們請林良先生跟沙永玲小姐休息，第二個議題我們請林文寶教授及陳木城校長來為我們引言，這個議題是擴展交流的廣度與深度，在這個議題底下我們也提到四個小子題，第一個是我們能再做些什麼？第二個是如何進一步加強觀念性的交流？第三個是如何建立定期互訪模式？第四個是如何開拓交流層面，舉辦兒童文學研習活動？我們來聽聽他們兩位的引言，第一位我們熱烈掌聲請林文寶教授來引言。

林文寶：

主席，各位在座的朋友午安，我這邊有些講義，其實是我整個所要講的內容，我在這邊稍微說明一下這整個案件的由來。這是我目前研究計劃裡面的「兩岸兒童文學交流」的研究，為什麼我會選這個題目來做，因為我記得剛才大家有提到，講到交流的時候，大家講到吳三桂是誰？我記得就有一個朋友講說，談交流要從問卷與研究開始，於是我就從學術研究的觀點看兩岸交流，事實上兩岸兒童文學的學術交流研究是由我開始。我這個研究計劃打算今年7月截稿，我是跟煥彰兄講專案中有一批錢，這是可以當作座談會的錢，我不曉得煥彰就

把它辦得這麼大的場面，結果整個研究案等這個座談會結束後，研究報告出來後，就等於結束了，加起來有十九萬的字，再加上前前後後座談會的資料，相當的多，那我的結論是用文化中國作為交流的理論基準，這個交流理論是不是能夠行得通，其實我自己也感到懷疑，但是我是很用心去探討。文化中國是由傅偉勳開始講起，如果大家有興趣的話，整個研究報告大概在今年8月份會印出來，如果有興趣的話，我會把資料給各位，最主要是聽聽大家的意見，有一些什麼問題我是從學術的角度去看它，包括它的整個過程做到今年上半年為主，其實我自己對兩岸的交流花了很長的時間，所以現在學校有大陸兒童文學研究室，當然資料不是特別多，但也還算可以啦！我一直發現在臺灣做兒童文學學術性的研究，基本上是不受重視，你看我們走了十年，到今年才第一次請王泉根先生過來，是透過國科會，申請國科會的錢，來辦一個十八天短期的講學，來讓他看一看，這是十年來用由政府第一次出錢，第一個過來的人，前面的交流一直都是透過民間，大家辛苦的要死，政府在這方面不能夠說不鼓勵，但起碼不主動。

主持人：

謝謝林文寶教授的引言，他還有一份書面的資料，交流理論的建議，大家可以帶回去參考，待會兒我們可以針對林文寶教授剛才發言的部分發表意見或提出交流，現在用熱烈的掌聲請陳木城校長來做引言。

陳木城：

我沒有準備報告，我剛才看到林文寶教授的文化中國論，我剛好看法跟他相反，讓我現在慢慢來闡述一下。因為時間很短，所以我講快一點，兩岸交流從1987年11月2日開放探親以來，到現在為止真正

的日子還不到十年，真正的交流我們知道在1987年以前很多臺商已經偷跑，大概是在1984、1985年的時候，所以真正的交流十年是沒有問題，那麼這十年來我覺得有幾個挫折，整個交流的曲線非常曲折，交流一開始大家的熱情非常夠，可是熱情有餘，認識不足，大家有浪漫的想法，非常激情的演出，我們看到很多人都到大陸去哭，在機場、在火車站，然後我們在臺灣非常熱情，大家捐款給老農民去，那麼這個熱情一直到1989年6月4日，大家對臺灣同胞感覺非常深刻，因為那個時候交流還不夠很深，大陸的改革也還不夠，所以六四天安門事件，還是被鎮壓下來，事實上中共採取這樣一個方式，還有衡量它的社會使命，也因此被鎮壓下來，而且當時情況如果不鎮壓下來可能會更慘。居於這樣一個整體利益，他們開始採取鎮暴，天安門事件對臺灣同胞對大陸人民的感情，還有對大陸政府的感情，是破壞力非常大，那這個事情嚴重到對大陸的熱情受到消滅，在六四以後8月13日我們還是到合肥，去的時候雖然感覺有些淒涼，有點害怕，但還是去了，那是我們第一次到大陸去。

後來又有個事件發生，就是千島湖事件，在1993年的時候，其實當時兩岸的會談，李登輝已經被逼到要到檯面上來談，所以李登輝有蓄意放縱媒體，讓他們刊登千島湖事件負面的消息。讓我們兩岸的人民，感覺有相當大的傷害。

到最後政府看到情況不行了，才出面講話讓媒體稍微修飾一下，事實上我們知道發生這樣一個天災人禍事情，不管是在大陸還是在臺灣發生，老百姓都會對政府不滿，比如說我們的華航墜機事件，我們對政府也是不滿，所以今天大陸的政府如何處理都不可能讓我們滿意，這是必然的，何況它整個的觀念又不是很好，那麼這些事件一直到1996年3月的導彈事件，就是在我們臺灣西南部跟東北部，就是在三貂角的北方三十五海里處，我住在那個村落的漁民他們都有看到引

爆，他們也都被驅離。這個事件也是引發兩岸人民很大的傷害，我們有沒有發現，這些採取傷害行為的大部分是中共政府，那時候我們同情天安門的學生，我們事實上也沒有怪罪千島湖事件那個搶錢的犯人，但是我們都把所有的問題移向中共政府，因為我們比較埋怨的是中共政府沒有處理好，導彈的事件更不用講，那完全是政治事件，我們在1995年提出的江八條、李六條，事實上那是政治人物在作些表面上的活動，事實上談判一直不是很順利，但是我們覺得所有事情的發生對兒童文學界的交流都沒有影響，比如說我們從1988年成立的兒研會，1989年我們到合肥，我們真正成立是在1992年，已經六年了，一直到1994年大陸來臺，1995年桂文亞請曹文軒，1996又照樣邀請三位作家，1997年一樣有出版界辦了一個1993年的徵文，一直到1998年的現在還有很多活動，邀請七個人來臺東師院，這幾年都有重大交流事件繼續展開，事實上我們覺得文學界的交往，我們並沒有因為這些政治事件，和大陸同胞減少聯絡，還是一樣關心，在這裡我是覺得文化的文學藝術的交流，絕對可以跟政治問題分開，現在我們人民都不會聽政府的話，並不是我們反抗政府，而是因為政府有政治上的考慮，而我們民間感情的交流不會受到政治的影響，這是我要報告的第一點。

第二點是交流的原則上，最早我們提出的交流是希望透過交流來彼此互相了解，互相了解以後，我們的學術研究才可進行，那研究又會幫助我們交流更深刻了解，這是一個三角形的關係。

兩岸大陸工作委員會對交流提出這樣一個意見，希望我們是透過交流擴大接觸，擴大接觸後能增進了解，然後相處兩岸的敵意再來是創造條件，再來是把握時機水到渠成，這裡的水到渠成是統一的水到渠成，還是獨立的水到渠成，我是不知道，不過這交流的公式事實上兩岸交流都可以用，對大陸來講是創造統一的條件，對我們臺灣來講

並不是統一的條件，但是我們可能是希望創造和平共處的條件也不一定，至於把握時機是什麼時機呢？是獨立的時機呢還是統一的時機，我覺得都可以保留，那另外的水到渠成是統一還是和平，我覺得我們都不必去預留，預定要怎麼樣的結果，我覺得前面擴大的交流接觸了解消除敵意是必要的，不管以後兩岸政治形勢是怎麼樣？我們都希望這世界是和平，宇宙是和平。

我們目前臺灣最大的問題，事實上以目前來講當初我們有受到政治影響，受到影響的人當然會有，比如說我們要申請大陸人士來臺的時候，經常碰到阻擾，是不是某個人是有共產黨身分不讓他來，有這樣一個困擾這個就是政策上的阻擾。

這個阻擾在辦兩岸交流的時候都有些顧忌，因為我們要稍微了解一下他是不是共產黨，在中共方面是不是擔任某些官方職務，同樣的我們到大陸去的時候，我們跟他接觸的層面也要稍微了解一下，比如說我們到大陸去的時候，他們對臺辦公室的人會來，也會請我們吃飯，但是我們接觸的時候，他們也是落落大方不談政治，我想這一點基本上大家都心照不宣，事實上這些朋友在官方是講一些話，在私下也是講一些話，他們非常知道進退的情形，那麼對大陸方面阻礙取大的其實是對個人意識形態的問題，其實我一直花了很多力氣去思考兩岸的問題，臺灣的本土主義，也就是鄉土主義，鄉土意識也是剛好在這幾年配合政治的去留發展起來，有時候有些鄉土意識比較強的朋友，就會有強烈維護臺灣鄉土情結發生，這種情結比較強烈的話會有排他性，這種人聽到中國兩字他就會嗆到，反映很強烈，所有東西明明就是中國大陸來的，他就一定要說不是，明明我們很多人都具有漢族的血統，他就偏偏說我們臺灣的同胞有百分之九十的人有平埔族的血統，事實上假如假設是正確的，我們百分之九十的人都有平埔族的血統，那我們的百分之九十有平埔族血統的人，只占百分之零點一，

這百分之九十占有漢族血統的有百分之九十幾，這個比例他不講，只要沾到一點混血他就算了。

但是沒有人知道混血的程度是多少，這個應該還是有條算術可以算，這樣意識形態成為一個糾結，這樣意識形態產生一個問題就是我族中心，所以他很難去平等互惠，將心比心，我覺得今天人與人交往最可貴的就是平等互惠，還有將心比心，那麼這一點我是利用這個機會來澄清一下，這樣一個交流不會違反到鄉土意識，國際觀跟鄉土觀是並行的一個東西，再來要談的是第三部分是交流內涵。

因為我們這裡有談到一個觀念上的問題，那麼交流的時候事實上我們不只是跟他們一個文學上研討會的交流，事實上我們到大陸去，我們也是有些時間走到胡同裡面，巷子裡面，觀光區或貧民區中，或巷弄市場裡，我們去看他們的生活情調跟節奏，我們去看他們賣的東西，這些蒐集到所謂的藝術與意象，我覺得對我們創作的本身可以去感受不同的文化生活情調。

另外就是文化認知的問題，我們現在想想臺灣文化和大陸文化事實上有很多不一樣，臺灣跟大陸真正分離其實有將近一百年，因為從1895年的馬關條約，臺灣割讓日本，然後到光復四年後大陸又淪陷，所以就算是同樣的閩南語它的用詞也是會不一樣，即使是像大陸的普通話跟我們的國語，雖然可以完全的互通，但事實上有很多用詞還是不一樣。

常常在對話中有些用詞不相通，而且有很好笑的事情發生，那麼事實上在大陸像有很多意識形態在社會裡面正在改變中，我們看到了一些比如說學歷是金牌，年齡是銀牌，文憑是銅牌，關係是王牌，那麼我們就可以開始去了解大陸的文化是怎樣情形。比如說他們沒有關係找關係，有了關係就沒關係，我還聽過一個順口溜就是這樣，工作沒位子，結婚沒房子，出國沒路子，要民主要挨鞭子，如果要反抗就

要戴銬子，那麼還有一個順口溜也是朋友告訴我的，他說在50年代的共產社會主義剛好成功的時候是人幫人，60年代的時候是人整人，到了70年代的時候人殺人，到了80年代的時候是個人顧個人，它就是這樣一個個人主義，也就是說大陸現在年輕人作品中，我們可以看到他們作品裡面這些個人主義、功利主義、自由主義跟現實主義，跟臺灣現在的人沒有什麼不一樣。現在大學生打工兼差都不稀奇，你有大哥大，我有呼叫器，只要我喜歡，有什麼不可以，就類似這樣子，那麼這種個人主義的滋長，其實兩岸在年輕的一代都一樣，所以我說我們交流的時候，我們是很在乎這社會的價值觀念，跟文化一些分別有什麼變化，那麼在一個情況我覺得說第四步談到交流後的一個發展。

　　其實從交流一開始我就強調一個理論，那就是槓桿理論，剛剛有提到一個水壩理論，我提到槓桿理論，這槓桿理論就是說我們臺灣小人口少，你跟大陸交流一定靠更長的臂，和找到一個好的支點才能夠四兩撥千金，很可惜我們臺灣在這個觀念沒有合作，這個槓桿理論要找到一些支點，那樣支點才能採取優勢。那麼第一個支點能採取什麼樣的優勢？比如說我是主張用年齡優勢，比如說當時我邀請大陸來或我要去大陸有兩個人要抓，一個就是老一代聲望非常高，要抓住他，因為他們大陸是這樣子，比如說陳伯吹、冰心，我是藉此給他們引進來。比如說冰心，去大陸的時候，我堅持要見他，我去上海要去見他，後來我還是見到了。

　　因為他們產生新聞效果很大，就是說我要擴大那個新聞效應，那個效應大到我們不能用金錢去估算。我們臺灣大部分都是個體戶，所以你去找冰心效應就很大，但是你訪問冰心以後，我記得回來後李潼在中國時報登了一篇文章，就是訪問冰心記。

　　第二個我也找年輕的新銳。我是從事教育工作，我永遠會記得孩子會長大的，我從來也是不補習，不跟孩子收錢，因為孩子是會長

大，孩子長大會知道老師補習收錢。一樣就是說我們要對年輕人很好，我們知道他會長大，所以那時我才三十歲，我記得我發誓我最在乎的是鄭淵結，那時候我知道鄭淵結的作品是相當重要，剛剛沙永玲有提到說彭懿，那個時候我們去的時候彭懿在日本。後來彭懿回來了，我們就知道他是一個人物，那個時候我們讀到他早期的作品空間非常之大，然後他又到日本待了七、八年才回來，整個回來的感覺都不一樣，我們知道鄭淵結是個年輕人，我們現在知道鄭淵結或彭懿或是我們所知道一些作家，對整個大陸讀者的影響是非常大，我們要做這東西，後來鄭淵結跟我們講了一句話，天安門的示威的學生，他一走進去都是他的同志，他從事童話寫作生涯，他這一次要改變了，他說得很明白，他希望他能透過他寫的作品，改變大陸人民的腦筋，比如說打破權威敢於反抗，自由思考創作，他的作品充滿了這東西，所以很多讀到他的作品都感到喜歡，他在天安門也受到學生歡迎，所以他能夠領導機車隊去遊行、並帶動，他是這樣一個人。這個年齡優勢，第二個我是強調經濟優勢，當時我們臺灣是經濟優勢，可是剛才沙永玲講我們這個經濟優勢是一年比一年低一截，甚至到過幾年後我們這個經濟優勢不但沒有，還有靠人家接濟，那麼這個經濟優勢就是我們可以出錢，主動攻擊，我們必須等我們邀請幫他們接待他們才能來，這就是我們經濟優勢。

但是我們缺乏的是什麼，我們缺乏的就是陳信元所提到的集體優勢，我們都沒有做的，就是說剛才我們大家都很忙，組織已經不容易，又有些雜音破壞組織，所以這組織就是我們沒有弄起來，以我們臺灣單打獨鬥是不行，因為那會浪費很多金錢、很多時間，我現在講的不是打戰，但是就整個利益來算比如說我們現在學者要到大陸去，可是你做不了事，當時我們合肥七個人去，那就是集體力量。

那麼第三個觀念就是我要回應林文寶，林文寶談到文化中國，我

不反對文化中國論，我是覺得世界一個潮流對一個文化中心論可能要慢慢更改，一個從文化多元角度看，可能發展成多元的文化，這就是文化多元中心論，就是中國文化會產生很多文化的中心論，那中國文化是很大文化沒錯，可能臺灣文化就是東方文化的一個中心，那麼日本文化也是東方文化一個中心，而不是大家獨崇中原文化，而是說韓國文化、上海文化、日本文化、臺灣文化、西藏文化在東方文化這大文化的團體裡面，一個多中心的東方文化，這樣一個文化多元中心的理論，現在在這個時代裡面，一個多中心的東方文化，這樣一個文化多元中心的理論，尤其是在個別文化很分裂的趨向裡面，會比較符合我們現在時代，因為包括在臺灣，雖然我們提倡多元文化，但多元文化還是有爭議，比如說多元文化是閩南文化的中心，這個有人反對，講臺灣話或閩南話就是臺灣的主流，那客家族群就不服氣了，還有很多原住民族群的語言保存他們也不服氣，事實上如果臺灣文化裡面它也要分裂成為一個多中心的中心，比如說臺灣文化在屏東裡面，客家文化在新竹苗栗，這些都必須得到尊重，所以我基於這樣一個族群尊重的原則，我們用一個多元化中心理論來看中華文化，我想我們跟大陸這個地位就會擺得比較平等。

最後一點我個人覺得交流以後，我個人比較冷卻一點，我跟大家報告一下，我們做了很多交流其實就是外交工作，外交是內政的延展，那今天交流的工作以我個人來說，我是覺得用人去交流是很茫然，最好是用作品去交流，就是說你要用作品去交流才能夠無遠弗屆，但是就是要有足夠的作品，那假如說我們今天做了很多的交流但作品不足，沒有創作，我們拿什麼去跟人家交流，交流只是吃飯，那真正的交流是要用到作品，所以我覺得說在交流上我們可以提醒自己，隨時要創作，隨時要有良好的作品呈現，這樣的話我們交流才有意義，也才有存在的價值，這是我個人最後一點想法報告到這邊。

主持人：

謝謝陳木城校長，作了很多引言，也引發很多思考的語言和討論的地方，現在我們就開放大家來討論發表一下個人的經驗和看法，請司馬拓荒先生發言。

司馬拓荒：

我在3月26日曾經參加過第六屆海峽兩岸兒童文學研討會，我有一份使命感希望下學年度在臺北市立圖書館北投分館的讀書會成立一個兒童文學希望展覽活動，謝謝！

主持人：

江中明先生是聯合報文化版的記者，也是一位詩人，請他發言一下。

江中明：

對不起這個問題我不知道怎麼樣跟各位請教，剛剛陳校長也說過去在交流上經濟方面占了優勢，我現在想要請教的就是說，比如說在華文世界裡面，尤其是在少兒部分，我們在出版上面以及在創作方面，在臺灣部分究竟占了什麼優勢？我們可以怎麼做，我想在出版方面我想請教沙小姐，在創作方面不曉得誰能幫我解答，謝謝！

主持人：

從江中明先生提供兩個話題，第一個請沙小姐回答，謝謝！

沙永玲：

　　我想出版的就是我想在這半年來我也很緊張，一直在想，剛剛提到其實速度很重要，我們以前常常覺得速度快就會粗製濫造，我覺得唯一解決的方式就是不斷講求速度、掌握住社會脈動之外，還要做出好東西，這是編輯唯一能夠存活下去的方法，因為整個市場的規模跟大陸來比的話，我們居於非常的劣勢，那另一方面就出版來講的話，大陸的口是沒有開，所以臺灣的作品能在大陸出版只有一些，其實這些書從來沒有發出去，都放在倉庫，然後開研討會的時候大家發一本，根本都不會去增訂，就是做個樣子，但事實上我們臺灣的作家沒有碰面的機會，所以剛剛信元的提案，我覺得如果真能做成的話應該是個機會，就是說雙方既然是交流的話，都是缺露面的機會，事實上可以省下經費，對作家並沒有什麼影響，對臺灣作品部分沒什麼影響，那也曾經用各種方式希望能突破各種困境，至少實驗性也可做做看，其實也是不太容易，所以布老虎會提出劉墉、張曼娟，我覺得是個不錯的開始，希望有一天臺灣作家的作品能夠進入小布老虎，好像那是在市場上比較容易有知名度，最近看到一篇香港的公會報導，好像也是江先生的報導，就是何必要去看國際市場，中文的市場就是非常大，就連外國人也是拚了命想進入市場，我覺得這觀點我一直都是這樣認為，對於我們編輯的優勢以少兒來說，臺灣的作家有他們可取的地方，也有他們靈活的一些角度，比如說對大陸小孩子也有些吸引力，看我們怎麼樣把這優勢推出些新鮮又雋遠的東西，這是要靠編輯的企劃跟觀念去取勝，我覺得講到最後還是觀念，可是我覺得出版規模還是無解，我唯一想到的方式，為什麼我會在大陸待一個月，我一直在想要結合的方式，就是臺灣出版社如果不跟大陸某些集團的出版社的編輯保持密切合作，對於外來優勢就不太會有密切的機會，可能連生存的機會也不太有，因為據我了解我們臺灣去談日本作家的作品，是根本不回信，我最近看了個戰爭的小說，我們其實聯絡好幾

次，可是他們根本連回信都不回，最近有可能出版的作品是因為大陸幫我們聯絡，才有可能出版，否則我想這態勢就是以後我們想要一些好的支援的話，這點讓我們做出版的感受很深，無論是經由哪種溝通都不太容易，像最近紐伯瑞98年的作品，像那天民生報有登，我們也曾經爭取在臺灣能夠出版，他們卻回答說希望能保留所有中文版權，他們是希望經營大陸市場，所以臺灣的版權他們是不給的，等到大陸市場成熟的時候就會自己來做，我想不管是出版界或是作者要了解這種現實，這也是我們所要憂心的事情，謝謝大家。

主持人：

第二個問題是不是請林先生來談一談，江先生是不是就具體的創作的部分再講一講。

江中明：

也許我對少兒文學方面不是很清楚，比如說像在大陸少兒市場他們有他們的本身文化、他們市場的味道，所以他們可以吸收得很快，那麼我們現在在整個華文的世界裡面，如果說臺灣兒童出版已經到了飽和的程度，要到大陸去洩洪，那麼我們進攻大陸市場的機會是什麼？也許可以請林良老師來為我們解釋一下。

林良：

關於創作方面的優勢，我們自己檢討就可以發現在臺灣的作家應該多做努力，應該多專心一點，但是我發現在這方面的環境，對我們確實是不利的，在臺灣大家都可以發現每個人都很忙，有誰能夠關起門來為他的作品努力幾個月，經營、推敲他的作品，我覺得這方面我們是需要努力的，我相信大陸的作家給我們的印象，他們常常沈潛於

創作，可是我的感覺是他們這種優勢也會慢慢的喪失，這是在工商社
會裡，人應該要怎麼自處，如果覺得不很悲觀的，就是說它慢慢會產
生一種制度，讓作家能夠專心寫作的制度，像我所知道的過去寫黑手
黨的作者，他是得到這個制度的好處，剛起頭他也是短篇的、中篇
的，慢慢的累積了相當的作品後，就將他自己的寫作計劃給出版社，
出版社看到他所有的作品以後，同意他有這樣的潛力，就先付給他一
半的待遇，這個待遇他可以比較辛苦的活兩年，然後他就可以心無旁
鶩，好好去工作了，所以在臺灣我覺得很多作者都是蠻有潛力的，但
是他通常都會寫急就章的作品，或者是不是他真正想寫的作品，所以
在這方面我們覺得以臺灣的作家來說，他必須跟他的環境做一種對
抗，在目前來說，慢慢的也許出版社也會採用這種制度，以他過去的
成就，來觀察他的實力，再審查他現在的計劃，給他兩年的時間，比
如說我所知道的國家文化藝術基金會，在文學方面已經接受作家所提
的寫作計劃，經過審查他過去的作成績，確實是值得我們肯定的話，
只要同意他這個計劃以後，大概會發給他一年的生活費，這個生活費
以目前來說差不多是每個月三萬塊這樣水準的生活，很辛苦的，但他
可以專心去寫好他的作品，我覺得剛剛大家所討論的大陸的優勢、我
們的優勢，我覺得癥結就在於我們臺灣的出版界最大吃虧的地方，它
是一個小市場，這點吃虧最大，同樣投下那麼多的成本，做出來的
書，它只能做二千、三千，還有許多在香港印刷的做五千，這是相當
冒險的，所以說一個小市場不論在哪一方面發展，都是要吃虧的，比
如說在國外的書它要給臺灣還是要給大陸，如果要我們選擇，我們也
是要給大陸，為什麼要給你一個剪剪接接的，我要給一個大的市場，
但是，我們臺灣也有在出版方面的一個優勢，就是下決定的時候，不
必透過很多的層級，臺灣雖然市場小，但是有許多中小型的出版社，
只要老闆慧眼看上，他馬上就幫你出書，這是我們的優點，所以說唯

一的優點應該是在這裡，比如說沙永玲看上哪一本，她就可以決定要出這一本書，用不著透過委員會層層的請示，最後決定可以出這本書，她才可以出，這是我們的優點。

主持人：

謝謝林先生。

陳木城：

我想剛剛江先生提出就我所知道的，當然林先生也提到一些，就是說事實上我們在跟兩岸交流的時候，大陸同胞也跟我提到，希望我們能多多邀請他們來，因為我們臺灣出得很多，而大陸來我們這邊的很少，好像不太公平。事實上我們臺灣到大陸的很多沒有錯，因為都是我們自己出錢，可是他們來我們都要接待，可是接待的能力有限，所以說如果要等量的就是說我們到那邊去五十個，那他們來我們這邊也五十個，我們做不到，那事實上，也有一個不公平的現象。

企劃的時候，要來企劃一些比較活潑的臺灣作家的作品，他們還是避免，第二個問題是李潼告訴我的，他說我在大陸出版了一本書叫《少年噶瑪蘭》說出了二千本，結果拿到的版稅一算人民幣折合美金，美金折回臺幣又貶值，算一算還不到幾千塊錢，這問題在哪，在大陸出版發行的渠道，一直是非常的老化、鬆垮，完全沒有辦法運作，我們當然知道，像沙小姐他們知道說是不是新的渠道正在建設中，可以引我們臺灣人進去，建立他們的發行管道，讓臺灣人看到那樣一個作品，可是你想想看你要花很多的錢去建立那樣的鐵路，等十年後才能賣鐵路的車票，這樣的一個成本收益，以臺灣的一個書商沒辦法，因為我們臺灣的書商都還是中小企業，又不是十億、二十億、五百大、一千大的大事業，都是一些有文化理想的人在經營一個行

業，這樣的能力實際上也不足，那事實上有一些比較大的書商去做，那現在又卡在他們的政策，我前一陣子才看到他們的文化局公布五年內開放新聞跟出版媒體，八年後開放電子媒體，也就是電視和廣播，我看到這個新聞是覺得很震驚，可是看到這個新聞隔天我碰到王清峰我問他，他說不可能，以他對大陸政策的了解不可能開放，如果真的開放的話，那我們臺灣所有出版界的、新聞界的要趕快去了，要趕快回去寫作，那我們現在跟大陸交往，臺灣的作家在大陸出版動機也不是很強，那他們的動機比較強，所以會爭取，因為我們臺灣的出版比較容易，只要老闆看上就可以，所以我們出他的書比較多，他有他的生態上的不足，這是我回應江先生的問題，如果大家有補充的請再補充，謝謝！

馬景賢：

最近在香港亞洲週刊方面特別強調，新聞也報導了，下個月在上海討論中國以外的外商投資在中國大陸出版事業的主題，對臺灣沒有設限。

主持人：

對這第二個題綱還有其他的意見可以提出。

曾西霸：

我是曾西霸，因為在兩岸交流的活動之中，我是第一批到合肥去的人之一，但是我沒有任何作品進到大陸，我當時的觀察、感想，我想信元他們在更早就已經去過，當時信元他們是最受歡迎的人，因為他們是出版商，當時的大環境就是這樣，可是剛剛沙小姐很清楚的告訴我們整個生態完全改變了，所以我把我當年第一次進去的感想在兩

位的引言之下，發表一下我的感想。我本來是對政治毫無意見的，這種政治的東西無所不在，隨時都會在我們的身邊產生影響，可是誰又都抗拒不了，因為它不請自來，所以當時我們一到，我一看那紅布條一拉上面寫著「皖臺兒童文學交流會」心裡就涼了一截，我又回到了大中國了，只不過和安徽省一個對等的，一個臺灣的兒童作家同樣的跟安徽省一個交流活動，很快的他就把你定位在這樣一個位子，那麼在我第一順位電影的工作場合中好像碰不到這樣的情況，我不知道為什麼對電影的人事的處理，跟對兒童文學人事的處理會有這麼大的差距，尤其八九年到的時候正好是六四天安門事件剛過，所以我想那整個感覺非常的不好，這個政治現實對我們的影響是不能夠談的，也不是只有大陸才有這樣的問題。我想政治對於海峽兩岸兒童文學交流的組織來講是必須要去慢慢釐清跟思考的問題。十年過去了，張愛玲說得好，對這四、五十年之間，十年不過是撥指之間的事，對年輕人來說可以是轟轟烈烈的，可以是一生一世的，我們的十年已經過去了。

李麗霞：

我到大陸一趟，認識了一些很善良的朋友，這是給我們的第一個感動，第二個就是看到了一些資料，這個資料在我去大陸以前大概也沒這個想法，但是回來之後，也就這樣把它組合成一篇科學童話的研究，這個研究也在海峽兩岸的論文發表會裡頭得到朋友們的支持，我想這也應該是影響下的產物吧！再來可以做的事情，我看到一些朋友他們感覺好像本土的作家在發表的園地上受到一些排擠，我雖然自己本身也不是寫作的人，但是我看得出來，好像他們覺得這個地方是受擠壓的，但這個擠壓會激發起一些想法，我看到那些朋友他們回去會想到底要寫什麼作品好呢？而且會更積極的去做。把自己身邊覺得不錯的這些二十來歲的年輕朋友帶起來，當然我所講的是小區域中我所

看到的。那麼就大的來說，我覺得學術研究對我們在課堂上教書的這些人是該去做的事，而作品的創作本來就是有很多朋友很努力在做的事，也許我也很有興趣的想請問林文寶林教授，我們在今年4月舉辦的1945年以來的臺灣兒童文學之後，接下來我是不是應該做海峽兩岸兒童文學之比較研究，對於這個比較研究我有一個想法，定個架構然後各寫各的，這當然也是一種方法，或者是要錢的人去把錢要到了，接下來就是想怎麼去寫，像曾西霸的兒童劇，還有好多人，我只是一個小小的點而已，這些人應該是可以統整起來，做一個比較大的架構、比較研究，意思是在做這個東西以前，先把這些人找來聊聊，我們可以做些什麼，那也許會做出一個比較有分量的東西，而且資料可以流通，站在學術研究的立場上，這是我希望能夠看到的事情，謝謝。

主持人：

謝謝李老師又提了幾個新的話題，講到了兒童文學的比較和學術研討會，我們再請帥崇義先生來發表一下。

帥崇義：

剛才沙小姐所提的對我們臺灣的作家和出版界是一個相當大的震撼，原來以為我們是非常的優勢，可是現在這個情形已慢慢的改變了，關於交流就如林良老師所講的水壩一樣，不是誰把誰淹沒，而是互相交換經驗，不管是創作方面或是出版方面的經驗，我想因為交流而產生的衝擊對我們來說是很好的事情，將來我們能不能夠比得上大陸，誰也不敢講，以我到大陸去了幾次的經驗，我們每個人所要追求、想了解的東西都不一樣，每個人所得到的東西、所得到的信念也是不一樣的，那麼不管他們如何的強勢，都是可以給我們很好的參考

與學習，使我們能更進步，但是我們還是希望在馬理事長的帶領下，
能有很多新的構想，使我們研究會更上一層樓。關於觀念上的問題，
我想在剛開始交流時，我們都自費到大陸，也要請他們過來，但是也
發現我們這批兒童文學工作者是以誠信對中國文學做一些奉獻，雖然
有千島湖事件的問題發生，但我們仍從湖南把他們請來，所以他們覺
得我們臺灣兒童文學在這方面真的是出錢、出力，對我們蠻有信心、
蠻敬重的，這是正面的影響。講到負面的問題，我覺得現在臺灣的經
濟方面仍是有點強勢，將來這方面我們可能要有所突破，因為我想現
在他們的經濟方面已無問題，所以將來在交流時應是對等的，各出各
的費用；在創作方面我們這邊的作者都有自己的工作相當忙碌，不能
專心的從事創作，但是我想這沒有什麼關係，只要我們盡自己的力量
寫好的作品，只要有好的作品，將來交流時不能每次都大批人馬，應
該分細一點，例如戲劇的交流、研究的交流、出版業的交流……等，
以小組小組座談的方式，當然我想這些事情也不是一下子能做到，而
是慢慢的改善，這是我一些想法。我非常同意陳木城校長的文化多元
論，因為以往一直認為中國文化是發源於黃河流域，而最近二年在大
陸的文化研究，發現楚文化的研究，也就是長江流域，所以現在中國
大陸很多人從事楚文化的研究，這也表示中國的主流是漢文化，但是
中國大陸也有楚文化的主流，而且還有其他不同的文化，我們臺灣雖
是接續漢文化，可是我們臺灣也有文字及文化，所以我想中華文化多
元化，是在座的學者可以多聊聊研究的。

主持人：

謝謝帥崇義先生，其餘兩岸兒童文學的比較與研究是很值得去
做。現在我們接下來就討論第三個議題「展望未來可行之途徑」，我
們請到的兩位引言人是非常有經驗的陳信元先生及桂文亞小姐。陳信

元先生在兩岸的作家與出版方面都有非常豐富的經驗，今年10月還將
邀請大陸作家來臺訪問，對於兩岸的輸往也非常的清楚，而桂小姐在
這十年當中做了許多大事情，經驗、感觸及想法會特別多，我們現在
就掌聲請陳信元先生開始為我們引言。

陳信元：

各位在座的大朋友、小朋友好，我想今天非常榮幸回歸到兒童文
學界來，因為這麼多年來，事實上我都一直在從事出版的工作，所以
不管是工會或是一些活動，或是兩岸的一些研討會我也多少有參與，
今天我想提供一些小小的心得，來看看原先的構想有沒有可行性，來
做個引發。首先對兩岸兒童文學的市場，我這裡有一份資料，希望讓
大家了解整個大陸的市場狀況，大陸有三億八千萬少年兒童文學的市
場，不知是我們臺灣市場的多少倍？所以在他們兒童文學的出版當
中，有些比較屬於教條式，尤其教育性的書一賣就是上千萬，我想我
們不需賣這麼多，所以像剛剛沙小姐所提到的，除了量的方面的交流
外，質的提高也是很重要的，假如說能夠做到質量並重的話，那麼這
應是我們努力的方向。這一次在今年4月，由中華民國發展基金會委
託，然後由行政院新聞局贊助，我們辦了一個臺灣出版作家的大陸訪
問團，這個行程包括的人員，在我的報告裡有提到，但是我想最主要
我要提到，這次的訪問其實有它的一個交流的意義及激起的一些效
果，因為以臺灣來說，以前我們很多的作家在大陸出書，很少會有作
家一起到大陸去了解大陸出版的實況，或是大家共同的去為一些臺灣
作家的形象推銷，這個大家從來都沒有試過，所以我跟陸委會提了這
個構想後，我想借由這個活動，讓大陸的一些出版界、傳播媒體或其
他的讀者能夠注意到臺灣作家的存在，不會說講到名字只認識劉墉、
柏楊、張曼娟，現在我們希望能搭配一些教授，去做一些參觀、訪問

等等，但是這些朋友他們在大陸不一定每個都出書，他們有些只出一本、二本，銷路也不一定很好，但是我們覺得他們是非常好的作家，當然最主要還是以張曼娟小姐、劉墉先生來配合，因為大陸方面對他們兩位比較熟悉，我想大陸方面他們也會有些考量，這整個活動的行程，我們聯合報的記者江中明先生他也有參與，他和我們一起去採訪，幫我們發布了很多消息，這次到大陸，我才了解到臺灣記者的敬業。在這次活動中，我們有個活動很有意思，就是辦了一個作家與暢銷書排行榜座談會，這個座談會是目前大陸最紅的外語出版社，叫作外語研究教學出版社，簡稱外研社，這個出版社花了一億二千萬的人民幣蓋了一個新大樓，這個新大樓蓋得非常有氣勢，它完全是在這幾年之內賺錢的，所以我想剛剛沙小姐也有談到一些大陸的作者崛起，我想有很多可以談，但不是今天的話題，因為光是這個出版社的崛起，它的運作模式，我想會給我們很多的啟示和經驗，並不要像以前到大陸去好像買主一樣，只要版權，覺得我們臺灣也不需要努力，我們臺灣也不需要原創力，所以兩岸交流，我可以跟各位報告，損失最大的是臺灣作者的原創力，已經慢慢的喪失了，出版社只要到大陸去跟他們買版權，從以前一千字六塊美金到現在十塊美金，但是他忘了這些東西拿到臺灣來事實上也不是那麼好賣，因為第一個他沒有先去了解臺灣對彼此的一個需求度是多少，所以他把這個作品引進來後，完全是靠大陸廉價的生產力拿到臺灣來出版，所以，以這樣的一個情況來看，有些後面的因素慢慢呈現，我們臺灣的出版業者，慢慢的忽略我們的優勢在哪裡，其實我認為臺灣作家的原創力，事實上還是非常好，我們在幾次的評講活動中發現，事實上臺灣作家的好作品還是非常多，但是今天比較可惜的一點是，我們並沒有一個系列的叢書在大陸出版的情況，目前大陸並沒有一套是對我們臺灣作家精選集的叢書，而大陸目前買幾套書放在家裡對他們來說在大陸發行根本不成問

題，問題是我們並沒有很積極、主動的把我們的產品推銷到大陸去，所以我今天提出的構想根本做不到，如果說我們已開始自覺希望把我們的作品開始跟大陸做介紹，我相信以大家跟大陸所建立的人脈，我想應該會有很多出版社很樂意的去接受我們臺灣非常好的作家和作品，因為像現在大陸他們出了很多套我們臺灣作家的文集，如龍應台先生、林海音先生的文集都已出版，這表示他們也蠻能欣賞臺灣作家的作品，但是我們沒有主動的把我們的作品好好的推過去，我想我們應該可以再取得一些共識，我是希望延續我們今年4月的這個團，因為這個團談完之後，陸委會馬上評審為優良團體，因此上個禮拜還到日月潭去參加一個兩岸交流座談會，去報告一下交流的經驗，所以這個主辦單位一直爭取續辦這個活動的意願，我是建議或許可以舉辦一個以臺灣作家、畫家為主的訪問團，而且希望能跟他們官方的讀書管理司接觸，第二是希望與國家版權局接觸，了解我們的書在大陸出版之後，有沒有遭盜版的可能，怎麼去防備，所以這次4月份去，主要是去看盜版書，因為他們盜版行為太嚴重了，以劉墉先生的書來說，在市面上流通的大概四百萬冊，已經嚴重到在上海辦新書發表會，上海的書店的書全是盜版的，而且很好笑的現象是正版書一本賣六塊半，而盜版書一本賣二十幾元，盜版書印得很漂亮，大家寧可買二十幾元的盜版書，由此可知大陸讀者的消費其實已經提高了，一些暢銷書的定價也是二十幾、三十幾元，一旦我們了解這些後，進入這個市場會更容易，另外就是說我們的兒童文學及插畫在大陸並沒有做一個正式的公開，而且沒有在公開的場合展現我們兒童文學創作和插畫的實例，雖然說我們有很多個人的交流，而且交流上也做得不錯，包括書的交流、學術的交流，做得非常的多，但是這個層面，基本上它比較無法走出去，它可能只是單獨的一個層面，我是覺得應把我們兒童文學的成績整體做一個分析，透過訪問團，能夠展示我們兒童文學、

插畫的成績，這個展示範圍包括目前比較好的個體戶書店，來做展示，大陸市場的一個優勢早已開始了，臺灣未來也必須要以大陸為主力，不管說編輯、企劃、印刷方面，都要像陳校長文化多元中心論，因為將來考慮的方式，不能只考慮到它的市場，比如一個出版出來後，可能要有一個亞洲方式去套，如企劃創意中心在臺灣，但印刷、分配中心在香港、大陸可能是我未來最大的市場，所以我整個出版品的設計要顧到其他的市場，相信如果你要爭到亞洲盟主的地位，你可能要衡量到這一點，因為我們臺灣也已成為國際集團想進來的市場，甚至它已經進來了，這個市場已經成為一個國際競爭角逐的勢力地方，所以以此情況來看，我們一定要走出去，沒有走出去的話，市場會萎縮，可能情況不是那麼好，像這麼一個方案我是覺得在我們學會裡頭，將來像大陸一樣成立兒童讀物工作委員會，如果我們以它為對口單位設定我們臺灣本土寫的作品推薦到大陸去，加上好的企劃，我相信這是一個好的起點。另外一個就是出版協會分為香港出版協會還有大陸出版協會，分三地來共同舉辦會議，這個會議對彼此都有牽制，來討論三地共同的問題及出版方向，假如我們臺灣的兒童文學會與大陸、香港三地的對口一致，舉辦一個對兒童文學的會議的話；我相信對三地應該會有很多幫助。另一個是大陸整個市場型態，包括讀書俱樂部，很多書店都在做，它們以書會友的方式，希望能將書籍強力推薦，掌握一些資訊，這樣一個型式是非常好，外國出版社在大陸要的並不是眼前小利，而是想席捲整個大陸的市場，對於外國出版界運作的模式，也不失為一個效仿的方式，像大陸最近有個書店，它們做了一個中國式的圖書，請了很多著名的專家學者做這本書，我覺得他們做得非常好，我想這個其實也可以把我們作家的好書送過去。我想我用了很多時間，各位可以從我的報告中來看一下，我的意思是我們整個對大陸的交流可以透過一個組織上的優勢，來進行出版品的交

流，學術上的交流層面應該是持續性的進行、持續性的昇華，我想學術性的交流活動，我們這邊也在進行當中，在把整個出版品推到大陸去的這一塊上面，希望能有一些開創性的作法，也希望能結合優勢來做，我提出這個構想讓大家來參考，看看可不可以進行，如果可以進行，我也願意盡力來爭取，讓這個構想成為一個事實，真正展現兒童文學界真實的力量，我的報告到這裡，謝謝各位。

主持人：

我們謝謝陳信元先生很具體的引言，現在先請桂小姐引言，我們待會再踴躍發言。

桂文亞：

在之前的時候，林良先生有「水壩說」、陳木城先生有「槓桿說」等等，關於這些想法，如果這樣的話，我也套用一下，我有一個「諸神歸位說」。所謂諸神歸位，我的意思是說什麼人做什麼事，什麼單位從事什麼事，所以我們首先要釐清的就是今天兩岸的交流，它的定位是什麼？今天在座的各位有很多不同的身分，那麼就兩岸交流的種類，我們簡單細述一下，這十年來我們所做過事情的一個範疇，比方說兒童文學的學術是交流一種，兒童文學的創作交流是一種，兒童讀物出版的交流是一種，這個期間包括了編輯行銷涵蓋在這一範圍的交流，兒童媒體的傳播交流是一種；兒童文學的組織工作，比方說期間的互訪、研討會、辦各種各樣的活動也是一種，這十年來我的感覺是能夠專業的就某一種領域去發展的交流真的是很少，大家幾乎都是在重疊範圍內東做一點，西做一點，尋找一個合適、可能的合作方式，尋找一個合作的經驗。昨天我還跟一個朋友聊到目前所有的經濟趨勢、文化趨勢，對臺灣來講完全是在一個變動的狀況下，兩個變動

的在一起如何找一個對口的軌道，這是我們所要思考的方向，當兩個
兒童文學的樹苗在快速成長的時候，我們都沒有變成一棵大樹可以互
相庇蔭的時候，我們都在成長中，意思是有很多都還在摸索，我覺得
十年的摸索可能到今天為止，已經理出了一條路來，所以我們的心血
並沒有白費，這要付出相當大的代價，那麼以我個人來說幾乎在所有
的交流種類中間，基本上我全部都接觸過、試探過，也都蠻了解，我
想我們交流要有重心、需要、機會、條件及熱心，今天我們所走的兩
岸兒童文學交流完全是在一個變動的狀況下，兩個變動的在一起如何
找一個對口的軌道，這是我們所要思考的方向。這中間還有一個很重
要的問題就是我們今天要講兩岸兒童文學交流，它的整個所走的路絕
對不是只有兩個，而是很大的，就是兩岸兒童文學的交流、兩岸文化
的交流，我們政府層面的變化、經濟層面的變化，所以我們今天超出
了兒童文學交流的內涵來看事情，可是我們卻身在這整個大的環境裡
面，受到各種的影響，所以我們在談到一個論點的時候，不能夠只就
這個論點抽離出來來談，要想它的背景及背後影響它的因素跟整個狀
況，我個人感覺我們覺得交流重不重要，我們大家都會覺得很重要，
那麼有多重要，我想問問王淑芬您覺得個人來講有多重要，而不是對
整個大環境來講，譬如我們說個人的重要、個人地位的重要，集合成
一個大的地位重要，如果交流對我沒有重要，我們今天在問題第一個
談到如何增進圖書及個人資料之交換？我們先來講這個部分，有些人
可能覺得這沒什麼重要，可是我覺得這對林文寶先生可能是非常重
要。那麼如何增進學術研究？我覺得這對我們真的非常重要，但是出
版合作計劃是個食物鏈的關係。也就是出版合作要有作家、評論、媒
體，它是一個環結，每一個環結都很重要，但是每一個環結都被分散
了，我的一個思考就是說我們能不能夠諸神歸位，我們站在自己的位
子上，覺得我們能夠就我們所做的哪一點做得最好，追根究柢就是創

作的人專心創作，媒體編輯去做媒體編輯交流的工作，出版者專心去做一些出版的趨勢，然後我們在一些刻意經營的機會下，集合這些人，來將所做的這些事情由一個單位，比方說今天的兒研會，那麼由一個組織，來將這些東西作為一個有規劃性的實踐，就是說做任何事情要有一個設計、要有一個理性、要有一個計劃，這個計劃的本身應該是一個短期的、中期的跟長期的計劃，也就是說它要有一個規劃性，我們過去的十年是這樣的走過，當然未來的十年我們不可能走回頭路，整個環境都不允許我們回頭，那麼我們要怎麼往前走呢？今天是個很好的開始，可能這個部分是就是大家來想想，我之前看到了兩篇文章，我們大家都很關心就是所謂出版合作計劃等等，我們也看到5月號出版家的章裡面說大陸因書市場現況與未來等呈現的作品，陳信元先生前不久做了大陸出版集團化的趨勢與兩岸出版交流的互動，所以就是說資訊的獲得，我覺得其實是就我們來講應該我們座談會最大的是一個資訊上的收集，一個思想上的激盪，然後共同想出一些方法。我常覺得我們都說得很多，然後我們都有一些意識，可是我們都沒有面對危機，去處理這個危機的能力及條件，我們總是在說然後做得很少，只有一些有心人分散的去做，而沒有集體的去做，所以我們每一個人都要注意到我們自己應該要做些什麼事情，然後練習也很重要，另外一個就是說我想舉個例子，比方說看經費哪裡來，我想經費哪裡來，這個當然是對那個想要交流辦活動的主持人最想知道的事。現在我們層次上已有所改變了，比如以往我們的籌碼是比較多的，大陸人的作者朋友如果來臺灣，我們都是全部替他們申請經費，可是因為隨著大陸形勢的轉變，我認為我們並不是沒有籌碼了，比方說我們這一次邀請七位大陸作家跟學者訪問，我就提出了問題，就是說你們自費，因為你們已經有能力了，所以這並不是不好的，就是說要運用對方的改變造成我們有利的這個想法之下，而不是說因為對方能力

強，而消弱了我們的能力，而是因為對方能力強，我們如何來吸收他們的能力，來作為減輕我們的成本等等。有了1997年七位大陸作家來訪模式以後，我們不再提供任何經費，我們請他們自籌經費，因為他們的學校可以合作，他們的單位可以合作，他們個人的經濟條件已經達到了相當的標準。第二個在過去的十年來，民生報與大陸的很多單位辦了非常多的活動，事實上我們早在三、四年前，我們就提出了對口（就是經費你出一半，我出一半）的方法，這是互相尊重的問題，我不嫌你沒有錢，或者是覺得你很有錢，但是我們都不談這個問題，就是說我們互相的有誠意，比如說這個活動是一萬塊錢的話，你出五千，我也出五千，從來沒有得到任何的拒絕跟為難，所以因此我常常在想，我們不必過於悲觀，我們也有我們的條件，比方說在臺灣，事實上我們也有我們的優勢、我們的工作效率，我們對於資訊收集的快速，我們靈活的運用市場的經濟，以及我們在設計上的一些比如說版本，在圖書經濟上面，我們可以一直不斷的去領導，我覺得可以帶動他們，這未嘗不是一個良性的競爭，就以大陸市場的變化來說，像各位常到大陸的人，可能都有看到大陸目前書籍的裝針、印刷，都已不亞於我們了，我覺得這個很好，為什麼？因為有利於將來我們好的作品到大陸去，我們不會嫌他們出版得很差，我們可以要求說，你出得那麼好，我們也要精裝本，但是有一個問題回歸，你有那麼多的作品，你有那麼好的作品讓他們出嗎？大陸的市場一次可以印到兩萬冊、五萬冊、十萬冊，難道我們臺灣好的作家沒有機會嗎？我不以為然，我覺得做諸神歸位的一個理論就是說好的作家永遠有人爭取，大陸市場那麼大，我覺得你根本吃不了，問題是你沒有稿子可以供應，像我常跟他們媒體做交流，他們請我推薦臺灣兒童文學作家的作品，我要童話專欄，我要什麼，可是我的籌碼在哪裡？譬如我們有機會，也就是說我們的資源可以互享，可以共用，作為一個編輯者，我當然

希望我們民生報的作家群能夠有機會在大陸露面,獲得更多的資源,那也可以促進我在版權交易上的優勢,當然小朋友都喜歡看到王淑芬的作品,我說王淑芬的作品民生報替你爭取大陸版權,因為她已經有了市場,那麼我們可以和他們談條件,所以這樣一個互動,也許是有利臺灣市場的,就如同曹文軒的作品《草房子》,我們今年已經拿到臺灣的版權,即將要出版,可是我也要提醒各位就我所了解,現在大陸的出版社在和大陸作家談版權時,他會顧慮到港臺的版權,這是一個趨勢,他要的是全球中文的版權,港臺的版權是我們以前他要的優勢,我們可以拿來,可是現在不行了,作為一個臺灣的編輯者來說,他要創造作品,他不能撿現成的,也就是說我們發現大陸有好的作家時,我們回過頭來,請他為我們臺灣人創作新的優品,版權是我的,大陸人要跟我們臺灣人買,甚至能夠讓你倒過頭來買版權,所以如果大家能換個角度來想,我常常覺得也許沒有那麼糟糕,讓我們早一點想、早一點做,同樣地臺灣的作者我們也希望他們努力寫出好的作品,讓我們的編輯,讓我們願意從事兩岸交流的人創造一些碰面的機會,明年我們在做交流時,我常常在想我要拿什麼去交流,這是我害怕、著急的一件事。我今天講的是有點亂,不過也是我就剛才大家提到的,提出一些簡單想法,謝謝!

主持人:

謝謝桂小姐的引言,桂小姐提到了很多關鍵性的問題,那麼我想一定會引發大家的思考和想法,現在我們就開放來進行討論。

蔡清波:

主席、引言人,各位前輩大家好,我想我從南部來,如果不講幾句話,等一下主席會被冠予重北輕南的罪名。在1980年左右,我們在

南部成立了一個高雄兒童寫作學會以後，到目前有一點夭折的味道，我們也非常需要北部給我們交流一下，不要交流到兩岸去了，不過兩岸還是需要交流。

我現在來提三點，第一點就是說面對的是一個新的紀元的問題，剛剛各位提到的都沒有提到結合一個新的科技來做交流，我記得我在學校有一個林文宏會長給我一個觀念，現在是一個地球村，它的投資是二十四小時，在那邊不停的循環著，所以它的錢是二十四小時在用，我們現在透過網際網路，我們的一個資料的交換及對流，也可以跟大陸做一個二十四小時的交流，所以並不限於目前的一個書本上的交流，或是說我們人的交流，所以我們非常期盼華文資料館能夠把作者允許的資料上一個網站，讓這個跟大陸甚至跟世界來做一個交流，詳細的我有寫在我的報告上，讓大家看一下。

第二點我特別提出，設想我們作者在創作作品後，經過出版社的出版，還有報章媒體的介紹，甚至於一個簡介，然後再透過學術上，像林老師的兒童文學研究所，給我們做一個評論，假定今天兒童文學研究所對林煥彰先生的作品做一個討論，他一定認為這是一個無上的光榮。我是覺得不管在哪一方面都需要再做一個結合的工作，比如說我們要到兩岸去交流的話，比方說我們去開個研討會或是我們藉著機會玩一玩這樣就好，我們應該事先有一個規劃、團隊，如果我們事先透過出版商，把我們的作品在大陸出版，那出版以後透過他們的媒體宣傳，我們去舉辦一個書友會，也就是我們臺灣的讀書會，讓他們小朋友先看到作品，然後我們這邊的人輪流比如說也可以到中國大陸一週，並且示出你自己的作品，跟小朋友做一個面對面的討論，這樣無論當中透過媒體，我們的作品可以銷售出去，我們的推廣工作也可以推廣出去，這四方面的結合都可以產生這樣的影響，比如說我在為高雄縣規劃一個研習營的時候，它是透過文化中心給老師的一個研習營

時，我往往要老師第一個買書，讓老師先在家裡看過，比如說童話、
寓言……等這些書，因為每一個老師都先看了這一本書，再參加討論
會，討論會以後，就藉著這個管道再傳播給學生知道，這就有了一個
四贏。第一個出版商已經得到書的銷售量，最少一期五十本的銷售出
去了；第二個他如果再傳播給學生的話，學生也可以買來，在學校成
立讀書會，老師一句話，學生為了討論這本書，他就買書來看，這就
是透過一個層層的管道下去，書也銷售了，作者稿費提高拿到稿費，
他也很樂意再去創作作品出來，附帶起來，他的作品多了，這個學術
單位喜歡討論他的作品，作者也受益了，那報紙上，比如說一個讀書
會的討論，不只說書的討論，有時候從報紙上剪一篇文章下來討論，
那時報紙的銷售量也會增加，這樣的一個管道，我是覺得四方面都可
以相互影響的作用出現，那麼我最主要除了科技方面的交流外，對於
這個研討會成立讀書會，比如說出版社也可以透過成立讀書會，來引
導學生購買這些圖書，這都是一個方向。最後提出了一個方向就是大
陸都是一胎化政策，一胎化政策的結果就是家長都非常重視孩子的教
育，因為他們只有一個，所以傾全力在培養這個孩子，培養這個孩子
方面，套句我們臺灣的話就是「孩子不輸在起跑點上面」，他第一次
接觸到的就是我們兒童文學，我記得出版我的書的一個出版社，他對
於我的書一年銷售一版他認為不夠，他說他的書三個月銷售一版他才
要再版，那麼現在在幼智教育的市場上、教材的市場上，他的占有率
占百分之五十，我們問他說為什麼占有率能夠這麼高，他說現在的家
長都把孩子送到幼稚園，第一次接觸兒童文學就是這些東西，所以他
就開發這些產品，讓幼稚園的老師介紹到幼智教育市場，所以你看看
出版業是一個三角形的一個金字塔型的市場，越低層的幼智教育這一
方面用心越多，所以兒童文學剛好在這金字塔的最低層，量也最多，
所以如果出版界能夠結合到這一方面來的話，我想大陸的市場也是大

有可為的，也盼望桂小姐在聯合報系裡面開一個窗口，讓我們臺灣的東西能夠進到這個窗口，然後讀得出去，這樣的話就可能是我們兩岸交流的一個重點，謝謝！

主持人：

謝謝蔡老師提的怎樣利用科技網際網路來交流，這個我們是可以好好再做，關於經費是一個問題，我最近也在思考，如何利用學會或兒童資料館把它上網，是不是可以擴大它的影響，正在構想中，看看在座的各位有這方面的專長，願意協助的話，我也很想說我們應該趕快的利用這個科技的網路，怎麼樣把資料、兒童文學作品，能擴大讓更多的人來分享，蔡老師如果你在臺北有認識這方面的專長，可以協助我們來盡早使兒童文學上網的目標，一定要慢慢的去做，關於我們第三個提綱，是不是大家再踴躍的發言，桂小姐回應一下。

桂文亞：

關於第三個大項中的第三題，我想做任何事情就是要有錢、有人、有那個意願，那麼經費是蠻重要的一環，因為有了經費好做事，沒錢什麼都別談，那麼這個經費從哪裡來呢？我覺得目前我沒法靠個人，但是個人有個人的影響力，個人也許跟某個人基金會或某個單位有關係，所以這個個人的資訊管道我們要有所了解，然後以這個個人作為一個媒介，進入那個單位來說，今天海峽兩岸兒童文學研究會是沒有錢的，這絕對是沒有錯的，因為我們一年只有靠會員交一千塊錢，加起來沒有多少錢，可是我們怎麼能夠辦這麼多的活動呢？是因為我們的招牌是有用的，所以我就不介意把它歸在哪一個裡面，因為這個招牌的定位很明確，就是做海峽兩岸兒童文學研究，那麼很多的單位就可能接受申請補助。比方說像我們辦學術研討會一定可以得到

錢，因為教育部會提供論文經費、文建會、陸委會、國科會其實都是管道，所以其實這一部分的資訊對你們組織人是有用的，對個人沒什麼用，對他沒有意義，因為他不做這事，所以雖然我們兒研會是一個沒有錢的單位，可是卻是一個可以尋找經費管道的一個很好的單位，所以我會覺得我們好好愛惜它，不是不能做事，這些管道都是我們經費從哪裡來，當然有錢人我們也要多多發現。

馬景賢：

我覺得今天談了那麼多，我還是要強調一點，基本的觀念上，剛剛桂小姐也講，就是說我們要交流，我們的作品在哪裡？我們要學術研究，學術研究的成果在哪裡？我覺得基本先前也提到我們的品質能不能提升？要我們的品質求進步，我覺得基本上，今天來講我們能夠有像樣的出版社，有規劃的出版，有規劃的訓練自己的，有近期、中期、遠期出版計劃的，我想很少一個出版社有這樣的觀念，這個應該是品質方面，我覺得剛剛看到後面有很多大陸的出版品出現，本來是最近有個機緣有個基金會可能會成立，現在還不知道，隨口講講，但是基本這是一個船的公司，它每一年包括貨櫃大概有三、四千個貨櫃，它們現在答應只要來一個貨櫃願意捐兒童基金會三十塊美金，將來我們真正要做的是怎樣支持作家寫作計劃，你支持他寫作計劃，才能夠有好的作品。我覺得我們應多方面去支持一個作家的研究計劃，例如王淑芬要寫一個德國兒童科學，我們可以支持她到德國遊學，去走幾個月，這些都是真正去扎實，去做的事情，如果我們將來這個基金會成立以後，請大家去參觀這個基金會的建築物非常的漂亮，不過都還是空中樓閣，大陸理論的事很多我們不可否認，但是大家可以看一下都是一個雛型，例如「斑馬的兒童及兒童理論」，其實他是說我們怎麼尊重兒童，他就是把它變一個新詞，那其他包括湯銳、方衛

平……，他們有個經歷是值得學習。我覺得我們今天除了鼓勵個人出版，就是在理論的研究包括兒童文學研究所，怎麼樣讓他們活下去，我覺得我們兒研會也好，應該要有一出版研究計劃，專門鼓勵，比如說學術研究、創作研究……各有一個獎，包括我們從研究上了解大陸要做互相的研究，這樣研究的結果，比我們單向交流可能會更好，其實我們四十年來除了我們中華民國兒童文學會過去成為大事，其實過程還是很凌亂，我個人覺得不是很理想，在未來應當有計劃性的將四十年來兒童文學的發展做一個很清楚的交代，把它傳到大陸去讓他們也了解，我想這樣對未來的交流也只求品質好壞，不會有大小的問題，謝謝！

主持人：

謝謝馬先生的意見，以後可能有很多事情要倚靠兒童文學研究所，比如說我每次很想要做一些事，可是我也沒那麼多本領、那麼多時間，感覺很苦惱。去年年底我們有一位少年小說家木子自美國回來後自願到學會當義工，而且他整理完成兒童文學自成立以來的大事記，本來想請資深小說作家幫我們做成一個史料處理，他也答應了，但是有些人認為這都已是過去式了，光靠文字怎麼呈現兒童文學學會過去的活動，當然如何處理這也是一個問題，不是不可以做，現在的問題是他已幫忙整理出來了，我還沒有時間再仔細的去看，這也是一個問題，大家都那麼忙，如果說有興趣的，我前幾天收到王貞芳的一封信想要研究文學會的歷史，我想這個大事記剛好可以用上，所以沒有白做，總之希望大家有寶貴的意見可以提出，我心裡也有好多事想講，當然主持人不應該占用時間，也講了一點想做的事情。如何來凝聚大家的專長及時間把我們兒童文學界所該做的事情分頭進行？這方面是不是有其他人要發言的，那麼陳信元先生有準備了很豐富的資料

及寶貴的經驗，他提到一些可以做的事情，其實今年我們兒童文學有一個沒有做到的事情，這是感到非常的慚愧，比如說今年年初，陳先生在陸委會裡面幫我們爭取到一筆經費，要到大陸辦一個臺灣兒童讀物展，我自己也為這個事情跑了一趟，結果還是碰到困難，困難有兩方面，一方面是大陸那邊不管做什麼事，政治還是要干預，這是沒有辦法的事情，當然這政治的干預，如果像陳信元先生他有很豐富的經驗跟人脈可以破解，碰到我就不能了，這個問題比如說對口之間的問題，不是政治的問題，而是一個對等之間的問題，他們可以承受我們到大陸去辦這樣一個活動。政治問題通通解決之外，還有另外一個問題不能解決，如果說今年我們到大陸去辦兩岸兒童讀物的展覽，他們也希望明年到臺灣來，我們的兒童文學學會的理事會是三年一任，大家都是業餘時間，時間都挪不出來，再加上經費如何去爭取，今年有這筆經費，可以到大陸去辦活動，那麼明年他們來的時候，我們如何再去爭取找一筆錢，我向陸委會爭取時，它們說如果請他們來，這個並不是它們的政策所希望去做的事，最多就是說我們在這裡辦研討會時，可以是這方面，但兒童讀物展這部分就沒辦法提了。想要找對口也不是那麼容易，就算撇開政治問題，也還是有不少問題，剛才陳信元先生提到的那個作家的計劃，如果根據暢銷書的模式，我們人去是很輕鬆可以比較容易做得到，而且他們讀物也少，如果整批辦兒童讀物到那邊展覽，他們也會排斥，也就是說小孩子在看這個東西，展覽的效果也很大，我們陸委會希望有一個公共的圖書館，開放這些資料讓它永續的傳承，提供給民眾聽，但是我們找了幾個對口單位，他們不要這些，這個也是沒有辦法。那如果送給他們中國兒童研究會，或少年兒童文化藝術基金會，那像我們的學會一樣沒有一個自己的辦公室、圖書館，所以在這裡今年所做的事情報告一下，我想再請陳信元先生談一下。

陳信元：

　　我想剛剛聽了很多意見，我有兩個意見，第一個就是在經費的爭取上，因為這對於每個學會都很重要，事實上像我到目前為止，陸委會做研究專案差不多做了十個，這十個當中在爭取實例來講，因為目前陸委會認為，如果你是自己主動申請的話，它們給你的補助很少，大概十萬、二十萬塊就很了不起，但是如果你讓它們覺得，這個研究案是很值得，讓它們發出來做的話，這專案大概可以領一百萬左右，在我們學會這邊我們應該盡量爭取，好好想幾個可行的案子讓它們知道，讓它們形成一個內部共識後，讓它委託我們來辦理，這樣經費就可以提高，否則如果你以目前研討會、什麼模式去申請的話，十萬、二十萬就了不起了。另外就是說你爭取到一個經費之後，你一定可以再跟另外的單位爭取，這次臺灣作家到大陸去訪問之前，我們就先向陸委會申請一筆經費後，又向新聞局要錢去，你要求它們補助之後項目是不一樣的，雖然你是同一個活動，但你可以列出哪些項目可能需要經費、需要補助，對於這個經費我是覺得，第一，你要很會寫企劃案，第二，你要很會動頭腦，第三，因為我在接文建會的案子做了1992年到1995年的文壇大事記，這裡我發現我們的中華民國兒童文學年鑑沒有做，我們兒童文學的大事記沒有做，但事實上這工作應該是文建會來做的，現在我們就是跟文建會溝通，讓它們發出經費，據我了解，像中華民國文學年鑑它的經費大概在一百六十萬至一百八十萬之間，所以我是覺得我們可以規劃做中華民國兒童文學年鑑，因為中華民國文學年鑑根本很少甚至只有提及而已，所以我覺得這個基本上可以去爭取，像很多經費基本上，我們可以把想做的事情先列出來，看看向哪個部門申請？誰負責的，因為事實上上個禮拜我們在日月潭開檢討會提到政府的經費是良性的，只是我們不知道如何去爭取，所

以現在開始它們就在消費預算，到日月潭、墾丁辦座談會，我是覺得
為什麼它們不好好規劃辦些活動，真的政府5、6月特別忙，大家都忙
著出國，忙著把錢花掉，我們是忙著找錢，而且找不到錢，那以我跟
陸委會合作那麼久的經驗，它們願意說假如以今年的經費只有十個，
可是它們願意花到二十個，因為它們知道執行力可能不到一半，那如
果你的經費假如在五十萬元以下的話，它們有分處，你就可以和文教
處合作，假如說你是超過五十萬元以上的話，它們必須提報到中華民
國文教基金會去討論，如果你的企劃真的很完善的話，基本上它們還
是會撥款下來，所以說像我們辦去大陸或大陸臺灣參觀，這樣一個經
費大概是在二百六十萬。剛剛我還要回應的是蔡老師提到的一個結合
性科技說明上網的目標，我們現在已經跟陸委會在討論之中，這個可
能的構想是華文文化出版年會，第二屆會議上我們有提，大家有個共
同希望兩岸三地能透過一個資訊網站做一個政治上的演進，事實上，
當然這裡頭有很多困難，包括你曉得大陸這邊假如說你的網站上有
TW 的，他都採取封殺，這樣對我們有點不利。所以我們的網站大概
會設在澳門，這個我們也做了很多討論，事實上我們也不是不做，我
們有在做，而且我也會把整個東西掛上去，也就是像這種經費第一年
它們大概給二百五十萬的經費來做，所以我想類似這樣的一個構想目
前都還沒說得很肯定，因為他們怕一說出來就把我們封殺了，但是在
今年4月北京三聯書店二樓有個網路咖啡廳可以直接上網，他們特地
去試，結果可以聯接到臺灣來，所以他們並不是完全封殺，某些不是
那麼重要的，他們也是開放，這個我們會在今年第三屆華文出版會議
中討論大的交流，這也是先提出來報告一下。在交流上這邊我是跟陸
委會比較經常在合作，我是想說還是有很多人願意去規劃一些好的案
子，但各位可能要明白一點，在整個教職員中，陸委會的人員是有限
的，所以對整個兒童文學這一環仍是忽略的，但是如果能主動的提供

一些好的企劃，之後，我想它們會形成一個比較好的互動方式，我希望我能搭成那個踏板，假如說有什麼構想的話，我一定會盡快給它們看，然後由它們討論、決定，我盡量做到這一點，謝謝各位！

林文寶：

剛剛一直有提到研究所，其實壓力也是蠻大的。因為我們臺灣少年兒童文學很貧乏，學術更貧乏，同時我們沒有壓力，我們臺灣一直都沒有歷史的概念，我開始在建立這個包括兒童文學年鑑也是從2008年才開始，2008年就是我們幫他寫的，這篇文章以前我也登在出版界另外那個年鑑，應該是6、7月才出版，其實我自己已經二十年來都在做這個工作，但是這些的確仍不夠構成基本上學術的研究，所以希望如果有早期的書各位能多幫忙，我下一個研究計劃是寫臺灣文學史，我預定用三年的時間表做，第一件事是做一些指標事件，把每個事件很細部的整理出來，做一些細部的處理，事實上我們都一直在做，那看有沒有研究生多少可以幫忙一點，剛才陳信元提到這些幾乎以個人或是學會都很難做到，因為事實上沒那個人力，像我們自己去做的都知道這個是非常不容易的事情，我現在都跟師友們徵求一些早期的圖書，因為我現在出來研究，書沒有看到，我就沒有辦法下筆寫，那一定要看到就真的非常難，所以我補充報告上說這些，事實上我真的是很努力在做，只是成果非常有限，所以希望大家能夠幫忙，謝謝！

主持人：

謝謝林所長，也謝謝大家下午也實在很辛苦坐在這裡實際的時間是超過三小時又四十分鐘，比上班還辛苦沒有走動，今天雖然不能讓每一位暢所欲言來談兩岸兒童文學交流這十年的經驗，不過我們很希望今後有些什麼想法，我們也願意接納諸位的書面補充及意見，我已

經計劃向文建會爭取十萬元的費用，雖然不是很足夠，但是這個計劃一定可以去做，當然設計再去找稿費、編輯費，陸委會可能也是我們要爭取經費的單位，但是要等到下年度，但是我們專欄的完成也不會在6月份，所以下年度我們還是會向陸委會爭取經費，希望大家能夠把今天所刺激到關於兩岸交流的一些問題的思考結果，也能夠再提供書面資料給我們，在記錄整理之後，有關各人的發言會再寄給當事人做一個補充或修改潤飾，以免在現場談的不夠周延有訂正的機會，如果要編製兩岸兒童文學十年交流的專輯，有好的構想也請各位提供建言讓學會參考，總之非常感激各位的發言，再次祝大家健康快樂，謝謝！

訪談

洪志明

　　本節訪問者，是以第一批以團體名稱赴大陸參加學術研討的七位成員為主，茲將訪談記錄依訪談時間順序轉列如下：

一　杜榮琛先生訪問記

時　　間：1998年4月5日晚上八時三十分
地　　點：苗栗縣竹南鎮杜宅
受訪者：杜榮琛先生
訪問者：洪志明

洪：

　　您們是第一批訪問大陸的兒童文學家，臺灣兒童文學和大陸兒童文學發生交流，應該是從您們開始的，可不可以談談那時候，是什麼動機促使您們想要和大陸兒童文學圈，做這樣的交流？

杜：

　　那個動機是了解、好奇，因為隔離了那麼久，也是為了友誼，看到了很多作品，想要去了解他們的作品、作家，林煥彰先生在大陸兒童文學研究會會刊創刊號上面寫了，「為了增加友誼，促進彼此之間

的了解、合作。」我們相信交流會為臺灣的兒童文學，注入一股新的
催化劑。

洪：

您剛剛提到，在交流以前，您已經看過了許多大陸的作品，據我
所知，那時候大陸兒童文學的作品，取得尚有某些困難，不知道您是
透過哪些管道獲得大陸兒童文學作品？

杜：

有很多是朋友從香港買回來的，也有一部分是朋友從香港帶回來
的，臺灣也有很多書店以高價位在出售，舊書攤也可以找到一部分，
大部分都是香港那邊的朋友帶來的。

洪：

您們第一次前往大陸訪問時，是透過怎樣的管道，和大陸的學
者、作家、政府單位聯絡的？

杜：

詳細的聯絡管道是由林煥彰先生、謝武彰先生和大陸方面聯絡
的，一個是執行長，一個是秘書長，聯絡的工作都是由他們負責。我
只負責打點其他的事。詳細的過程，應該要請教他們兩位才會比較清
楚。

洪：

就您知道，是由我們主動提出前往訪問的要求，還是對方主動的
邀請我們前往訪問。

杜：

應該是我們這邊主動和他們聯絡的，不過詳細的情形要林煥彰和謝武彰先生才清楚。

洪：

做這個訪問除了基於當時想要了解交流滿足好奇心以外，和當時的政治時空背景有沒有關係？

杜：

當然有關係，那時候兩岸開放探親（那時候公教人員還不能去，老實說我是假借到香港旅遊，偷跑的，所以那時候電視臺在拍照片時，我都是拿雜誌把臉擋住的）。那個時空剛好是兩岸交流很好的時機，臺灣要去大陸省親或是訪問很容易，他們要過來很難。

洪：

您們去的時候，做了哪些活動？

杜：

首先是會面，然後是交談、交換作品，像我到上海師範大學的時候就會見了很多作家像洪汛濤、陳伯吹、葉永烈、張秋生……等等。葉永烈先生是研究科普的，他知道我在研究會裡負責的工作，是研究科普的作品，他就回到他家去，抱了很多他寫的理論作品，以及多餘的科學的童話、科學小說作品交給我。

從認識到交談，書信來往，互相取得信任，作品的相互欣賞之後，交流的腳步就越來越快。

洪：

　　做了第一次訪問，我們有什麼樣的收穫？

杜：

　　我第一個感想是，大陸有很多發展得很好的兒童文學，例如科普方面、例如少年小說、例如童話方面，剛好是我們臺灣比較弱的地方，由於語言的方便，又不用透過翻譯，就可以直接把他們的作品拿來閱讀。甚至於很多理論的作品，介紹給臺灣學術界和創作界的人參考，取一個激盪和催化的作用。

　　我們這幾年少年小說和童話特別熱的原因，應該是受到這樣的影響。而大陸方面也受到我們詩歌和幼兒文學的激盪，所以他們這方面也在加緊腳步，相互在學習彼此的優點，雙方看到自己需要改進的地方，我想從這方面來看，交流是有很大的價值。

洪：

　　剛剛我們談到交流會使彼此互相激盪，對自己有助益，現在很明顯的這種吸收彼此的優點的原因是，兩岸之間有所差別，我們是否可以深入的探討，兩岸的差異在哪裡？

杜：

　　我想最大的差異就是意識形態，所有的出版社、作家、教授、編輯，很多受到國家當局或是黨的最高單位監控，才能出書，所以他們的顧忌很多，所以所寫的作品裡意識形態比較濃一點，臺灣實行資本主義限制很少，只要不涉及侮辱別人，那麼在創作上具有極大的自由，這一點是兩岸的差異比較明顯的。

洪：

　　剛剛您是從政治方面探討兩岸差異的地方，除了政治方面以外，還有沒有其他的原因造成兩岸的差異呢？

杜：

　　還有很多，例如說，他們一個作家要出版一本書和臺灣作家要出版一本書有很大的差別，他們作家要出版一本書必須和他們的出版社編輯很熟悉才有可能，臺灣是您的作品受輿論界或是讀者喜歡，出版社自然就很快的找上您，在大陸上的人情包袱會比較大。

　　尤其是新秀想要出一本書更難，大陸人口那麼多，人才那麼多，想受到重視的確很不容易，可喜的是新時期以後，很多老輩的像樊發稼先生，新時期研究所出來的研究生，像王泉根先生、斑馬先生、方衛平先生、湯銳小姐，他們對於後進、後起之秀的作品都相當的重視。對提拔人才起了很大的作用。

　　還有很多差別，我們要出版一本小孩子很喜歡的作品，考量的對象是以孩子的意願，至於出版社喜不喜歡、成人喜不喜歡倒在其次；在大陸，這是比較難，它第一個要過關的可能是出版社的編輯，即使它還沒拿到實驗室去看兒童喜不喜歡。

　　最難過的那一關可能是您的知名度，也許有一個人，他寫得比您差，但是他的人情、交際關係很好，他去找會比您更容易上到市面，這種情形在臺灣比較沒有那麼嚴重，在大陸比較嚴重。

洪：

　　一開始我們談的是意識形態的不同、接著我們談出版情況的不同，他們的生活經驗和作品之間有沒有產生影響？

杜：

那當然有，臺灣是地處在海島型的小地方，說不好聽的是一個比較小家子氣氛的環境，心胸沒有辦法像大陸那樣廣大，他們能看到陸地、能看到沙漠、能看到蒙古、新疆等各種天候、各種人文、各種特殊的景觀的東西，在臺灣是沒有的，所以他們所寫的題材、所寫的東西、所寫的內容，很多會讓臺灣讀者看到很訝異，甚至會感嘆我們怎麼沒有機會經歷那種情境。

從這個方面，我們就會發現他們的題材、他們的內涵，和臺灣會產生很大的差異。而臺灣比較早接受到歐美、日本這些方面兒童文學正面的激盪，也有很多的優勢，但是大陸的作品除了他們寫的作品比較寬廣以外，也受到東歐以及蘇聯的影響比較大，他們受到日本美國的影響比較小。

來自於蘇聯、來自東歐國家的哪些理論、作品，我們很陌生的，剛好可以從大陸哪裡看到。來自美國、日本哪些他們比較陌生的部分，剛好可以從臺灣看到。所以相互影響會造成一種互補作用，這是非常有趣的。

洪：

我們現在討論的部分，偏向於創作而言，那理論上的研究，依您的觀察，兩岸有什麼樣的差異？

杜：

如果要用單樣，很容易說清楚，如果要籠統而言，那麼臺灣在做理論上，是勢單力薄。大陸是人才聚集在一起，統一為某一種規定的工作努力，例如要出一本兒童文學概論，或是出一本和兒童文學相關

的工具書，在大陸可以從各大學找相關的教授，在上面的任務交代之下，每一個人完成一部分的章節，很容易就有很大塊的、理論很扎實的作品出現，在臺灣單打獨鬥的時候多。不過，最近好像有一點改進了，最近空中大學兒童文學授課的教授也一起合作來出版兒童文學理論的書，我們相信這是對的，換句話說，在做理論的扎實功夫和人才方面，大陸好像占很大的優勢。

洪：

除了這方面的差異以外，我們很希望了解那時候在推動這樣的交流過程，除了正式去訪問以外，我們是不是也附帶組織了相關的團體？您是不是可以把這樣的組織以及活動的形式介紹一下？

杜：

當初在1988年9月11日下午三點林煥彰先生、陳信元先生、謝武彰先生、陳木城先生、還有我本人，我們發起了大陸文學研究會，它主要的目的是研討大陸兒童文學，增進彼此的了解和交流，社址設在謝武彰他家臺北市樂業街一百六十九巷五十號四樓，選出的第一任會長是林煥彰先生，執行長是謝武彰先生，我們還分了很多研究部門，例如：詩歌、小說、理論、史料、戲劇……等小組，除了設會長、執行長以外，還創辦了一個大陸兒童文學研究會會刊，是請陳信元先生當總編輯。

當初主要的交流，在第一期的會刊林煥彰先生的代發刊詞上面說得很詳細，其中有一段必須特別加以強調：「『增進兩岸兒童文學的交流、研究、了解』，我們應該本著謙虛、友愛的胸懷來面對我們所要做的工作，我們的兒童文學才有可能正常的發展，將來也始有可能在兩岸兒童文學作家相互攜手並進下，帶領我們大中華民族的兒童文

學，以雄健的步伐邁向世界。」我想他這個想法看法是我們當初幾個人有同感，所以才會發起這樣的研究會，慢慢的發展也才會有現在這樣比較龐大的組織。

洪：

是不是幫我們介紹會刊裡面重要的文章，或重要的性質。

杜：

當初創立這個會刊，目的是打開一個窗口，因為那時候臺灣對大陸兒童文學了解或是認識的人不多，大部分的人都很好奇，但是要找到相關的書也沒有很好的管道，趁我們交流過程，看到相關的理論、作品，我們就可以以大陸兒童文學會刊，向臺灣兒童文學工作者介紹大陸那方面大概的情形，同時也可以讓大陸的作家，在這裡發表他們對臺灣的看法。例如：我個人最早就以大陸大老級的童話作家葉聖陶童話集《稻草人》提出個人的看法，在大陸年輕輩就不敢，因為他們說的話如果不太恰當，文章不但不容易登出來，而且還有其他顧忌。但是因為我們在隔岸，我們就沒有這種顧忌，所以我就對葉先生早期發表的童話，提出了整理和說明，除了提了很多他的優點以外，也提出了一些缺點，後來有人看到了說：您敢這樣子說，總比我們不敢說好。

例如，我說：「站在更客觀的立場，就童話的邏輯的事理及發展上，來看內容的敘述是否符合客觀世界的規律？還是會發現某些瑕疵。例如：〈小白船〉中，小孩回答『花為什麼芳香？』回答竟是『芳香就是善，花是善的符號。』這是值得商榷的寫法，因為這種口吻是成人的，小孩子不可能有如此成熟的思想。又如《傻子》這一篇童話裡，傻子回答的話，不太符合他的『意識世界』，他竟然會向國

王喊：『國王，不必等仇敵罷！您要殺一個人平平氣，就殺了我罷！』如果我們比較托爾斯泰，蘇聯的大文豪他所寫的《呆子伊凡的故事》，他故事中傻子伊凡的口頭禪就是：『好啊！有什麼不好呢？』他做了很多傻事，但是他用這種『好啊！有什麼不好呢？』口頭禪帶過去，反而讓人家覺得更有真實感。

　　「他在稻草人裡寫的很多的文章，其實都是用很傳統的、古代的、三段式的描寫方法，讓讀者有『套』公式的感覺；這種傳統式的表現手法使用過多，會產生單調且缺乏變化的不新鮮感。豐子愷在《緣緣堂隨筆》裡，有一篇文章〈藝術的三味〉，他認為不論是藝術、音樂還是文學，都要有這三味，才能把作品提高到最好的境界，其第一味是：要統一又要多樣，要規則又要不規則。第二味是：要不規則的規則，規則的不規則。第三味是：要一中有多，多中有一。這些話聽起來很抽象，不過如果您在藝術裡面去推敲，裡面是有很多意義，值得從事藝術工作的人去學習的。

　　這不只是從他的優點去探討，而提了一些缺點的看法，後來有很多大陸作家偷偷的告訴我：「您敢這樣講，我們都不敢」，因為在大陸批評大老是需要很小心的。這是一個例子，當然也有其他的例子，我們可以從大陸很多作家出的作品集，介紹給臺灣，讓臺灣的作家知道大陸現在正在發展哪些創作，哪些理論，發展到哪些程度，哪些人正出版了哪些重要的理論集、創作集，可以讓臺灣的兒童文學界知道，像這些方面的資訊，可以在大陸兒童文學研究會會刊裡，找到一個很重要的窗口。

洪：

　　我們從事了這樣的一個交流訪問，設了組織，也設了一個刊物，同時也設了一個楊喚兒童文學獎，楊喚兒童文學獎，幾乎是您們同一

批人做的，不知道楊喚兒童文學獎設獎的目的以及它後來發生的影響，可否介紹一下？

杜：

楊喚兒童文學獎，最熟悉的人應該是謝武彰先生，執行工作大部分都由謝武彰先生執行，我就我所知來回答問題，不足的部分，還是應該請教謝武彰先生。

早期謝武彰先生在親親文化出版公司，為楊喚先生出版了一本圖畫書〈水果們的晚會〉，有一批版稅，就突發奇想，說要不要利用這些版稅來辦一個獎，後來親親的老闆同意，大家也捐了一些錢，定了辦法。

這個獎在做獎牌、徵稿……各方面花腦筋最多的，大概就是謝武彰先生。這個獎當初沒有想到，對後來影響會那麼大，因為它有一個特別貢獻獎，有一個是創作獎，創作獎獎金並不是很多，但是在大陸受到的重視，是當初意想不到的，據我所知道大陸很多教授獲得了這個獎，便受到當局的重視。

這個獎目前繼續辦理當中，獎的評審工作是義務的，有人甚至還要捐錢，也是一個最客觀、最不受外力影響、最不受人情關說的一個獎。

洪：

這樣的一個獎，對大陸和臺灣是否同時開放？

杜：

對！

洪：

那是否有大陸得獎作家偏高的情況出現？

杜：

好像比臺灣多。

洪：

評獎時，是純粹就作品論作品，還是也考慮了交流的目的？

杜：

因為我不是每屆的評審，如果請每屆的評審來講的話，相信他們一定認為他們是公平的，為什麼最後呈現的情況，是臺灣的得獎者比大陸作家少呢？可能是大陸兒童文學研究會，站在交流的功能和目的上，如果覺得兩邊的作品相當的時候，就覺得好像比較值得鼓勵的是大陸的作家，這是我的猜測。因為最清楚的人應該是評審，也許從今年開始，情況正好相反，大部分得獎的作者都是臺灣作家也有可能。

洪：

大陸兒童文學研究會，帶動了兒童文學交流活動的熱潮，這股熱潮有沒有引起本土與大陸，或甚至於是統一與獨立的意識形態的爭執？

杜：

應該是有，最明確的有人把引進大陸兒童文學作品的人，比喻成吳三桂先生，那時候也有舉行座談會，會後大家形成了一個共識，認

為大家應該拋棄政治或意識形態的問題，出發點純粹為兒童，主要是能否給兒童更好的兒童文學作品，這是我們兒童文學工作者主要的目的。

洪：

當時是因為本土的作品生存的空間被壓縮，使得某些人假借意識形態的名義來，造成爭議？也許也有可能，也許不一定，因為我不太清楚他們的出發點，是不是有這樣的想法，也許有，但是多少我們本土作家的作品出版的機會會減少，但是日本也有很多很好的作家的作品在臺灣出版，歐美也有很多作品在臺灣出版，我們有什麼好緊張呢？為什麼大陸作品要到臺灣來出版，我們就開始緊張起來了呢？

重要的是，您有沒有好好的創作啊！您要創作得比他們更好啊！然後我們大量的到他們那邊去出版啊，我們的作品也大量的到歐洲、到美洲、到日本去出版啊！沒有好作品才要怕，有好作品時，有什麼好怕的。

洪：

您對未來交流活動有什麼預期呢？

杜：

我們希望這樣的交流活動，能發展得越來越好，但是由於政治的風向球的變化，常常影響到兩岸的交流，我們期望政治的影響力減到最低，兩岸的兒童文學家能夠很坦誠的交往，用最好的作品，給彼此帶來最好的刺激，然後創作出最好的作品，不管是理論啦！創作啦！對兩岸都是很好的，我們甚至希望兩岸的作者能夠合作，有的插圖，有的寫文字，然後打進國際市場，這樣就更好了。

二　謝武彰先生訪問記

時　　間：1998年4月9日清晨零時三十分

訪問方式：電話訪問

受訪者：謝武彰先生

訪問者：洪志明

洪：

　　您們是第一批訪問大陸的兒童文學家，臺灣兒童文學和大陸兒童文學發生交流，應該是從您們開始的，可不可以談談那時候，是什麼動機促使「您」想要和大陸兒童文學團，做這樣的交流？

謝：

　　由於兩岸隔絕了好幾十年，大家沒什麼機會來往，平時雖然蒐集了一些對岸的書籍，不過都是十分零散。我覺得這樣子還是隔靴搔癢，沒有辦法對大陸有深入了解。

　　於是我們就開始聯絡，後來成立大陸兒童文學研究會以後，大家都認為應該去實地看看，以便互相了解，所以才做成交流的決定。大陸兒童文學家洪汛濤先生非常熱心的安排，所以才會促成我們前往大陸訪問。臨出發之前正好遇到「六四天安門事件」，所以行程因而取消過兩次，後來還是決定前往訪問。

　　整個訪問過程，在大陸是由洪汛濤先生熱心促成的，他聯絡大陸的各個單位，臺灣則由林煥彰先生主理整個過程。

洪：

就您所知，訪問前的安排，有沒有困難？

謝：

整個訪問過程，並沒有遭遇到什麼困難，也沒有受到其他因素的干擾。

洪：

您對大陸兒童文學的觀察，在您第一次訪問前，和訪問後，有什麼樣的差別？

謝：

由於過去數十年的隔絕，使得我們對大陸兒童文學的認識，有如瞎子摸象一般，無法獲得全面的了解。後來，雖然透過兩岸的互訪，但是大陸實在太龐大了，想有全面性的了解，實在也不太容易，所以訪問了幾次以後，也還是瞎子摸象，無法認清整個輪廓。

後來，我們又去訪問了好幾次，收到的書也很多，透過這樣的「拼圖」，還是不足。這些年來雙方來往的人雖然不少，可是對整個大陸還是沒有辦法全面認識。第一次去訪問，我覺得比較值得的是，許多重要的作家、理論家都見了面，另外是找了許多圖書，哪些書現在回頭去找，都很難找到了。記得那時候，七個人帶回來的書不下於五百公斤。

那時候，雙方談不到什麼了解，只是在互相認識的階段而已。

洪：

當時您覺得兩岸的兒童文學發展，有何差異？

謝：

就理論而言，大陸的發展比較強，體系比較完整，功夫比較扎實。不像我們的理論研究，大部分都在做「整理」的工作，有建樹、有見地的並不多。

洪：

是否可請您就您的專長，童詩、兒歌的發展，做一下兩岸的比較？

謝：

兩岸的發展各自有強弱，就兒童詩來說，我們的詩比較多樣，大陸的作品比較局限於一部分，而且很多詩是押韻的，而我們的詩則幾乎不押韻。

又我們的詩比較不受拘束，大陸的詩和我們的詩風格差異很大，我們這種比較不受拘束的詩，他們也很喜歡。像大陸童詩作者比較有特色，比較有幽默感的，就是任溶溶，和臺灣比起來並不遜色。

兒歌方面，大陸的作者陣容非常龐大，我們的作者人數很少，我們和大陸的差異最有趣的地方是：我們在兒歌作品裡說教的地方比較少，大陸的部分作品還含有宣導意味，而我們的作品幾乎都已經排除了。

雖然兩岸隔絕，但是很巧妙的，有極少數的作品在寫法、比喻有很接近的地方，如果把作品放在一起閱讀，是很有趣的。

大陸的兒歌作品，水準整齊，我們因為創作的人數很少，在數量上很難做比較。

洪：

　　兩岸兒童文學交流以後，大陸兒童文學作家在臺灣出版的機會，明顯的比臺灣兒童文學作家，在大陸出版的機會多很多？不知道您對這樣的現象，有什麼觀感？

謝：

　　這個現象，有些人是氣急敗壞的。不過，我個人覺得並沒有什麼關係，作品能到處傳播、到處發表，這是作品本身的能耐。如果自己的作品沒辦法到大陸發表，那是自己作品的問題，有什麼好跳腳的呢？

　　有的人會怪編者採用太多的大陸作品，其實有一些是出版社或報社的政策問題，當然也有一些是編者自己的考慮。

　　有些人認為應該有一些比例限制，畢竟大陸用我們的作品比較少，不過要限定一個比例好像也很困難，因為大陸的作者比我們多、刊物比我們多。大陸有兩千種以上的少年兒童的刊物，我們都不知道在哪裡，所以作者很少去投稿。可是，大陸的作者很認真，一直投過來。我們有一些編者也很認真，一直去找。此外，我們的作者太少，大陸的作者很多。況且，我們現在採用的是大陸創作幾十年來的作品，集合起來當然就排山倒海而來了。

　　有的人氣急敗壞，這是對自己沒有自信。不用氣急敗壞，好的作品它不只是要在臺灣而已，它還會到世界各國。我們的作品也是一樣，只要夠好，您就會去大陸，明眼人就會幫您傳播。

洪：

　　這樣的交流，對臺灣和大陸分別產生了怎樣的影響？

謝：

以我的觀點，現階段影響還很小，只是認識人而已，作品誰受誰的影響，好像也還沒有出現。一般來說，只是開始認識、相互聯誼。

洪：

楊喚兒童文學獎是您和幾個朋友一起創辦的，聽說這個獎在兩岸的交流造成了不小的影響，不知道可否請您介紹一下楊喚兒童文學獎，以及它對大陸所造成的影響？

謝：

這個小獎的成立非常的偶然。楊喚的身世非常淒涼、作品卻很唯美。當時親親事業文化公司出版楊喚的《水果們的晚會》和《夏夜》，是我執行製作的。我們都是理想性比較重的人，就想是不是可以用書的版稅來為楊喚先生設一個獎？出版社負責人歐陽林斌先生很爽快的答應了。於是，這個獎就誕生了。

這個獎在我們這裡不太受重視，由於獎金很少！但是，在大陸卻受到一些朋友注意，有沒有很大的影響，我並不確定，如果有一些影響，那也是無心插柳，意外而來的。我們聽了也很高興、很光彩、很安慰。

至於這個獎還能繼續多久，只有盡力而為。

洪：

在交流前，您們也籌組了一個大陸兒童文學研究會，聽說您擔任執行長的工作，您是否可以把那時的工作介紹一下？

謝：

現在大概都忘光了，只記得都是一些雜務，沒有什麼特別不得了的事，那時候也沒有正式向政府立案，所以也沒辦法做什麼事。文人比較理想性，做很多事，花很多精神，但是效果都很差。後來大眾才說，應向政府正式立案，做起事來才方便。要組團到大陸，或要邀請大陸朋友來臺，比較有可能。後來，才以「大陸兒童文學研究會」為基礎，成立了「中國海峽兩岸兒童文學研究會」。

洪：

您認為未來兩岸兒童文學的交流重點，應該要擺在哪個方向？

謝：

我認為沒有什麼重點，應該是每一個都是重點，應該全方位的交往。前後九年了，我們對大陸的了解還並不是很全面，我們去的點還非常少。

洪：

很明顯的，兩岸的交流受到了某些意識形態的影響，您對這些影響有何看法？

謝：

我覺得最好讓文學歸文學，不要受意識形態左右。因為意識形態會改變，如：東、西德統一、前蘇聯一夜之間瓦解。而文學卻是恆久的。現在反對得那麼厲害，如果有一天情勢變化了，那麼到時候該怎樣來往呢？

既然是這麼單純的交流，意識形態最好不要介入。

洪：

依照您的看法，兩岸兒童文學圈應該如何合作，對兒童文學的發展才有助益？

謝：

取長補短、互通有無、相濡以沫。

三　李潼先生訪問記

時　　間：1998年4月9日下午三點三十分
訪問方式：電話訪問
地　　點：FROM 洪宅 TO 李府
受訪者：李潼先生
訪問者：洪志明

洪：

您們是第一批訪問大陸的兒童文學家，臺灣兒童文學和大陸兒童文學發生交流，應該是從您們開始的，可不可以談談那時候，是什麼動機促使您個人想要和大陸兒童文學圈，做這樣的交流？

李：

在這之前，我們輾轉透過日本的管道，或是美國的通路，看到一些大陸兒童文學的作品；對那麼多人口、那麼大的地方，同樣使用華

文的地區，有很大的好奇以及揣測；經過那麼多的政治的變動，他們
會產生什麼樣的作品出來？我們希望能透過第一手的作品，不必透過
其他的轉介。

洪：

剛剛您提到，在您還沒前往大陸訪問之前，您已經透過其他管
道，看到了大陸一些作品，不知道您在還沒有前往訪問以前，對大陸
兒童文學圈有怎樣的認識？

李：

感覺上他們比較嚴肅，而臺灣的兒童文學創作比較輕鬆，文字上
也比較老道。這種老道對比上的位階是不太一樣的，我們在臺灣看到
的作品，不管是好的不好的，我們都看到了，但是那些轉介過的作
品，都已經過選擇，所以希望能到哪裡看一些沒經過選擇的東西。

其實我們早先看到的，像葉聖陶的作品，算是很早的作品，晚期
的反而不多。我們去那邊，我最常問的一句話是：「還有誰在寫少年
小說？中生代還有哪些人？」哪些屢次被提到的作家，我們就會找他
們的作品來看。

洪：

您對大陸兒童文學的觀察，在那次訪問後，有什麼樣的改變？

李：

跟還沒有去以前的揣測約略相似。基本上，我覺得他們還是秉承
著一個比較沈重的擔子，因為政治氛圍的關係、因為經濟生活的關
係，以及整個以中國為中心想法的關係（中國近百年來受到的屈辱，

民族主義的出現，以後的那是一種自卑或者自大，或自卑後的自大。）

另外，我會覺得他們本土題材應該是非常的豐富。可惜在技法上未能更大膽一點，他們的技法還是使用比較老套的方式，整個印象裡還是比較保守一點。這是1989年以前的印象。

洪：

剛剛您對兩岸的差異，已經做了一點比較，您是不是可以更具體的就少年小說，來做一個比較，看雙方在少年小說方面，有何差異？

李：

從作品的數量、人口量來比較是不平等的。臺灣人口有兩千一百萬，相對於大陸有十二億的人口，作家的量，本來就不平等。所以我比較願意按照人口和作家的比率，來做比較，他們那邊如果有一百二十位的作家，那我們這邊抽出兩位來比較，或再細加分類這樣會比較好。

臺灣這裡主要的作品生成背景和大陸不一樣，我們專業寫作人並不多，少年小說的作家，我們基本都是以學校的老師為主，從洪建全兒童文學獎及往後的徵獎，累積下來的寫作人口。

在中國大陸的少年小說作家，大部分來自編輯界、出版社，他們在本行又有比較充裕的時間，可以創作。他們來自教育界的寫作人，反而不像我們這麼多。作品上，我剛剛提到臺灣的作品會比較輕鬆一點，比較活潑的、膽子大一點的。同時因為職業關係，我們校園小說很多。另外，臺灣八十年代的作家所選擇的題材背景，大都在四十年代或五十年代的臺灣生活，有大量的回憶的部分。

中國大陸那邊他們中生代的作家，回溯的部分會跳過文革，再往

前一點，回到他們的童年往事。文字的歷練上，中國大陸會比我們更考究一點，這個考究也是因為嚴肅造成的吧！嚴肅和考究好像有一些關聯，我們的活潑和文字上的鬆散，或許說比較淺薄，也有一些關係吧！

另一個表現在調子上也有些不一樣，也就是整體的基調色彩的明暗。

洪：

剛剛我們做了一些差異上的比較，以您的觀點，造成這種差異的原因，是什麼？

李：

政治的、社會的、經濟的、文化的、教育的養成。臺灣這一批寫作的人，教育的養成比起大陸朋友來說，都比較順利，因為他們經歷了文化大革命，有所謂的「老三屆」，恐怕有十年的時間，不是從制式教育裡學習，而是從生活、從闖蕩裡學習。

他們要去串連，去做政治的運動，他們的生活體驗和我們不一樣，我覺得他們可能會更豐富。

這樣看作品時，我就會拋開所謂的好或不好，好或不好會排在比較後面的順位了，我會覺得新鮮、好奇、創意的。新鮮的，畢竟技法不一樣，故事內容也不一樣。好奇的是，覺得怎麼會寫出和我們不一樣的東西來，為什麼會這樣寫。善意的去探索，比較之心反而不是很重。

洪：

您覺得我們應該從交流中學習到什麼？

李：

　　人和人的認識是主要的，互相都懷抱著善意；這樣的善意必須被學習，因為每一個人善意的表達方式都不同。可以用作品和作品的交換，作品互相的發表，兩岸因政治、文化、教育種種不同，所產生的文字上運用的差異，要試圖去理解。不是說我不懂，我就不看了，因為這裡至少要保持看翻譯作品那樣的胸懷，翻譯作品我們可能對它的時空背景不了解，經過翻譯後的文字是不夠理解的，我們都能努力去探索，在兩岸交流裡至少要尊重到這一點，我們應該試圖去了解這些字的意思是什麼，如同前幾天有一位大陸編輯來問我，他問：臺灣是不是把「再見」說成「拜拜」呢。我說，是啊，沒錯，是有這種說法。那為什麼有「大拜拜」呢？「大拜拜」是給領導用的嗎？大拜拜那是稱呼迎神廟會用的。那「吃拜拜」呢？吃拜拜又是怎麼回事呢？拜拜是迎神賽會，那麼他又問為什麼要「吃迎神賽會」呢？那是在迎神賽會之後的流水席，供善男信女享用的餐點。

　　這些字眼在臺灣被理解，是完全沒有問題，可是大陸的同行會很疑惑，於是就變成很有趣的問題，諸如此類的事，非常多。

　　兩岸做這樣的交流時，應該互相學習文字的運用為什麼會這個樣子，讓人與作品溝通的善意不斷延續。

洪：

　　這樣的交流，對臺灣和大陸分別產生了怎樣的影響？

李：

　　最大的一個好處是，我們雙方都發現了，原來還有人在不同的地方從事相同的工作，也認識了更多的朋友。至於在發表方面，好像中

國大陸在臺灣發表會更多一點，臺灣是這麼的小，他們發表的機會卻很多，臺灣發表在大陸的機會反而少了。

這也不完全是一種排擠的想法，而是說中國大陸兒童文學的發展，包括他們的刊物，在新經濟浪潮之後，自負盈虧之後，經營確實也是困難的，書籍出版量和刊物發行量也是量入為出。

按人口的比例，我覺得臺灣兒童文學的人口，反而是相當的蓬勃，在整個華文兒童文學界裡，比例上而言，反而是很蓬勃的。像我們有那麼多的兒童文學研習營，這在中國大陸並不常聽到，他們辦的質量我們也覺得不夠，有很多筆會，那是幾個朋友出去走走玩玩，體驗生活什麼的，我們這邊很扎實的在做培育的工作，它的成效當然是有待觀察，大概要積累個十年二十年吧，但是臺灣相當蓬勃的。

洪：

訪問後，您對臺灣的少年小說的作者有什麼樣的建議？

李：

我覺得他們的膽子、使命感或企圖心應該大一點，時間的分配上，可以給自己這樣的志業，更多一點時間。每一個人當然都會覺得很忙，時間不夠用，實際上每一個人的時間都是相同的，一天二十四小時，那要看個人自己如何把時間做一個更恰當的分配。在這一方面我覺得少年小說的作者可以發揮更大的毅力，克服時間上的問題，多多的開創，在體裁、形式、表述手法上，可以做新的嘗試。

洪：

您認為未來兩岸兒童文學的交流重點，應該擺在哪個方向？您有什麼期待？

李：

　　兩岸兒童文學的交流，我覺得基本步調應該是都是在初步啦，十年了，現在都還是延續在認識朋友、作品交換。我覺得將來在理念的部分，我們臺灣學界的朋友，可以有很大的發展空間，中國大陸好像有四、五位朋友相當的努力，我們好像找不出四、五位這樣的朋友，像他們那樣的努力。

　　我們的創作界的朋友還是繼續走自己的路，雖然不常見面，但是可以作品來互相招呼。我在這裡寫已經寫了什麼什麼。那邊看到您發表的作品。至於未來的交往，不外是這兩點：人跟人的交往；作品跟作品的交往。基本上，人跟人的交往，還是保持這樣的一個好意的，溝通之路會更順暢。

洪：

　　很明顯的，兩岸的交流受到了某些意識形態的影響，您對這些影響有何看法？

李：

　　我覺得還是回歸到文學來，雙方的文人們，都不要用政治來看文學，要回歸到以文學看文學，要是做不到從文學看文學，至少要從生活來看文學，要從人生來看文學。不要用一時的政治現象、一時的政治教條來自文學，這樣對文學才是好的。文學也不應受政府的政治意識形態所框限，或者是被一時的政治潮流、雙方各自的政治潮流所左右，這樣的文學才能超越政治，探觸到「人本」的底蘊。

洪：

有人認為引進大陸的作品，壓縮了臺灣兒童文學作家的存活空間，不知您以為如何？

李：

我不太感覺到稿子的排擠效應，我陸續寫的東西也沒有一篇沒有發表的，我倒覺得臺灣的寫作人，自己要試問在這段時間是否夠用功，如果在這段時間裡，自己認為作品質量都夠，在這種情況下居然被退稿，那才來考慮是不是有所謂大陸來稿的排擠效應。沒有的話，那要想想自己是不是不太用功。如果只是看到大陸那麼多稿子，就產生虛幻的惶恐，我覺得那是於事無補，或偏離事實。

至於在大陸的部分，我覺得他們還可以試著再開放。在我所認識的出版界或刊物的朋友，也都另外開了港臺版，他們有時候也會反映來稿少。比起來，臺灣了解大陸的訊息還是比較充裕一點，他們有那麼多雜誌，可是他們了解的管道好像不多，只透過三、五位朋友，弄了若干名單而定，因為他們本身的訊息也是封閉的，中國大陸的媒體也是封閉的，他們對我們知道的也不多，他門雖然有港臺版，但有點「窗口」性質，功能超過政策性質。

不過，我覺得還是要回歸到作者，自己如果有心到大陸發表作品，應該主動一點，以獲得更多的資訊。我們「學會」也公布了一些大陸少兒期刊通訊處，那可能只是十分之一而已，這邊盡量投去，要是有什麼不如意的狀況，那麼也才有發言的權利，所以還是要積極主動的。我覺得一個用功的人應該提出好的作品來，而不是先考慮所謂的排擠效果。

洪：

依照您的看法，兩岸兒童文學圈應該如何合作，對兒童文學的發展才有助益？

李：

兩岸兒童文學的接觸，是互通有無。互相都要有一個開放的胸襟，去接受讚美，容納批評，對批評都回歸到文學，就文學來談文學，這樣一來會有很大的激發，因為不同的生活環境、政治環境所產生的觀點，非常的新奇。我的作品大陸批評界的朋友，所持的批評觀點、批評角度，就和我同時生活在一起的臺灣的理論家們，有若干不同。因為我們靠得太近了，生活型態太相似了，會造成習焉不察。

兩岸兒童文學界的發展，應該把「兒童文學」再擴大，兒童文學除了我們平常認識的少年小說、童話、童詩、圖畫故事之外，電子媒體也應該被包括在內，卡通的、漫畫的，都劃歸進來。例如臺灣的宏廣公司，他們的卡通是世界有名的，他們做的是代工，那我們可以跟他們合作，我們也可以跟大陸合作，大陸上海的卡通也是畫得相當好，例如電影，兒童文學也應該跟他們合作，兩岸兒童文學的交流，就會變豐富、變多元，也更能跟經濟效益合作，兩岸的合作經濟效益是不應該被排除的。經濟效益是說，對方的作品在對方都有一些經濟的生存條件，有一些藉由經濟的傳播力量。

四　方素珍小姐訪問記

時　　間：1998年4月9日下午九點三十分
訪問方式：電話訪問

地　點：FROM 洪宅 TO 方府
受訪者：方素珍小姐
訪問者：洪志明

洪：

　　您們是第一批訪問大陸的兒童文學家，臺灣兒童文學和大陸兒童文學發生交流，應該是從您們開始的，可不可以談談那時候，是什麼動機促使您們想要和大陸兒童文學圈，做這樣的交流？

方：

　　當然是因為開放的緣故，想想看小時候我們對大陸有多麼大的憧憬，小時候就聽過萬里長城、上海、北京這些歷史上有名的地方，我們當然懷著很大的憧憬，想要去印證一下自己所讀過的歷史，所以就去了。

洪：

　　除了要去印證歷史以外，就兒童文學論兒童文學，有沒有什麼樣的動機，讓您參與這樣的一個活動？

方：

　　當然是想去看看他們寫些什麼，因為我對他們一直沒什麼接觸，我們雖然已經成立了大陸兒童文學研究會，約略會看到一些書，我看的書是最少的，對於對岸的兒童文學，我當然也很好奇，想去看看寫這些書的，到底長得什麼樣子。不敢說什麼兒童文學交流，我只是出於一片好奇心想看看寫這些書的人、寫簡體字的人，長成什麼樣子。

洪：

　　您剛剛提到您前往訪問是基於對萬里河山以及他們創作的人和作品的好奇，那麼我們也很好奇的想了解，您在訪問前和訪問後對大陸兒童文學的了解，有什麼樣的改變？

方：

　　至少認識了一些作家，像孫幼軍先生，這些人物，到那邊總會相見，相見總會有親切感，以後再讀到他們的作品，就多了一份親切感，我覺得讀了作品，也碰到了人，又相談甚歡，將來再看到他們的作品，就會有一種見文如見其人的親切感。

洪：

　　做了這樣的訪問後，您覺得兩岸兒童文學有哪些地方有差異？您可以就整體而言，也可以就各種文體的分類來談，例如就理論、童詩、兒歌方面來談。

方：

　　我不是做理論的人，但是看到他們的理論研究者，像王泉根先生，在影印機不發達的情況下，為了做研究，一個人在圖書館裡，一個字一個字的把資料抄下來，他這樣認真做學問的態度，我心裡會產生一種疑問，我們這邊做理論的人，是否也有這樣的精神？

　　總覺得我們這邊的理論者不是很多，再加上我們自己的作品也不是頂尖，也很少有人來研究我們自己的作品，但是他們的理論者，對他們作家的作品瞭如指掌，說起來頭頭是道。經他們一評論，好像水漲船高，作品的價值立刻就增加很多，書好像就特別的好，您也會特別去閱讀。

他們的理論工作者，好像有很多時間，不用去管金錢，好像只要他們認真的去從事理論的研究，不用煩惱，就會有所得一樣，不像我們這邊的人，都是行有餘力、業餘的，所以我們也不敢苛求我們這邊的理論工作者，要對我們的作品要讀多少，何況我剛去時，自己也感到蠻自卑的，總覺得人家是大中國，我們是小臺灣，我們寫的東西好像雞蛋碰石頭，跟人家沒得比一樣。那時抱著取經的精神，有多少書就搬多少書，記得那時候搬回來很多的書，想說帶回來分給沒有去的人分享。

洪：

剛剛您提到兩岸理論工作者的差異，現在是否可以請您就您的專長，談談對岸在童詩、兒歌、幼兒文學方面和我們之間的差異？

方：

就我看到的部分，我覺得他們的詩，沒有我們這邊的活潑俏皮吧！我們不是有圖像詩嗎？我在那邊沒有看到這樣的東西。像幼兒文學，他們叫作低幼文學，我一開始很難接受這樣的名詞，那時候聽起來覺得很幼稚，現在比較習慣了。

任溶溶的詩我比較喜歡，有幾首詩的意象，給我比較深刻的印象。其他的，我沒有特別的感覺。至於他們的兒歌，常常有那種歌頌祖國的，我會覺得比較刺眼，我們這邊的兒歌比較天真浪漫，他們那樣的作品，我認為有點做作。比較起來，我還是喜歡他們的童話。低幼文學的部分，我不覺得他們有特色，至少當年是這種感覺。

洪：

您說您比較喜歡他們的童話，那麼您可不可以比較兩岸童話的

異同？

方：

　　我只覺得他們的童話多得讓我目不暇給，看了以後，很驚訝他們有這麼多人寫童話，而且有些出乎我意料，因為我刻板的印象，覺得共產主義下的產物，不會新潮到怎麼樣的情況，事實卻不如此。

　　他們的兒歌、童詩好像有些歌功頌德的感覺，但是他們的童話「很寬」，寬度、深度都讓我覺得值得看一看。至於對我有什麼影響，倒也不太覺得，大概是我年紀已經一把了，也改變不了什麼風格了！只覺得看他們的作品，我們可以多開一扇窗，熟悉一下別人的情況。

洪：

　　在訪問過程中，您有沒有遇到您印象比較深刻的事情？

方：

　　記得去看冰心前，我們只知道她是一位知名的作家，想到她是「那邊」的人，我以為她會比較古板一點，沒想她竟然對我這個「女同胞」又摟又親的，很親切、很「前衛」，我自己都愣住了。她還寫了一幅字送給我們：「月是故鄉明」，那時她還沒九十歲！雖然不良於行，但是寫起字來還是很有功力。

　　另外，記得我們到安徽時，我一個人和羅英住在一起，朋友警告我晚上不要跟她談政治，那時我怕得要命，由於我們從小受的教育，都是把他們說成「那樣的人」，所以要跟他們住在一起，難免會有點緊張。那時候，連洗澡都戰戰兢兢，剛好浴室的燈，小小的，又閃又滅的，覺得很害怕，事後證明羅英大姊非常熱情，我們還常有信件往來。

這就是第一次接觸，第一次接觸總是充滿不安定的感覺。

洪：

剛剛您談到，這樣的一個訪問，以及交流活動，對您的影響不算是很大，那麼可不可以請您談談，您覺得對臺灣地區有沒有產生怎樣的影響？

方：

回來後，我們會接觸到一些媒體，接觸到一些老師，還有透過演講，可以把自己在大陸的一些感覺，和大家分享。我想無形中，應該還是會帶給大家一點影響吧！

洪：

很明顯的，臺灣有一些意識形態不同的人，對這樣的一種交流活動，有排斥的現象，不知道您對這樣的一種現象，有什麼樣的看法？

方：

以我的看法，沒有了解就開始排斥，是很不智的事，應該去看了再說，去看了不一定要接受啊，但是有的人從取回來的經，也許會對自己開了一扇窗，或是因此靈機一動，有另外的創意出現，或是這些他們已經有的創意，我不用再花時間了，我再去找別的。最糟的是有一些人，根本沒有接觸，就開始排斥，我認為應該是知己知彼，沒有知彼就認為自己的東西非常的好，那不就是老王賣瓜嗎？如果我們透過接觸，了解大陸有什麼「東西」，而我的「東西」又是什麼，這樣的話，我們才可以確定自己要不要，哪些是我們要排除掉的，哪些是我們要去創新的。千萬不能在不知道的時候，就去否定一切。

我也遇到這樣的人，甚至認為我們編《兒童文學家》，做兩岸交流的這種刊物，他們根本就不屑一看，他們真的比我們更懂大陸兒童文學嗎？我們去過幾次的人，也不一定懂啊！他們既不到那裡接觸，甚至我們取回來的經典，我們這邊所作的兩岸的報告，他們也不閱讀，他們是怕被影響嗎？

我個人雖然也不覺得受到怎樣的影響，不過，看了以後至少我知道我寫的某些東西，是他們沒有的，而他們有某些東西，是我所不知道的，應該要稍微知道以後，才有資格說要不要交流，否則現在這麼多元化的世界，您都不排斥西方的兒童文學，幹嘛要排斥大陸的兒童文學？

洪：

您覺得大陸兒童文學，有哪些方面值得我們借鏡的？

方：

我覺得他們出書好像比我們簡單，我看他們動不動就出一本厚厚的、或是一大套的兒童文學的書，兒童文學大系，或者什麼中國兒童文學史，當然我說容易，可能是外行話，他們應該是蒐集或是準備了很多年，不過他們好像比較容易有這樣的鉅著誕生。他們有特定的少兒出版社，來做這些工作，像理論方面的工作，或是作家的養成。不知道是否出版的成本低，總覺得他們的作家或是理論家，動不動就可以出一本書，而我們這邊的出書好難喔！

我當然希望我們這邊能夠多重視作家啦！他們到底有沒有非常被重視，我不太清楚，不過我覺得臺灣的兒童文學作者，不太被重視。

洪：

您對未來交流活動有什麼預期呢？

方：

我覺得前面都還是在摸象的階段，大家透過了好奇的探索，摸到的都是大象的各個部分，現在各個部分大概都已經摸索過了，對一隻象的大致情形有一點了解了，接著不妨針對細部進行研究，像他們的幼兒文學，尤其像圖畫故事書，上次我看到湖南少兒出版社的圖畫故事書，已經出版得不錯了，如果他們好好的跟進，那速度會非常快。這是值得我們借鏡的地方，因為我們都覺得他們印刷落後，但是我兩三年前在義大利書展看到他們的圖畫書，已經出版得很好了。所以我們也不應該老是覺得自己的印刷不錯了。

以後如果要交流的話，我們應該也去宣揚我們所有的，甚至介紹我們這邊有哪些文學獎？有哪些講座、研習營？我們如何推動兒童文學等等。我們也應了解他們辦了哪些文學活動，不要每次交流活動都是概括性的，概括性的參加幾次以後，覺得好無趣，都是在應酬似的。我們這邊辦研討會，會出版論文集，到他們那邊幾次，我都沒有看到他們有完整的小集子，當然兩邊活動單位不太一樣，要再進一步交流，如果能細部的熟悉，會更好。

本來5月我們計劃去哪裡辦一次書展，想藉這個機會辦個三、四場的座談會，我打算講圖畫書現在創作的狀況，謝武彰先生可以講他在出版社的企劃角色等等，我想這些都可以讓他們進一步了解臺灣兒童文學家的社經地位與作品。

相信他們對我們的工作情形，可能也是模模糊糊的。說不定他們會覺得很奇怪，為什麼我們的作家要到處演講？怎麼有人要聽我們演

講？而且還要付費。像這次王泉根來講學，我們不是安排他幾場演講嗎？他才知道原來我們這邊很流行請老師來演講，還要付費。他問我這樣一年下來，要演講幾次，我告訴他，我去年講了三十場社區演講。他們對我們在社區推廣兒童文學的狀況，大概也是一知半解的，本來我們可以趁5月的書展去做一次專題說明，可惜這個書展暫緩辦理，等下次機會吧！

洪：

最後請教您，您認為以後兩岸兒童文學有沒有合作的空間？如果有合作的空間，要透過怎樣的合作，對兒童文學的發展，才會有助益？

方：

民生報不是就這樣做嗎？他們主編一套書，找幾個大陸作家，幾個臺灣作家來寫，出版以後，整體不就有臺灣的、有大陸的，這樣的感覺不就像是一種合作嗎？他們接著要編散文集，也是幾個大陸作家，幾個臺灣作家，一起出一套書，這樣的合作是好或不好？見仁見智吧！我認為書出版了，能讓讀者有更多開卷的機會總是好的！

至於我個人偶爾有新的作品，會寄給孫建江，請他幫我看一看，聽一聽他的意見，有時候他覺得作品適合他們的某一種刊物，他也會轉給他們，而我也常要扮演相同的角色，這也是一種小小的合作吧！

另外，他們的理論工作者如果能到這裡來住幾天，研究我們這邊的作品，我們的理論研究者也到他們那邊去住幾天，研究他們的作品，也是一種合作。我的看法只是以管窺天，不過，交流不就是這樣嗎？大家互相慢慢了解吧！

五　林煥彰先生訪問記

時　　間：1998年4月9日晚上十點三十分
訪問方式：電話訪問
地　　點：FROM 洪宅 TO 林府
受訪者：林煥彰先生
訪問者：洪志明

洪：

　　在整個兒童文學活動中，您推動了很多歷史性的工作，兩岸兒童文學交流是其中的一項。兩岸兒童文學交流，您不但是第一批前往訪問者，也是整個活動的主導者，是不是可以請您談一談當時推動的過程，以及推動這個活動的心路歷程？

林：

　　最早我們有五、六個朋友，對大陸兒童文學有興趣，在1986年左右，我曾接到洪汛濤先生和安徽少兒社的一個編輯筆名「笑非」兩個人具名的信，表明希望跟我們交流。那時我曾經在兒童文學學會的理事會中，提出這件事，因為政治還沒有解嚴，所以大家都覺得應該淡化這件事。

　　不過，我們幾個朋友，私底下還是想要去取得大陸兒童文學的東西；取得的過程，都是透過第三地轉來的，或者是自己有機會到香港開會、旅遊夾帶回來。記得，陳木城先生在美國進修時，也帶了一箱大陸的書回來。這是還沒開放之前，因為有這些東西，彼此都會談論啊，交換閱讀，到了1987年政府開放探親以後，我們這些朋友就覺得

應該化暗為明，正正當當的來做這件事，因為兩岸經過四十年的隔閡，我們很好奇想知道大陸兒童文學到底發展成什麼樣子。於是就在1987年9月1日，謝武彰、陳木城、陳信元和我，邀請杜榮琛、方素珍一起成立大陸兒童文學研究會。

第二年（1988年）3月24日，我參加香港兒童文藝協會舉辦的「香港兒童文藝研討會」，這個會原來是香港、上海兒童文學工作者的交流會，輪流辦理。互邀代表參加開會。那次臺灣參加開會的還有謝武彰、陳信元、陳木城等，大陸參加的有安徽少兒社社長呂思賢和該社編輯童話作家小啦，還有廣州《少男少女》雜誌主編黃慶雲女士。會後大會安排旅遊活動，和大陸代表同進同出，就開始有接觸了。

回來以後，私底下就有了聯繫，可能是小啦和洪汛濤先生提到我們見面的情形，於是洪汛濤就再度來信跟我們聯繫，於是就開始交流。後來洪汛濤很積極的和呂思賢研商，請他們辦兩岸兒童文學的交流活動，於是同年8月，我們就到了安徽展開了「兩岸兒童文學的破冰之旅」。那一次我們一共去了七位，分別是李潼、曾西霸、謝武彰、陳木城、方素珍、杜榮琛和我。那時候當然是充滿好奇，恐懼感是已經沒有了。

這一次所謂「皖臺兒童文學交流會」，實際上，大陸好幾個地區的兒童文學工作者都有代表與會，例如北京葉君健、「兒童文學」的主編王一地；還有國務院少兒司的司長、一級劇作家羅英、南京作家海笑、鄭州海燕出版社散文家陳麗、湖南的龐敏也去了；上海則有洪汛濤。

那時候他們能邀我們去開會，實在是一種突破。我們是用「探親」的方式去，如果以正式的邀請可能就去不了了。

離開安徽主辦單位安排接待到黃山旅遊，之後我們七個包專車從黃山到上海去，在上海由師範大學副校長接待舉辦一次「上海臺北兒

童文學藝術交流會」，有四十餘人參加，會前我們專程拜訪了陳伯吹先生，整個過程，大家都覺得很愉快。

　　會中我們大多以兩岸兒童文學發展的現況為主，發表報告。包蕾、任溶溶、葉永烈、洪汛濤、劉崇善、梅子涵、聖野、任大星等都在會中見到了，整個活動主要是洪汛濤促成的。

洪：

　　是什麼動機促使您們想要和大陸兒童文學界，做這樣的交流？

林：

　　兩岸開放探親，創造了一個交流的好機會。過去要獲得大陸兒童文學的訊息，必須偷偷摸摸的，不一定容易得到，即使收到，量也是很少，不敢大批的寄，能去大陸，就方便多了，和大陸兒童文學工作者見面之後，有關書籍和資料的取得就比過去容易多了。

　　交流的目的，當然是想真正的了解；要了解，當然就要多方面的接觸；接觸就要接觸人（創作者及理論研究者）；接觸人以後，才容易找到我們想要的大陸兒童文學的資料。

　　大陸出版發行的狀況是這樣的，一本書如果發行三、五千冊，一撒下去，一個省分不到幾本，三、五萬本，也不算多；一本書撒下去以後，您想買都不一定買得到，他們的書都必須透過新華書局的系統，想要買，還不大容易，尤其舊的出版物透過作者才比較容易得到。

　　交流有助於彼此建立友誼，交換一些觀念，可減少彼此之間的誤解，也就比較容易了解他們的想法。

洪：

　　當時您覺得兩岸的兒童文學發展，有何差異？

林：

　　我們這些人都不是研究者，最主要的目的，是希望先把資料找來，希望大量的擁有，如果有機會，就可以讓更多的人分享。

　　以前透過第三地零零星星的，所獲得的資料實在太少了，一接觸他們也實在很慷慨、很熱誠，有什麼書都送給我們。我在上海葉永烈先生處，就得到很多舊雜誌。就整個兒童文學圖書的出版，我們臺灣不能做的，他們都做了。所謂，臺灣不能做的，像史料性的、理論的、工具性的辭典，他們都做了，而且都出版了厚厚的一大部。這些東西在臺灣是別想有人會來做，一方面是沒有人肯花錢出版，另方面可能也沒人肯花時間心力來整理、編寫。如果不從意識形態來講，我們兒童文學在臺灣是自生自滅，在大陸反而是政府有計劃的在做，他們經費上沒問題，至於人也是專業性的、職業的；研究的人就專門研究，創作的人就專心創作，不像我們要先有一份安定的工作，有一份固定的收入，您才能按照興趣，用業餘的時間，去做您的兒童文學研究或創作，他們跟我們完全不一樣，所以我覺得大陸兒童文學的發展，近五十年，雖然中間經歷了很多政治運動的破壞和影響，可是新時期（1997年）之後，發展得非常迅速，就出版社而言，兒童讀物大陸很早就有專業出版社，像1930幾年時上海少兒社就成立了，後來北京的中國少兒社也成立了，雖然文革的十年都停頓下來，文革之後，各省的少兒社都紛紛的成立了，於是不幾年之間，大陸的兒童文學就恢復了起來，理論有了、史料有了，辭典工具書都有了，這是大陸發展上特別的地方。

　　從內容上來看，社會主義共產黨，有他們的文藝政策，我們沒有，表面上看我們是自由的，實際上是自生自滅的。在我們這裡不好賣，就沒辦法出版，但大陸只要是政策需要，就有機會出版。大陸的

出版社都是政府的，在「改革開放」初期以前，那時候出版社不需負責盈虧，他們的出版品難免有工農兵的政策作用，以政治的意識形態引導理論創作，而且很一致，不管誰寫理論，都會把它帶進去，例如「四人幫」垮臺後，每個寫理論的人，都會帶一句和「四人幫」怎樣影響兒童文學的發展，而他們下臺以後，兒童文學是如何恢復了發展，如何回到兒童文學本位來，兒童文學就沒有禁地了。否則按照他們的文藝政策發展，寫少年小說、兒童故事，都會要求製造社會主義的典型「英雄」，如「三突出」人物的塑造等為工農兵的社會主義政策需要的宣傳。

　　不過，就整體作品來說，大陸兒童文學在少年小說、童話、寓言方面，不管質或量都比我們好，唯獨童詩的品質比我們差些，我們比較活潑自由，他們比較傳統僵硬些，歌的意味重，政治教條的主題意識也較明顯，從聖野、張繼樓、金波、張秋生等早期的作品來看，都可以從中看出工農兵的政治宣傳口號。

洪：

　　這樣的交流，對臺灣和大陸分別產生了怎樣的影響？

林：

　　平心靜氣而言，不論理論、研究、創作或史料的蒐集、整理都有彼此、借鏡，激勵的作用，就群體意識上感覺：我們不能輸給他們。所以這幾年，看起來我們創作的人才比以前更積極。例如，過去我們在兒童文學文類的發展，寫兒童詩的人多，童話、少年小說就比較少，最近這十年來，各類文體就比較均衡發展，很多做作者都嘗試不同文體的寫作，像我們本來寫兒童詩的朋友，也都有了多樣化的發展，新一代出來，更沒有束縛，他們本來就不是從事童詩創作的，有

的直接就從童話開始，這就是一個很好的現象。不過，臺灣這批新一代的創作者也不一定受到大陸的影響，他們也可能受到歐美的影響，但不可諱言的，是有彼此激勵的作用，因此難免會有部分作者產生疑慮，認為：大陸有那麼多人在寫，有那麼多作品。在臺灣發表，我們的園地是不是會被搶光了？我們是不是該更努力的寫，要寫更好的作品？

　　以上說的是正面的意義。在負面方面，有的人認為大陸的作家都搶占了我們的園地和出版的機會。依我看，這也未必，如果自己不好好寫作，出版社當然也會有選擇，兩岸開放以後，他們又不需要考慮政治因素，自然會選擇好作品出版，所以作者應該考量的是自己是不是要創作更好的作品和嘗試更新的表現方法。在交流的初期，有不同的意見，中華民國兒童文學學會便為此開過兩岸兒童文學交流的座談會，有人還以打壓的言論在會中發言。不過我認為交流沒什麼不好，交流不等於認同，交流可以借他山之石，來壯大自己；交流也不一定會產生模仿，有好的我們自然會吸收。這幾年的交流，刺激臺灣兒童文學的風貌有更大的轉變。

　　過去兩岸兒童文學的不同風貌是，大陸表現的是比較寫實，我們寫的常常是幻想的、美的，這就好像我們給小孩子吃藥，都要用糖衣去包裹一樣；比較現實的東西我們都不敢去碰。當然，大陸的寫實作品存在一些鬥爭、分化的主題；臺灣過去也有傳統式的善惡是非分明的故事在裡面，基本上交流之後，大家彼此觀摩，臺灣的出版者引進作品也會考慮有沒有市場的問題，相信不會傻到，出版哪些有政治宣傳的東西。能在臺灣出版的大多比較有文學價值，有較好的創作表現。當然過去也有一些存在撿便宜的出版商，用比較低的稿酬、版稅引進一些不好的作品。

　　我們兒童文學界從事交流是從文學的角度出發，有文學價值的作

品我們才會引介進來。我們成立楊喚兒童文學獎,目的就在發掘好作品,也包括嚴肅理論研究方面的著作,分別給予創作獎和特別貢獻獎。在評選過程中,都有一定的考量,不隨便亂給。最早周銳的《特別通行證》,就是我們發掘出來的,民生報後來才出版;沈石溪的《狼王夢》,也是得了楊喚兒童文學獎,才有機會在臺灣出版,所以我們是從交流中發掘好作品。我們本身雖非理論研究者,但我們還是有一定的鑑賞力,不會亂拿東西來介紹。

　　兩岸兒童文學交流的影響,在觀念上雖然還看不到,但潛在影響一定會有,我們的作風和他們是不一樣的,例如開會我們很講求效率,規定一個人發言的時間,我們把這一套模式拿到大陸去,他們也接受了。不過,開始他們很不習慣,一般發言,跑馬慣了,在外圍繞了一大圈,等回到重點時,時間就到了。這樣的來來往往,彼此一定會發生一些影響。

　　此外,他們看到我們講話都有笑容,對他們也一定都有感染力。

洪:

　　剛剛林老師稍微提到兩岸兒童文學的交流,受到了某些意識形態的影響,聽說您還被比喻成引清兵入關的「吳三桂」,不知道您對意識形態影響交流有何看法?

林:

　　邱傑也曾和我們參加過湖南小溪流雜誌主辦的「首屆世界華文兒童文學筆會」,後來他寫了那篇文章,我個人對於邱傑那一篇文章,不覺得有什麼不好。他以張騫、玄奘、吳三桂三個人來討論,並沒有指明是誰,所以我個人也沒有受到他的影響,反而是別人有意見。

　　意識形態的看法,我不以為是嚴重的問題,我覺得有意見,都可

以拿出來談。當時，有人認為我們還沒有什麼東西給人家看，就要跟別人交流，這樣不太好。以我的看法，交流並不一定要跟別人長得一樣高，要跟別人長得一樣好，如果我們也有外國語言能力，也有機會的話，歐美日本等其他國家，照樣可以交流。交流本身是一個很好的活動，可以促進彼此的了解，可以增進友誼，才不會造成敵意。因為透過交流，不同國家、不同語言的文化資產才會成為人類所共有，何況同文同種，不用透過翻譯，我們就可以看得懂啊！小時候我接觸過一些簡寫的字，對大陸的簡體字，閱讀起來沒有什麼大障礙，這麼方便的，怎麼不交流呢？

再說，我們兒童文學界也有日語人才、英語人才，為什麼這些人不去交流呢？不去把外國當代的作品引進來給我們看呢？翻譯的，大多是過去人家肯定的經典之作，當代作家的作品為什麼不多翻譯過來呢？沒有翻譯，我們就沒有辦法看到那一部分，這樣文化資產就不能成為人類所共有，那現在有同文的好的兒童文學作品在哪裡，您不去引進來，不是您自己自動放棄了這部分文化資產嗎？

我們就是基於這樣的觀念，一年一人花掉不少錢，去從事這樣的交流，像捆工一樣把他們的書搬回來，目的就是希望在短時間裡，先把資料蒐集回來。兩岸兒童文學交流已有十年，過去等於交朋友、蒐集資料、認識人、認識人以後就認識作品，接著就應該提高到學術研究的交流了。像這次在東師、在臺北召開的學術研討會，以及三年前海峽兩岸兒童文學研究會邀請大陸兒童文學作家學者來訪問，都是這樣的性質。

這樣的情形，受限於經費的關係，我們也只能一步一步的來做。現在由於臺東師院已經設立了兒童文學研究所，可以想見的，兩三年後，我們臺灣就增加了一批兒童文學的研究人才，有了兒童文學研究人才之後，我們就可以再進一步跟他們做理論研究的交流。

那麼,我們的希望也就不會是空想了。過去初期的交朋友、蒐集資料、認識人、認識作品的階段已經完成了,現在我們應該閱讀研究更深入的去做一些比較,像我們後來成立兒童文學資料館,就是延續著這樣的工作。

洪:

依照您的看法,兩岸兒童文學圈應該如何合作,對兒童文學的發展才有助益?

林:

提到合作,就會牽涉到經費的問題,例如兩岸的好作品,我們可以找出來,做導讀的工作、編選集的工作,但是要有園地發表,要有出版社出版,否則很多想法,都無法實現。在這方面我們很欠缺,像民生報就有資源,並不是每個人都有這樣的能力。當然出版社出版的書可以大家都分享。如果對創作、理論有理想的人,將來能找到一些民間基金會的支持,我們就可以做一些更有理想的事。希望以後有人提出計劃,用海峽兩岸兒童文學研究會的名義,去申請經費,來做兩岸兒童文學理論研究的工作。

洪:

明年我們臺灣要辦亞洲兒童文學會議,不知道對兩岸兒童文學交流會產生怎樣的影響?

林:

兩岸兒童文學的交流難免會受到政治因素干擾,去年我們在漢城參加第四屆亞洲兒童文學會議時,大會依照國際慣例將與會代表的國

旗豎立在會場，因為有中華民國國旗，大陸代表就很不以為然的提出抗議，不進入會場，最後大會決定所有的國旗全部都拿掉，但是韓國的會長非常生氣，認為有失國際禮儀。此外，要決定下一屆主辦權時，韓國、日本、大陸還有臺灣四個會員國正副代表一起開會，為了避免政治的干預，會員國都不以國家名稱出現，而是以地區代表為會員的名稱，韓國是以漢城、日本是以東京、臺灣是以臺北、大陸是以北京這樣的名義，所以現在亞洲兒童文學協會的四個基本創會會員國名稱，就是漢城、東京、北京、臺北，那時在討論下一次接辦的會員國時，大陸正代表就積極爭取要接辦，雖然他們沒有明白以臺灣是個地方政府不能辦理國際會議的理由來排拒臺灣的主辦權，但他們卻以臺灣如果接辦，他們就不能出席為理由，來排拒臺灣辦理這個活動。後來由於日本、韓國的堅持，最後還是決議交由我們來接辦。

不過，我也跟他們承諾，我們不會用「亞洲兒童文學會議」的名義邀請他們，會設法以「海峽兩岸兒童文學交流會」的方式，來邀請他們，到時候他們可以順利的來參加吧！

兩岸交流難免還是會存在這樣的政治干預。當然不是每一個大陸的兒童文學作家都會有這樣的意識形態，但是他們在那樣的環境下，如果他們的政府不開明，他們也是沒辦法的，我們也是無能為力的。

六　陳木城校長訪問記

時　　間：1998年4月9日晚上十時三十分
訪問方式：電話訪問
地　　點：FROM 洪宅 TO 陳府
受訪者：陳木城校長
訪問者：洪志明

洪：

　　您們是第一批訪問大陸的兒童文學家，臺灣兒童文學和大陸兒童文學發生交流，應該是從您們開始的，可不可以談談那時候，是什麼動機促使「您」想要和大陸兒童文學圈，做這樣的交流？

陳：

　　主要的是，我在國外看到很多兒童文學的資料，知道大陸有很多的兒童文學作家，也有很多的兒童文學作品，我才發現在民國初年一直到五四時代、2、30年時代、左聯時期，有那麼多兒童文學作家在創作，從大陸解放以後也一直都有那麼多兒童文學作品，我才發現用中文寫作的中國人，原來在兩岸都有這麼一群共同為孩子寫作的朋友。那個時候是1987年，那時候兩岸的問題已經開始在化解，冰也開始在解凍了，就覺得可以開始聯絡了。

　　我相信他們在等我們，我們也要找他們，我覺得兩岸的交流迫不及待，勢在必行。那時候還沒有解嚴，所有大陸書籍，都列為匪書，我就冒著很多危險，偷偷的用很多方法，在1987年、1988年間，帶進了很多大陸有關語文和兒童文學的書籍、雜誌以及選集。

　　另外，我覺得這樣的交流，不是我一個人的交流，應該要有更多人團結起來，應用更多人的資源，才有力量。大陸地大人多，我們跟他們交流會很累，所以要找一些同志，志同道合在一起做這些事情。所以成立了大陸兒童文學研究會，結合臺灣兒童文學界的朋友，一起來做這樣的一件事。

洪：

　　不知道那時您們做這樣的一個訪問，是透過怎樣的一個途徑和他們聯絡，中間有沒有遇到困難？

陳：

　　基本上的困難沒有，我相信彼此雙方非常渴望獲得對方的消息，當時我在美國讀書，學校裡就有一個上海少兒出版社的同學，我記得這個人叫王偉明，我就想辦法去找他，我去的時候他並不在學校，他打工去了，我就留地址，等他回來的時候，請同學拿給他，希望他跟我聯絡，後來王偉明也給我回信了，他告訴我到上海少兒社去要找一位趙元真的編輯主任，也給我地址了，我也寫信了，信也得到回覆了。

　　第二個是我在美國國會圖書館認識的朋友，他是北京派出去美國學跳舞的，我留了五張名片給他，透過他幫我拿到社科院以及兒童文學雜誌，請他們轉交給一些我看過他們的作品、看過他們報導、從事兒童文學工作的人，依照我臺灣的經驗，我知道在大陸兒童文學界的人，一定是互相認識的，我把資料傳給他們，他們一定會幫我轉，事實證明，這些問候都轉到了，大陸的朋友也因為我那張問候的名片，而感到非常的雀躍。一直到現在為止，我們還常常談到這些值得回憶的往事。所以在聯絡上是沒有什麼困難。

洪：

　　在您還沒有到大陸訪問以前，您對大陸兒童文學發展的狀況，不知道有什麼樣的了解？在您第一次訪問後，不知道有什麼樣的差別？

陳：

　　我們在訪問之前，透過作品、透過報導，對他們當然是有一些了解，經過訪問之後，對他們的了解，有一部分是得到印證，有些了解必須重新調整，有一些新的發現，對於大陸的認知架構也就逐漸架構

起來。例如：我們就了解上海少兒出版社，是個重鎮，北京中國少兒也是一個重鎮，這兩個陣營之間如何往來，有哪些是全國知名的作家，有哪些是地方性的作家。哪些是所謂出版的管道、發行的管道，這些都慢慢一點一滴的累積起來，組成了我們對他們的認知結構。這個是了解的一個層次。了解的另一個層次是從作品去了解，流派啦！風格啦！各種文體的不同，以及各種文體的代表性的作家極其彼此的互動和影響。那也可以看出他們研究者的分布啦，方向啦，以及研究者在大陸占有的地位，跟角色，這些當然在我們交流之後都有更深入的了解。

洪：

當時您覺得兩岸的兒童文學發展，有何差異？

陳：

當時我最大的感慨，大概是我自己長期以來最大的困擾，就是我沒有很多時間寫作投入寫作，雖然我對寫作有很多想法、很多構想、很多抱負，在臺灣有很多兒童文學作家都無法。長久以來在教育界工作，也都不斷的在進修，自己都一直苦於沒有更多的時間投入創作，我在大陸發現他們很多作家，由於他們的體制跟我們不同，只要是一個教書的老師，寫作比較有成就，他們都可以調到出版和編輯的單位，他們出版和編輯的單位，上班不像臺灣那麼緊張，臺灣的市場比較競爭，而他們上班有比較多的時間寫作，再加上有一些是專業作家，可以領薪水專心在家創作。有些作協協會的會員，他調到這個單位，薪水照領，雖然不多，但是他可以專業從事寫作，除了薪水以外，他的稿費、版稅歸他所有，就當時而言，我覺得他們的創作環境比臺灣還好，因為作為一個寫作者，他並不需要很多錢，但是他需要

很多時間，在臺灣辭掉工作又無法生活，一邊工作一邊寫作，時間又很少，陷入一個相當兩難的困境，這一點我是覺得大陸的作家朋友，在創作的時間環境上，是比我們臺灣幸福多了。我們臺灣如果要選擇一個全職的寫作時間，一定要對自己非常的有自信，非常敢於割捨，要不然實在很難。所以大陸很多作家創作的作品量，比我們多，這真的是客觀環境的因素。

洪：

可否請您介紹一下他們當時的出版狀況？

陳：

經過幾次的交流，我對大陸的出版狀況並不抱著很大的希望。在臺灣我們知道我們的文化市場是很小的，我們的人口不多，我們的閱讀人口不是很好，我也覺得我們的教育、文化政策對一個創作者、對一個出版事業，並不是很重視。口號上是很重視，但是事實上並不是這樣。例如，郵政的行業，印刷品、書的郵費調整以後，已經使很多出版社，不敢使用郵購的方式來賣書，這就是郵政政策的關係，它影響到出版業的市場，也就間接的影響到創作者的出版機會，所以現在書都要以套書來賣。在二十年前，登廣告打八折預約就可以賣二、三千冊的榮景已經不再了，因為書都要以包裹來寄，郵費太貴了。這就是政府政策沒有統整所造成的偏頗，因此我們對臺灣的創作市場很失望。

可是，我們想去大陸尋求市場，十二億人口中的兒童人數，比起臺灣三百萬的兒童人口而言，就有很多倍了。可是事實上大陸的出版情況也沒有那麼好，除了《毛語錄》以外，大陸很多作家的作品，受到發行渠道的限制，以他們那種官方國營的制度而言，有的還只發行

五百本，五百本能領到多少版稅呢？比較暢銷的賣個五千本，也沒有什麼了不起的。

我們知道大陸的潛在市場是很大的，我們期望未來，這個潛在市場能開發出來。以我所知道，書價又低、版稅又不高、銷售量又不大，在大陸出版，得到很高的版稅，是不太可能的。如果我們在大陸出版一本書，頂多拿到五、六千塊，這些錢拿到臺灣來，也沒辦法生活。大陸的出版情況，目前並不好，對大陸出版市場，只有等待未來改善。

洪：

這樣的交流，對臺灣和大陸分別產生了怎樣的影響？

陳：

我們交流的意義，只有停留在互相了解跟影響上，互相影響當然是存在的，當時我看到大陸的作品，覺得臺灣的童話和大陸的童話相差一段相當大的距離，臺灣的寓言的創作量也比大陸少，沒有一個稱得上是寓言作家。

當我們看到大陸的作家，他可以出版寓言集，也可以出版寓言理論、寓言概論、寓言學，以及他們的研究者舉出的例子，是這麼多的大陸作品，很多作家有一、二十本書出版，很多作家童話寫了五百萬字、八百萬字，可以出好幾本全集，而且作品都比臺灣當時的童話先進很多。所以我當時就預期，臺灣的童話受到他們的影響，一定會進入另一個世界，臺灣的寓言創作，也必然會有人去寫它，而這些預言現在也都經過了證實。很多兒童文學界的朋友受到了他們的啟發，改變他們的寫作文類，或者改變他們寫作風格，突破他們的想像空間，把臺灣的童話和寓言推到另外的一個境界。以後一定會有人去研究它

的影響，現在要仔細去比較作品，看哪個作家受到哪個作品的影響比較難，這個以後恐怕要細細去比對，但是我所看到、我所聽到的作家朋友的反映，這個影響確實是存在的。

另外，理論就理論研究而言，民國時代，解放時代的作品，都被拿來建構他們的理論，當時我們臺灣找不到幾本兒童文學的理論作品，是以本土兒童文學的作品來建構理論的。部分理論都是抄襲國外，翻譯改寫的，那個時候我們兒童文學界就非常的不解納悶。大陸的理論進來以後對我們臺灣的學者有很大的啟示作用，要當一個研究者就要看作品，沒看作品，就不配做兒童文學的研究者。

很多學者認為臺灣兒童文學作品沒有什麼好看的，其實都是藉口，沒有看，不用心看，看不出來，怎麼知道創作者的用心呢？

這幾年來臺灣理論工作者也受到影響，有幾個研究者，幾個新一代的研究者開始很認真去看作家的作品，您看，這麼天經地義的事，我們臺灣走了五十年才走出來。反過來說，大陸那邊也受到臺灣的影響，這個由大陸那邊兒童文學工作者反映得知，臺灣的作品比較散發自由的氣息，想像的空間很大，臺灣童詩非常發達，有一段時間，臺灣兒童文學的歷史等同於兒童詩的歷史，這對大陸也產生很大的影響，同時臺灣長期接受到英美的資料和訊息，尤其是臺灣翻譯國外的作品，長期出版國外的圖書館，進而開發自製的圖畫書，這樣精美的印刷的東西，大陸朋友看到了都很驚歎的。也對他們的出版，對他們的創作有相當的啟發。

洪：

在訪問的時候，有沒有發生值得一提的插曲？

陳：

記得那時候，我在大陸看到報紙說，中國時報有意要邀請冰心到臺灣，但冰心在大陸就以身體不好、年紀很大（約八十八歲）的理由，發布她感謝，但不能前往的消息。我在上海合肥看到這個消息，我就找朋友，安排看能不能去拜訪冰心，當時我認為以大陸對我們那般熱烈的心情，我覺得我們有信心見到冰心，我認為那個時間點很好，他們對我們都還很好奇的時候，平時我們要去見重要的人物還不一定見得到，但是那個時候由臺灣去的，他們會覺得很親切，我們到哪裡，報紙都會登出來，電視也都會廣播，所以我就安排去見冰心，我認為我們要去交流，應該有主動爭取的權利，不是任憑他們安排。所以我在跟他們交流時，很珍視這樣的主動權，我們可以請求他們給我們安排看我們要看的東西，去我們要去的地方，雖然我們團員中有人持反對的意見，認為時間有限，不要為難主辦單位。

不過我認為我們應該去看我們要看的，像故宮它至少暫時不會垮，還會在哪裡，但冰心年紀大了，她以後不一定能見我們。另外，冰心在大陸是一個相當有代表性的作家，而且和兒童文學有那麼深的淵源，我們從臺灣來去拜訪她，她應該會接見。再說，我們去看她，也不需要打擾她多久，只是去問候她，留下幾張照片，說幾句話，送幾本書，送個水果去，表達個問候之意，半小時就離開了，根本不會打擾太久。再說，那時候負責安排的單位，對冰心又很熟。後來見冰心的場面非常的溫馨，冰心和方素珍還有那麼「親密的接觸」，我們所有去的朋友對那歷史的一刻，記憶都很深。

另外，值得一提的是，我們第一個去訪問的地方是合肥，這是很巧合的，我們臺灣和安徽省有很特別的淵源，早期到臺灣打中法戰爭的大陸兵，通通是安徽兵；臺灣成立省的時候，第一個省主席就是安

徽合肥人劉銘傳，我們常常拜的關公，也是安徽合肥人，桃園三節義也是在安徽；胡適之先生就是安徽人，他爸爸胡鐵花在我們臺東縣當知縣兩年，留下最早期臺東縣的文字記載，那時兩歲的胡適之也跟著他爸爸到臺東來，所以我們臺灣到合肥訪問，這真是一個巧合。

我們到合肥看他們的安排，並不像臺灣經常做的學術性的座談方式，所以就建議他們重新修訂，雖然我們有團員希望入境隨俗，但是我們認為很難得到這裡，團體時間應該充分安排，主題、講次，應該有一個詳細規劃，否則就會變成一個抽菸聊天會，這很不符合我們臺灣工商社會的時間觀念。於是，他們發現臺灣果然不一樣，給他們耳目一新的感覺。所以我們認為交流不只是學問上的交流，而且是組織、管理、行政、經營、行程安排的經驗交流，都給他們很深的印象。這點是我印象很深的插曲。

洪：

您曾經在美國留學過，是否可請您比較美國、大陸、臺灣這三個地區兒童文學發展的情況？

陳：

我在美國前後的時間，總共十一個月，我都在忙著我的課業，當然我花很多時間在圖書館，蒐集兒童文學的資料，我住的是美國中部的一個小鎮，也逛了一些書店，不過我對美國兒童文學界，也不敢說有什麼接觸。

但是我有一點感覺不一樣，在1978年的時候，臺灣圖書館還沒電腦化，我在那個小鎮的大學，他們早就電腦化，只要我打進「CHILDREN LITERATURAL」就可以找到很多書，就可以進入這些書的簡介，然後就可以把那本書的摘要印出來，印出目錄我就可以拿

到書店，問看能不能找到這本書，圖書管理的「BOOK SHOP」，也可以幫我們打電話問看有沒有這本書，然後看要不要訂，一二週內就可以通知取書了，非常的方便。而在臺灣除了幾個連鎖店以後，已經很難買到文學性的書，兒童書更難；而郵購也一直沒有起色，現在兒童讀物的行銷，差不多是靠直銷，而直銷總是有限的。書香社會的口號叫得那麼響，市場沒辦法維持，難道決策者不知道，光做一些不切實際的事和動作是無意義的。

大陸的情況也沒有比較好，我們知道他們有很多書，是由新華社來發行的，要印書之前，要先通知新華社，看他們要訂幾本。新華社是公家單位，所以書賣多賣少對他們沒什麼利益，如果訂太多賣不出去反而很麻煩，所以有的單位不是訂少一點，就是根本不回應。

就曾經有一本書全國調查下來，要訂的只有兩百三十一本，那麼印書能印太多嗎？所以如果是好書，那麼這次買不到，那就永遠都買不到了，所以他們書的通道太差了。從壞的方面而言，他們的市場管路不通，好書推不出去，書店也不好好去賣好書，會惡性循環。從好的方面來看，哪天大陸的圖書發行如果順利起來，那它應該是有很多潛在空間。這是我看到的，美國、大陸、臺灣的差異情形。

洪：

您認為未來兩岸兒童文學的交流重點，應該擺在哪個方向？

陳：

我認為，以我們的關係，目前要在臺灣看到大陸的作品不難，可是大部分的朋友，沒有我們這樣的管道，只能透過大陸朋友在臺灣出版的書，從哪裡一窺大陸少數作家的作品。即使是這樣，臺灣就有一點怕，大陸的作品會搶到臺灣的市場。其實現在大陸作家在臺灣出版

的作品，都還相當有限，恐怕都還不夠，即使如此，臺灣出版大陸作品也遠遠超過大陸出版臺灣的作品，我們在交流的過程，他們都說：我們到大陸去很容易，他們要到臺灣來不容易啊，所以現在來過我們臺灣的作家，經過他們計算大概二十三人次，我們到大陸訪問的作家，已經不只二十三個，但大陸的人多，我們的人少，這個也沒有辦法，因為我們臺灣的單位要接待大陸作家，能力非常有限，大家都非常忙碌。

　　反過來，我們出版他們的書比較多，他們出版我們的書比較少，臺灣在大陸出書的人，大概沒有超過五個兒童文學作家。所出版的書，大概也都是一本、兩本。依我所知，他們在大陸也只能印二、三千本，那個版稅在臺灣吃兩份西餐就吃完了。所以臺灣作家在大陸出版，也沒有什麼誘惑力，所以這個交流並不是好現象。

　　我是希望臺灣除了具有出版的市場以外，臺灣有關單位，應該大量開放大陸兒童文學原版本的書進來，讓書店能夠賣大陸兒童文學的書。大陸要出版前，可以寄個信來問臺灣要訂購幾本，然後寄過來，臺灣朋友可以直接買來看。如果經過臺灣再來出版，會有市場的限制問題，那麼現在由政府來做。可以把大陸兒童文學作品引介進來，讓兒童文學專業的人來幫他們編選，作為正體字版，反過來大陸也要多出版一些臺灣的作品，讓大陸的小朋友也能多讀一點臺灣的作品，讓我們大陸和臺灣的小朋友，有共同的閱讀經驗。所謂共同的閱讀經驗，就是共同的文化記憶，就像我們共同都讀過白雪公主，現在的小朋友都有一個這樣的共同記憶，這就是國際化、世界觀，重要的一個基本的人文素養。大陸一些很好的作品，臺灣人應該要讀，臺灣很好的作品，大陸人也應該出版，這樣深層的交流，心靈裡的共同的閱讀經驗，是很好的一種交流。我們期待，兩岸除了共同有漢人的生理基因以外，也應該有一些共同的文化血液啊。

現在兩岸兒童文學的交流很正常，我們希望兩岸文化人，能打開自己的心胸，打開自己的視野，交流時，不要受到兩岸政治的溫度的影響。大陸同胞來和我們交流時，不要抱著統一的心態，臺灣的朋友和他們交流時，也不要抱著怎樣的政治心態，純粹做個文化交流。這樣文化的交流，會比較健全。以目前，兩岸的交流，都在民間化，文化化，事實上我覺得都相當平穩。

洪：

有人認為引進大陸的作品，壓縮了臺灣兒童文學作家的存活空間，不知您以為如何？

陳：

有一些人會這樣憂慮，我覺得很正常，我也不認為提出這個問題好。仔細分析，會提出這個問題的人，有幾個心態要自己去了解一下，第一個，是不是對自己的作品沒有信心。我們不敢引進外國的汽車，是因為要保護我們自製的汽車，到最後汽車產業是不是發展出來了？

第二個，這種心態未免太封閉，人家很強，就不讓他進來，要把國家鎖起來，這樣的封閉心態是來自於凡事都從負面去看。引進外來的作品，我都認為不夠廣、不夠深，很多出版品引進來，確實是不好的，某些出版社是抱著只要有書出就好了的心態，他們不願意開發作家，所以引進大陸作家，甚至連一些古老的意識形態的作品都引進來，不知道哪些意識的東西，現在連大陸都不要的。重要的是，引進來的東西要精、要好，這個東西要有專業的人去做。只要引進來的東西是好的，對我們的孩子是只有好處，沒有壞處。如果外國好的牛奶進來，我們都不要，那我們的孩子怎麼吸收得到好的營養呢？另外，

我們的作家可以直接看到大陸的資料，對我們的作家也有啟發。雖然交流過程有一些缺點要改，但是我認為朝正面的想法去發展，不要那麼杞人憂天。

洪：

依照您的看法，兩岸兒童文學圈應該如何合作，對兒童文學的發展才有助益？

陳：

1988年回來，我在東方書局的一個出版通訊，發表了一系列的專欄文章「大陸兒童文學掃瞄」，開始採討大陸兒童文學的現象，那時候我就期待兩岸可以共同舉辦兒童文學獎，共同舉辦兒童文學作家座談會，或是在臺灣舉辦大陸兒童文學的作品研討會，大陸也舉辦臺灣兒童文學作品的研討會，透過他們的雜誌來分析評論，我們也希望大陸有一些雜誌能跟臺灣合作，大陸有一些版面能讓臺灣來幫他們編，同步出版。也可以在大陸做臺灣的選集，臺灣做大陸的選集，用一個比較客觀的立場，來挑選對方的作品，學術界也應該有一些團體性的互動，以目前臺灣已經都有人在做了，做得最多的應該是海峽兩岸兒童文學研究會的林煥彰以及民生報的桂文亞。

未來，兩岸可以合出華文兒童文學史，這樣不是很自然的把大陸兒童文學發展和臺灣兒童文學發展融合成一體嗎？這樣整本的兒童文學史，不就完整了嗎？又可以互相借鏡。

現在很多政府辦的兒童文學獎，都有人提出不可以接受大陸的作品，其目的應該是保護臺灣的作家，怕大陸作品一來，很多名次會被拿走了。我認為政府應該用臺灣人民的稅收去辦理獎項，其目的是鼓勵臺灣的作家，有條件去限制大陸作品來參加。假如民間辦這樣的活

動，像國語日報的牧笛獎本來有意思要限制大陸人員參加，我就很反
對，國語日報應該鼓勵好的國語（管它叫普通話還是北京話）文學作
品，怎麼可以限制大陸的作品呢？還好後來國語日報沒有接受哪些意
見。我呼籲有這種觀念和意識形態的朋友，應該好好的想一想，只要
是好的兒童文學作品，不管是哪一國的，我們都應該引進來，何況是
跟我們同文同種的東西？當然現代有很多臺灣同胞很排斥做一個漢
人，認為我們臺灣人有平埔族的血統，這種想法應該用科學的方法冷
靜的去推想。根據我們的推論，來自人類學的研究，當時整個臺灣平
埔族大概只有十幾萬人，而清朝移民臺灣的漢人應該有百萬人之多，
即使混了一些平埔族的血液，那麼那個血液在我們的血液裡占的成分
也不高。假使百分之九十的人，都混了平埔血液，那這百分之九十所
存有的平埔族的血液恐怕也金有百分之一、二而已。他擁有的漢人的
血統，應該有百分之九十幾，所以不要為自己的意識型態尋找生物
的、歷史的例證，不要把政治型態放到文學裡來，政治不是很可憎
嗎？何況也沒有人說，一個民族只能有一個國家，一個民族也可以有
很多國家；同樣的一個國家也可以有很多民族，只要住在這裡的人民
認同，是統是獨可以用政治科學的方法解決。不要用這樣的意識形態
來左右文學的交流，說我們跟他們不同種，說我們是新興民族，即使
是新興民族，也不可以去否認您那原始的民族。何況平埔族留下來的
文化也微乎其微了，我們過的文化生活，也幾乎是漢族文化和現在的
歐美文化，包括我們現在的原住民，漢化的情形也非常的嚴重，所以
希望兩岸的交流，意識形態的東西可以減少干預。否則過了二十年、
五十年後再來看看這樣的情況，都會覺得自己二十世紀末的觀念可
笑。

七　曾西霸先生訪問記

時　　間：1998年4月11日晚上八時三十分
訪問方式：電話訪問
地　　點：FROM 洪宅 TO 曾府
受訪者：曾西霸先生
訪問者：洪志明

洪：

　　您是一個電影戲劇工作者，請問您，為什麼會參加這兩岸兒童文學的交流活動，當時是什麼動機促使您參加這樣的一個活動？

曾：

　　我個人第一順位的專長是電影，第二順位才是兒童戲劇，那時候我會興起參與的念頭，純粹是想趁這個機會，去了解大陸地區的朋友們都在做什麼。

洪：

　　可不可以請您，就您專長兒童戲劇的部分，介紹一下您到了大陸以後的發現？

曾：

　　我最難能可貴的是見到了「三個和尚」的作者，也是很多兒童故事的作者──包蕾，他是個兒童文學家，同時也是編寫動畫片的作家，他在上海美術電影製片廠工作，那是民國以來傳統最悠久、最好

的一個動畫製片廠。

我們也碰到了中共國務院文化部少兒司的司長──羅英，她很熱心的告訴我們全國有十幾個兒童劇團，每隔幾年就有一次兒童劇匯演，另外也送給我們《童劇十家》和《兒童劇佳作選》，那都是可貴的研究資料。我門因而從中知道，他們各地都有兒童劇團，這些劇團都是公家養的單位；另外也知道他們每隔一段時間就有一個公開的匯演，往往還趁機進行評比，把競賽納入其中。比較起來這是共產國家比較容易做的事情，我們這邊大部分都是半職業，或是非職業性的工作，要像他們那樣做比較不容易。

另外，我很明顯的可以感受到，以作品成熟程度而言，正規的兒童戲劇，有燈光、布景、舞臺配合，有完整劇情的那種兒童劇，他們平均比我們成就來得更好。

但是，兒童劇不只有那樣定義下的產物，可以是很小的生活小品，或者是一個科普轉換的東西，像臺灣純粹作偶戲的，這種東西在他們那邊就比較少見，如果不以那麼狹隘的、正規的定義方法，如果把定義放寬來看兒童劇，那麼臺灣這種兒童劇的活潑和多元，又超越了他們。因為他們長年在徵求劇本，可以不斷的排演，自然會比我們好。後來事實證明他們像兒童劇的匯演也都不甚了了，就像我們早年的兒童劇指定要臺北市每個小學要輪番演出，輪到的學校都覺得很倒楣一樣；後來的幾年，每次他們都很高興地說，他們的兒童劇要匯演了，可是到最後往往沒什麼下文。

洪：

您剛剛提到上海美術電影製片廠，您可不可以稍微介紹一下？

曾：

他們主要是製作各式各樣的美術影片，從最早的《龜兔賽跑》、《鐵扇公主》到《萬氏三兄弟》（萬古蟾、萬籟鳴、刁超塵），幾十年的經驗就傳承下來。他們製片廠的任務非常的單一，就是不斷的做動畫片、木偶片、剪紙片……等，久了像世界各國的頂尖電視製片廠一樣，具有自己的風格。像美國米高梅肯定是歌舞片的翹楚；日本的松竹堪稱青春電影典範；而大映必定是以時代劇取勝。

上海美術電影製片廠是具有很大的影響力，像《三個和尚》在世界得過的獎項，可能不下一、二十個，那個製片廠的影響力，一直到現在還存在。雖然他們沒有明講其訴求對象是兒童，可是基本上還是把他們的觀眾定位在兒童身上。

洪：

請問，大陸的兒童劇，除了徵選作品、公演、拍成電影演出以外，有沒有類似理論系列的東西出來？

曾：

跟兒童劇的創作比起來，理論系列的作品比較少，其實兒童劇也一樣，除了公演時，會編一本特刊以外，也很少有專輯出現。不過，宋慶齡兒童福利會支持了一個中國兒童劇院，他們曾經將中國兒童劇院開演以來，所有兒童劇的海報編成一本書，書名叫作《花》，具有完整的記錄。除了這樣具體的記錄以外，特地的把他們的劇本印出來，比例上也是很少。像他們的一級編劇歐陽逸冰有自己的選集，前輩任德耀、胡縣芳、柯岩、劉厚明好像也有一些，除此而外，一般兒童劇在書店裡也很難看到。

理論部分，就我知道，程式如先生寫過一部《兒童戲劇散論》，另外，他們出過一本編選的《兒童戲劇研究文集》。至於一般在概論裡提到的，都不會太詳細，只是三言兩語，應該不算數。

洪：

臺灣有沒有類似這樣的作品？

曾：

兒童劇理論完全沒有，我正在著手的《兒童戲劇入門》還是僅止於概論而已。作品印成書的反而還有一些，像早期省教育廳以及臺北市教育局一面辦比賽，一面辦演出，也出版了一些，汪其楣先生編選的《戲劇交流道》叢書，選了《魔奇兒戲劇選》、《哪吒鬧海》、《年獸來了》三本。當時臺北市在提倡兒童劇時，曾經出版過《臺北市兒童劇評介》，事實上她是針對作品的賞析，不是真正對兒童劇的特質所作的理論研究。

洪：

您到大陸訪問時，您覺得大陸兒童文學有什麼特點？

曾：

我覺得他們的人比我們熱心、執著，我接觸的人是在做兒童劇的人，兒童劇在整個兒童文學還是比較弱勢的部分，可是他們的哪些人，還是從頭到尾一直在做兒童劇，這樣的堅持顯示出他們的熱情，是我們比較欠缺的。他們有這樣專業的劇作家、評論家存在，對比較弱勢的文類來說，是一個好的情況。

兩年前我再到上海時，另外一個位於上海的兒童劇院，已經沒落

到租給人家做別的事情了，這就顯示了一個大趨勢的問題，兒童戲劇越來越難以存活。

當年（1989年）初到合肥，我的感受也不太好，因為看到他們會議的名稱叫作「皖臺兒童文學交流會」，「一個中國」的政治意識形態就浮現出來，他們把我們當成一個和安徽省對等的省籍作家單位看待，如果他們的名稱是「海峽兩岸兒童文學交流會」，那種感覺就不會那麼強烈。

依我們自身的成長經驗，覺得我們臺灣是一個從貧窮過渡富足康樂的地方，怎麼能被說成他們的省市對等的單位呢！那種概念，感覺上當然不好。

洪：

您覺得這樣的交流活動，對您或是對臺灣產生了怎樣的影響？

曾：

由於隔絕得太久了，大家都很想知道對方在做什麼。對兒童戲劇而言，我看到《童劇十家》裡，任德耀就把劉厚明的童話《面具》，改編成正規兒童的舞臺劇「其實我一點也不快樂」，我看了以後非常的佩服，那個東西非常的精彩，它用猴子來影射人間，不論在結構的組合、人物的表現、童趣的豐富、舞臺技術的應用，都表現到了極致，我當時看了，心想：完了完了，這樣的東西我們是絕對弄不出來了；還好後來一看，那是作者已經六十歲才寫出來的作品，這個劇作家到了非常熟練之後，不管是人生歷練也好，還是寫作經驗也好，都到了寫作最高峰期才寫的東西，所以顯然我們還有希望。

那時我看到哪些作品會嚇了一跳，是因為他們集體的成就確實不凡。我想那是他們整體作家的待遇，配合不斷實驗的演出造成的，恐

怕也只有他們那種特殊環境，可以造就這樣的事實。這種情況，就讓我們覺得在比較具體化、比較完備的正規演出，我們還需要大大的加油；但正所謂「寸有所長，尺有所短」，相對的像我們比較專長的偶戲，並不需要很多很好的劇場條件配合，那樣的演出，反而需要光影、道具、音效，那都是另一套需要配合的東西。

所以經過交流，相信海峽兩岸的朋友都會共同感受到：原來兒童劇不一定非這樣或要那樣做，也還有很多其他的表現方式，如此一來，可以豐富彼此創作的方式。

洪：

您覺得以後兩岸兒童戲劇的交流，應該朝哪個方向發展？

曾：

對於戲劇而言，劇本還比較其次，演出很重要，所以我希望很具體的看到演出，我們明年不是要主辦「亞洲兒童文學會議」嗎？原則上，我是希望能夠找一個兒童劇團來演出，盡量採取精簡、多元的方式讓大家看到。一個重點就是歷史資料的保存，這是說來複雜的問題，暫時無法細說。

洪：

劇團來往的交流，可不可能？

曾：

劇團的往來，其實大家都很希望，但是由於劇團動輒幾十人，所需要的經費非常的龐大，困難的程度就相對增高。所以他們就用變通的方式，先送林煥彰先生一批優選的兒童電影，到時候可以轉成錄影

帶來看。所以，初期恐怕要用變通方式去交流，沒辦法用整個劇團的形式來交流。

洪：

您覺得兩岸兒童劇，或是兒童劇的理論有沒有合作的可能？如果可能，應該要如何做，才對未來兒童劇的發展，比較有幫助？

曾：

我們就事論事，大陸和臺灣這類的出版品，少到這樣的地步，是不是由於這樣的東西，實用的價值不高，出版商出版的意願才那麼低。如果純粹靠熱情去做這樣的事情，恐怕可能只能等待適當的時機。所謂等待時機，是指現在暢銷書先去，等到暢銷書有利可圖，到哪一天連其他不熱門的書籍，可以考慮合作出版時，才有談這個問題的條件。另外，要共同創作也有實際的困難，像兩岸的電影來往這麼頻繁，但是搞一個合作案，經常搞得焦頭爛額，困難重重，即使在這種已經行之有年的合作經驗下，都弄成了這樣，何況是沒有經驗的兒童劇。所以如果沒有非常好的條件，恐怕就不太容易。

另外，如果兩岸三地，分別出錢、出力、出技術的情況，我自己仍舊擔心很難弄好，想想看寫給大陸兒童看的東西，會和臺灣一樣嗎？合作的模式、創作的內容，都會碰到困難，我想要處理這樣的合作事宜，恐怕要等很久吧！如果只是編編選集，讓臺灣兒童對大陸兒童劇有一點粗劣的認識，這反倒是比較容易一點，在目前來說也比較實際一點。

臺灣區域兒童文學概述撰寫座談會會議記錄

一、時間：1999年1月24日（星期日）下午一時至三時。

二、地點：臺北市福州街十一之四號四樓會議廳（國語日報出版部）。

三、主辦單位：中華民國兒童文學學會

　　　　　　　國立臺東師範學院兒童文學研究所

四、出席人員：臺北縣代表：朱錫林；臺北市代表：林淑英；新竹縣
　　　　　　　市代表：吳聲淼；臺中縣市代表：洪志明；彰化縣市代
　　　　　　　表：林武憲；嘉義縣市代表：朱鳳玉；高雄市代表：蔡清
　　　　　　　波；屏東縣代表：徐守濤；澎湖縣代表：黃東永。

五、列席人員：富春出版公司負責人：邱各容

會議記錄：藍涵馨

臺東師院兒童文學研究所研究生：楊絢

六、請假人員：宜蘭縣代表：邱阿塗；基隆市代表：葉永鳳；桃園縣
　　　　　　　代表：黃登漢；苗栗縣代表：杜榮琛；南投縣代表：郁化
　　　　　　　清；雲林縣代表：許細妹；臺南縣市代表：陳玉珠；高雄縣
　　　　　　　代表：林加春；臺東縣代表：吳當；花蓮縣代表：葉日松；
　　　　　　　金門媽祖縣：林媽肴

七、主持人：林煥彰、林文寶

八、報告事項：

1. 中華民國兒童文學學會理事長林煥彰：

為了掌握更完整的有關臺灣兒童文學的發展概況，去年過春節時，我曾經邀請每個縣位一位文友撰寫該縣市的兒童文學發展概況，其中已經有部分在會訊上刊登，有的還未交稿，希望每一個縣市都能有人寫出來。今年適逢「第五屆亞洲兒童文學大會」在臺北召開，計劃配合這些將臺灣兒童文學的概況專文編印成冊。當然，不能翻譯成外文，也不管目的是否在為亞洲兒童文學大會，至少也能讓本國的兒童文學界彼此觀摩、了解、激勵，為二十世紀臺灣兒童文學的發展做一個總結，讓基礎發展更落實，面對未來二十一世紀新的兒童文學的另一個世代，有更好的發展。今天召開這個座談會的目的，是想藉著這個機會，大家交換意見，達成一個共識，在撰寫上，有一個統一的架構；已經寫好的，可依共識的格式進行調整、修改或補充；尚未撰寫的，就照大家討論獲得的架構進行撰寫。並希望在今年4月底以前完稿，請林文寶所長彙編。請大家幫忙，為臺灣兒童文學界共同完成這件有意義的事。關於撰寫體例的構想，請林所長說明。

2. 臺東師範學院兒童文學研究所所長林文寶：

首先，歡迎並且謝謝各位專程從臺灣各縣市趕過來參加這個會議。目前我手邊有國科會補助「臺灣地區兒童文學史料的整理與撰寫」專案，這要在三年內做完是有困難。但是，至少第一年我希望能做到整合的工作。就臺灣兒童文學史的收集，針對指標性的人、事、物，寫出來的體例出入很大。所以我希望藉著這次開會，大家能達成共識。其中，吳當已經依我們擬訂的體例寫出臺東縣的部分，刊登在臺東文獻中。分三大部分，一、前言，二、發展概況，三、結語，最後附上編年記事，全文不要超過二萬字，臺灣地區兒童文學史料是很

貧乏，資料的搜集也很困難，可以針對當地的教育局、社教館、學校、文化中心等進行訪談。

3. 富春出版社負責人邱各容先生：

大家都知道我曾經寫過一本《兒童文學史料初稿1945-1989》，就我個人而言我可以提供一些我當時寫作的一些經驗，在當時我為了查證孟羅・李夫先生受邀來我國的時間，曾經分別問過林良、馬景賢先生，林海音女士，所得到的都是「可能」、「大約」等答案，最後才在林海音一本書的後記中發現正確的時間且還找了當時的報紙來做印證。可見資料搜集的不易，尤其是時間連一點差距都不行。送給大家一句話就是「一路追蹤」。

4. 臺北市代表林淑英：

我是接到通知來參加才知道這個會議，肩負重責大任，以往我接觸到的都是做一些兒童文學研習的課程安排經驗，我本身是一個國小老師，主要擅長的還是語文科，尤其是作文教學，這次這個有關「臺灣地區區域兒童文學概述的撰寫」，不知道自己能否勝任，實在惶恐。

5. 彰化縣代表林武憲：

就澎湖縣的兒童文學概況，除了張子樟教授，現任花師語教系教授外，寫少年小說的李潼也曾經在澎湖當過兵。且以澎湖為背景寫了一本《再見天人菊》也曾經榮獲洪建全獎，這也是一個可以參考的指標。

6. 屏東縣代表徐守濤：

就我已經寫好的《屏東縣兒童文學概況》來講，當初黃基博很細

心都標示好了，我為了呈現原作的精神，所以就原封不動的把它放進去。如果照上面的撰寫格式來講，這個部分可能要放到附錄年表裡。

7.嘉義縣代表朱鳳玉：

我有一個提議，我們這個計劃，各人可以就近跟當地的文化中心申請經費，各地的文化中心現在很重視這一類的工作，申請應該不成問題。

結論

就地方來講，有些地方可以寫兩萬個字，有些地方甚至連寫一萬個字都有困難。重要的是多注意指標性人事物，並依統一的體例來抒寫。希望全部能在今年4月底前完成，完成後先寄一份給會訊刊登，寄一份複本給東師兒文所，最好寄磁碟片。範例可參考吳當的那篇文章（請吳聲淼老師影印先寄給每一位撰寫人參考）。

另外，擬增新竹市請李麗霞小姐、臺南市請張清榮教授、臺中縣請劉正美小姐將縣市分開撰寫。會後並一併郵寄會議記錄供未出席者參考。

九、散會。

臺灣區域兒童文學史料的整理與撰寫座談會

時　間：1999年4月13日下午一時三十分至三時
地　點：國立臺東師範學院兒童文學研究所
主　席：林文寶
記　錄：吳聲淼
出席人員：林芳妃、郭鈴惠、林宛宜、廖素珠、廖麗慧、郭鍠莉、
　　　　　嚴淑女、吳文薰、蔡佩玲、洪曉菁、邱子寧、洪美珍、
　　　　　彭桂香、游鎮維

主席：

　　為了迎接1999年8月，第五屆亞洲兒童文學大會在臺北召開，所裡和中華民國兒童文學學會合作，邀請各縣市兒童文學工作者，分別撰寫介紹各縣市兒童文學近年來發展概況之專文，第一次協調會已於1999年1月24日於臺北市中華民國兒童文學學會舉行，今天我們在東師兒文所舉辦「臺灣地區兒童文學史料的整理與撰寫座談會」，將各位對於區域兒童文學的看法發表出來，作為編輯《臺灣區域兒童文學概述》參考意見之用。

林宛宜：

具地域色彩的文學作品研究和相關討論，在世紀末愈發增多，在各個不同場域中生成的兒童文學，此方面該注意的應是搜齊該地作品、訪問兒文界耆老，藉以建立出完整的兒童文學史、斷代史、通史、類別史等之外，再多添這一個觀察面向。

郭鈴惠：

歷史，猶如一條長河，然而，此長河卻是涓滴所凝聚而成。因此，這條區域兒童文學史長河的建構，應從「走動」搜集各方史料著手。如走訪指標性早期兒童文學作家、兒童文學活動事件、兒童文學寫作協會或研習班（營），蒐集兒童文學相關讀物、論著……，採集彙整各項兒童文學徵獎活動記錄及作品等。如此一來，自然能由史料的彙集而點線面的拼組成一幅完整的區域兒童文學史圖像！

廖素珠：

就多元文化而言，區域文學是在文學領域多一分地方色彩，多一點鄉土風味。對於認識當地人、事、物，以文學的方式呈現，當然是真實情形的了解之外，還有文學美的感受與涵養。不僅能關心家鄉事，而且也是本土人文素質提升的一種努力。

嚴淑女：

臺灣兒童文學經過很多人的努力，已經有了不錯的成績。近年來，有更多的人投入兒童文學的寫作。但是對於寫作的方式通常比較局限在傳統的形式，對於利用新媒體的特性及功能，去思考新的創作形式的反映也比較缺乏。事實上，電腦、網路的科技日新月異，將來

兒童的生活、閱讀和思考模式都和這些新媒體息息相關。身為兒童文學的創作者更應該時時注意相關的訊息，同時運用這些新媒體的特色來開拓寫作的空間。

郭鍠莉：

當我們討論臺灣兒童文學時，有必要針對臺灣各縣市兒童文學進行探討。值得注意的是，即使我們將眼光擴大至國際性、洲際性、或國家性兒童文學時，不可忽視區域性兒童文學為其構成部分。然而，我們不應僅僅把區域性看成是更小的單位，而應該以整體的視點來考量各區域兒童文學之間的互動與整合的有機關係。

洪美珍：

文學發展若要扎實，史料的整理是個重要的基礎工作。然而臺灣兒童文學史料搜集與整理卻是不受重視；試想沒有史料的累積，如何進行學術的研究？這樣的臺灣兒童文學又豈能穩固？因此不管是政府或民間團體都必須把臺灣兒童文學史的史料作為發展兒童文學的基本方向。唯有打好兒童文學的地基，才能健全臺灣兒童文學各個面向的健全發展。

洪曉菁：

打開臺灣兒童文學史，我們可以看見前輩們篳路藍縷的拓荒過程。憑著他們對兒童的關懷和毅力，終於得以在今日讓臺灣兒童文學的園地從貧瘠到豐饒美麗。展望未來，我們更希望能將這些在各地及各個領域努力的力量整合起來，讓這些兒童文學工作者互相交流、溝通，彼此有個支持。在整合的同時，也要注意發展並維持各區域兒童文學的特色，讓臺灣兒童文學這塊園地更加多采多姿。

彭桂香：

近年來，國內鄉土意識大為提高，事事總要提及「本土化」、「鄉土味」，這種趨勢可見於各個領域、層級，例如：政治、教育、藝術、文學，「兒童文學」置身於這樣的大環境裡，自然也受到影響，隨著時代脈動有了新的發展，此種現象是不容兒童文學工作者所忽視的。

林芳妃：

有一次上陳路茜老師的課時，她給我們看日本的繪本探險隊的作品，其中有一本的風格比較特別，描寫一個男人穿越森林的過程，全書沒有文字，結局也很詭異。陳路茜指出，像這樣的作品在臺灣恐怕沒有出版社敢出，除了怕賠錢以外，大概也沒有欣賞的眼光。嚴格來說，臺灣落後日本起碼二十年。

姑且不管落後的年數，而且「落後」的算法是根據哪些角度，這些都不管，總之，路茜是一個成名的插畫家，她有這樣的牢騷。多少也反映了臺灣的現況——對於兒童文學作品的保守。

也許是臺灣的成人「太過」保護小孩，也許是成人對該給小孩什麼東西思考得不夠，也許是臺灣的市場太小限制了作品的種類，也許是臺灣的兒童文學還在起步階段，以至於翻譯的作品占了很大的部分……

我很期待臺灣能發展出屬於自己風格的作品，和許多有各種滋味和顏色的創作。

吳文薰：

區域文學過去代表的是具有地方色彩的文學，如印度文學、拉丁美洲文學，通常也有其頗具代表性的作家。而為了區域發聲所獨具的

「代表性」，區域文學無不強調其政治性極濃厚的政治色彩。一直以來指稱的「臺灣文學」亦是。然二十世紀為邁向以區域文化為主的世紀……政治的界線模糊，文化亦幾經統合，是以文化論述的發展亦隨之蓬勃。可以預見，文化統合的區域文學將為一新趨勢。

游鎮維：

臺灣兒童文學發展，若從1945年算起，已有四十多年的時間，到今天要撰寫出一部周全的區域兒童文學發展史，不是件容易的事。我建議召集人邀請各地區人士撰寫時，同一個地區能邀請不同身分背景的人來撰寫。因為不同身分背景的人士在撰文時，角度會有不同的偏重，無形中有些層面會被疏忽掉。如果這次，同一地區無法邀請到不同身分背景的人來共襄盛舉，期望在下次，能找與這次不同的人來撰寫。不同的人、不同的角度，將會使我們臺灣地區的區域兒童文學發展史更豐富、更有內容。

文學研究叢書·兒童文學叢刊 0809016

另一種觀看兒童文學的方式——座談會與對談

編　　著	林文寶
特約校稿	林秋芬

發 行 人	陳滿銘
總 經 理	梁錦興
總 編 輯	陳滿銘
副總編輯	張晏瑞
編 輯 所	萬卷樓圖書股份有限公司
排 　 版	林曉敏
印 　 刷	百通科技股份有限公司
封面設計	百通科技股份有限公司

發　　行　萬卷樓圖書股份有限公司
　　　　臺北市羅斯福路二段 41 號 6 樓之 3
　　　　電話 (02)23216565
　　　　傳真 (02)23218698
　　　　電郵 SERVICE@WANJUAN.COM.TW
香港經銷　香港聯合書刊物流有限公司
　　　　電話 (852)21502100
　　　　傳真 (852)23560735

ISBN 978-986-478-294-9
2019 年 6 月初版一刷
定價：新臺幣 480 元

如何購買本書：

1. 劃撥購書，請透過以下郵政劃撥帳號：
　帳號：15624015
　戶名：萬卷樓圖書股份有限公司

2. 轉帳購書，請透過以下帳戶
　合作金庫銀行　古亭分行
　戶名：萬卷樓圖書股份有限公司
　帳號：0877717092596

3. 網路購書，請透過萬卷樓網站
　網址 WWW.WANJUAN.COM.TW

大量購書，請直接聯繫我們，將有專人為
您服務。客服：(02)23216565　分機 610

如有缺頁、破損或裝訂錯誤，請寄回更換
版權所有·翻印必究
Copyright©2019 by WanJuanLou Books CO., Ltd.
All Right Reserved　　　　**Printed in Taiwan**

國家圖書館出版品預行編目資料

另一種觀看兒童文學的方式：座談會與對談
/ 林文寶編著.-- 初版.-- 臺北市：萬卷樓，
2019.06
　面；　公分.-- (文學研究叢書 ; 0809016)
ISBN 978-986-478-294-9(平裝)

1.兒童文學　2.文學評論　3.文集

859.207　　　　　　　　　　108009099